Anna Enquist *Die Verletzung*

# Anna Enquist *Die Verletzung*

*Zehn Erzählungen*

Aus dem Niederländischen
von Hanni Ehlers

Luchterhand

Die Originalausgabe erschien 1999
unter dem Titel *De kwetsuur*
bei Uitgeverij De Arbeiderspers, Amsterdam.

1 2 3 4 5   02 01

# — *Inhalt* —

# — Die Überfahrt —

Jacob wird wach, als die Haustür zuschlägt. Er hört die Holz-
räder des Handkarrens auf den Pflastersteinen und wie sich das
Geräusch entfernt. Im Bettschrank ist es stockfinster. Es stinkt.
Vorsichtig spreizt Jacob die Beine und fühlt die kräftigen Waden
von Klaas. Auf seiner Hälfte. Sachte drückt er seinen Bruder
weg. Klaas dreht sich um und bläst Jacob seinen übelriechen-
den Nachtatem ins Gesicht. Klaas hat durchsichtig weiße Wimpern. Die Haut seiner wulstigen Lippen ist aufgesprungen, sein
Mund steht offen. Die Schlafmütze ist ihm vom Kopf gerutscht,
und seine blonden Locken kringeln sich feucht auf dem Kissen.
Mein Bruder ist fast zwanzig, er kann nicht lesen, und er stinkt
nach Fisch, denkt Jacob. Wenn er zuschlägt, bricht er dir das
Genick. Voriges Jahr auf dem Jahrmarkt war er der Stärkste vom
ganzen Dorf. Aber er kann sein Messer nicht in einen Fisch stechen, ohne schlucken zu müssen.

Über Klaas' mächtige Schenkel hinweg drückt Jacob mit dem
Fuß die Bettschranktür auf. Das Holz knarrt, als sie sich langsam
zur Seite dreht. Von der Küche her fällt ein schwacher Licht-
schein ins Zimmer. Jacob klettert aus dem Bett und huscht auf
Zehenspitzen an den dunklen Erhebungen auf dem Fußboden
vorüber. Die Mädchen sollen noch nicht wach werden. Alle sollen noch ein Weilchen schlafen, mit Ausnahme von ihm und seiner Mutter, die in der Küche beschäftigt ist. Sie lächelt, als sie
Jacob sieht. Ohne etwas zu sagen. Sie hat die Ärmel hochge-

krempelt und reibt sich Hände und Handgelenke mit Fett ein. Jacob schnuppert. Fischöl. Seine Mutter mache viel Gewese von sich, sagt man im Dorf, weil sie sich nicht wie alle anderen die Hände erfrieren will. Seine Mutter kann lesen und auch schreiben. Unter ihrem Kopftuch hat sie seidiges schwarzes Haar, wie Jacob selbst.

»Ist Vater schon weg?« fragt er flüsternd.

»Gerade eben. Bei dieser Kälte. Der Karren war bis oben hin voll mit gefrorenem Fisch. Er sagte, du sollst die Netze entwirren, damit alles bereit ist, wenn er wiederkommt.«

Mutter weist mit dem Kinn zur Arbeitsküche, wo ein dunkler Garnhaufen auf dem Boden liegt. Jacob schließt die Tür und stellt sich an den Ofen. Er starrt in den Waschkessel, in dem weiße Stoffstücke schwerfällig aneinander vorbeitreiben.

»Er will heute nachmittag auf Flunder fischen, solange noch Eis liegt.«

»Mutter, Mama«, sagt Jacob, »lesen wir heute noch? Bitte?«

Sie streicht ihm mit der glänzenden Hand durchs Haar; er riecht Fisch, Fett und Seife, und er schließt die Augen.

»Heute abend. Wenn ihr mit den Flundern zurück seid.«

In der Arbeitsküche hat Jacob einen geheimen Aufbewahrungsort, unten in dem Kasten mit altem Fischfanggerät. Dort liegt sein Tagebuch. Er leckt die Spitze seines Bleistifts an, damit die Buchstaben schön schwarz und fett werden.

»Heute ist Samstag, der 13. Januar. Des Jahres 1849. Vater ist zum Markt. Wir gehen heute Flunder klopfen, was ich nicht möchte. Das ganze Meer ist zu Eis gefroren. Ich bin sechzehn. Keiner weiß, daß ich Schiffsbauer werde, wie der Vater von Katrien.«

Klaas kommt hereingepoltert und schlüpft in die Holzschuhe, die neben der Tür stehen. Jacob hat sich auf sein Heft gesetzt und fummelt an dem kalten braunen Garn eines verhedderten Netzes herum. Klaas faßt sich mit der Hand in die Hose und stößt die Tür nach draußen auf. Kurz darauf hört Jacob es im Innenhof prasseln.

»Ein Loch ins Eis gepißt«, sagt Klaas, als er wieder hereinkommt. »Du mußt sie zuerst ausbreiten, die Netze, sonst siehst du nichts. Draußen, hier ist's viel zu dunkel.«

Jacob schneidet seinem Bruder hinter dessen Rücken eine häßliche Grimasse. Dann legt er sein Tagebuch zurück und zerrt das Netzgewirr nach draußen. An der Hauswand ist ein dampfender gelblicher Fleck im Eis.

Vom Ordnen der Netze bekommt Jacob so kalte Finger, daß er sich alle naselang an den Ofen stellen muß.

Die Mädchen sitzen am Tisch und verlesen Bohnen. Klaas ist weggegangen, um noch ein halbes Tagewerk auf der Helling zu verrichten, bevor Vater zurück ist. Die Uhr schlägt elf, und Jacob gähnt.

Auf einmal steht Vater in der Küche. Er wirft die ausgebreiteten Arme in die Luft und klopft sich mit wuchtigen Schlägen auf den Leib. Mit den bestrumpften Füßen stampft er auf dem Boden auf. Der ganze Fisch ist verkauft, seine Börse ist prall mit Münzen gefüllt, und er hat Stadtbrot mitgebracht.

Jetzt brauchen wir heute nicht mehr zu fischen, denkt Jacob. Geld ist genug da. Jetzt kann ich zur Helling und zugucken; vielleicht ist Katrien da, kommt ihren Vater besuchen und sieht mich. Dann gucken wir gemeinsam zu, wie das schnaubende Pferd das Schiff raufzieht. Und weil das so spannend ist, legt sie mir kurz die Hand auf den Arm, und ich rieche den Duft von ihrem Muff.

»Ich geb euch den Topf mit, da habt ihr zu essen, wenn es spät wird«, sagt Mutter.

Weil ihm seine Holzschuhe zu groß sind, macht sich Jacob

doppelte Wickel um die Füße. Darüber kommen die Socken und dann die Holzschuhe. Klaas lacht. Der streift sich die schmutzigen Socken über die nackten Füße. Er steht im Unterhemd auf dem Hof und dampft in der eisigen Kälte. Vom schnellen Laufen ist er ganz rot. Mit Vater zusammen legt er die Netze, die Äxte und das schwere Schlagholz auf den Schlitten. Jacob folgt ihnen mit den Segeln.

Wenn man auf dem Deich steht, sieht man Eis, so weit das Auge reicht, eine blauweiße Fläche, auf der das Sonnenlicht schimmert. Da und dort stehen Grüppchen von Leuten auf dem Eis, sie bilden braune und dunkelrote Flecken im Licht. Hammerschläge hallen in der dünnen Luft wider – von den Äxten, die das Eis spalten, von den Fischern, die ein Boot reparieren, und von den Flunderklopfern in der Ferne.

Vater und Klaas haben den Schlitten den Deich hinuntergeschoben und steuern nun der Sonne entgegen. Jacob kneift die Augen zu so schmalen Schlitzen zusammen, daß er keine Menschen mehr sieht, sondern nur noch Weiß. Und die Türme von Amsterdam am Horizont. Jetzt davonschlüpfen, zurück in die Küche. Vater winkt, Klaas ruft. Jacob schlägt die Augen nieder und sieht, daß er den Topf mit dem Essen im Arm hält. Vorsichtig setzt er die mit Eisen beschlagenen Holzschuhe ins vereiste Gras, stemmt sie in die harte Erde und geht auf das Eis hinunter.

Die Flunder wohnt auf dem Meeresgrund. Sie ist ein neugieriger Fisch, der nachsehen kommt, wenn jemand die Trommel schlägt. Die Schwingungen des Geräuschs übertragen sich vom Eis auf das kalte Wasser, vibrieren bis zum Flunderkörper, und der Fisch schlängelt sich entlang den Schallwellen zur Quelle des Rhythmus. Unter den Stockschlägen hängt das Netz.

Flunderfischer richten die herausgehackten Eisplatten am Rand des Lochs auf, damit nicht unversehens jemand hineinfällt. Es sieht aus, als stünden überall auf dem Eis kleine weiße Häuschen.

»Das ist das Loch von Beers«, sagt Vater. Er zeigt auf eine große Eisburg. »Der kommt bald wieder. Wir gehen ein Stück weiter, hier sind zu viele Leute.«

Vater und Klaas laufen beständig etwas schneller als Jacob, obwohl sie den schweren Schlitten ziehen müssen, da für die Segel zuwenig Wind ist. Schritt für Schritt schleift Jacob seine Holzschuhe über das rauhe Eis. Er fühlt nahende Krämpfe in den Unterschenkeln. Plötzlich sind ihm Schlitten, Vater und Klaas abhanden gekommen. Sie sind nirgendwo mehr zu sehen. Jacob steht allein auf weiter Flur und hat jedes Richtungsgefühl verloren. Der Durgerdammerdeich? Die Stadttürme? Sein Atem geht schneller, sein Hemd kribbelt auf der Haut, während er sich langsam dreht. Da sieht er weit entfernt die beiden kleinen Gestalten mit dem Schlitten hinter einem aufgeschichteten Eisberg hervorkommen.

Als er beim Fangplatz anlangt, schwingen Klaas und Vater schon eifrig ihre Äxte. Im steten Wechsel hacken sie auf das Eis ein, bis es birst und das schwarze Wasser preisgibt. Sie haben ihr Wams ausgezogen und schwitzen mit entblößten Armen.

Jacob trägt die Netze zu ihnen. Den Topf mit dem Essen hat er auf den Schlitten gestellt. In der Ferne schlägt eine Turmuhr dreimal.

Erst wenn die Netze im Wasser hängen, geht es richtig los. Dann muß man das schwere Schlagholz ein ganzes Stück vom Loch wegschleppen und damit aufs Eis hämmern. Jacob hält das nicht lange durch, obwohl es ihm Spaß macht. Er klopft im Takt eines

Liedes, das er im stillen singt. Unaufhörlich denkt er an die Flunder, die er beschwört, bezaubert und betrügt.

Sie wechseln sich ab. Und mit vereinten Kräften ziehen sie nach der Klopfjagd das Netz aufs Eis. Dutzende benommener großer, dunkler Fische werden übereinander in den Schlitten gelegt. Es läuft gut! Vater späht über die Eisfläche. Die Sonne sinkt.

»Beers geht schon wieder heimwärts. Die von Porsius sind auch schon weg. Wir machen noch einen Durchgang, sie kommen heute so gut!«

Weiter geht die Schlepperei. Die untergehende Sonne auf dem Sandsteinturm von Muiden. Wie weit draußen wir sind, denkt Jacob. Wenn ich nach Hause komme, ist es zu spät zum Lesen.

Siebenhundert Fische haben sie gefangen, Jacob hat mitgezählt. Mit dem Rücken zum Flunderstapel sitzen sie auf dem Schlittenrand und essen aus dem Topf. In Jacobs Kopf dröhnen noch die Schläge von Holz auf Eis. Es muß wohl schon auf Mitternacht zugehen, so wie der Schlaf an seinem Körper zieht. Er steckt den Löffel hinter seinen Gürtel, er mag nicht mehr.

Langsam ziehen sie den bleischweren Schlitten über das Eis. Vater läuft mit der Lampe voran, Klaas und Jacob legen sich ins Geschirr und zerren ihren Fang stetig dem Licht auf dem Deich entgegen. Bald ins Bett, denkt Jacob, das schneidende Tau ablegen, die kalten Sachen auszuziehen. In tiefen, tiefen Schlaf hinabgleiten.

Vater bleibt stehen. Er läßt die Lampe sinken, schweigend. Plötzlich sehen Klaas und Jacob, warum: Zwischen dem Eis und dem Deich liegt ein breiter Streifen schwarzes Wasser. Jacob kommen die Tränen, als er daran denkt, daß das Bett unerreichbar ist. Seine Waden sind so müde, daß er sich nicht mehr aufrecht halten kann. »Das Eis ist auf Drift gegangen«, sagt Vater. »Wir müssen weiter. Sehen, ob wir bei Uitdam runterkönnen.« Klaas macht sich allein daran, den Schlitten zu wenden. Vater zieht Jacob hoch.

»Komm, Junge. Bei so 'm schönen Fang halten wir doch noch 'n Weilchen durch. Nimm du mal die Lampe.«

Wie Ochsen im Joch ziehen die großen Männer den Schlitten voran. Doch wohin Jacob seine Lampe auch leuchten läßt, überall schimmert ihn der tiefe, schwarze Spalt an. Gegenüber von Uitdam setzen sie sich kurz.

»Nach Süden«, sagt Jacob. Dünn und schwach tönt seine Stimme durch die Nacht. »Wenn das Eis von der Ostküste weggetrieben ist, ist es vielleicht weiter südlich gegen den Deich gedrückt worden.«

Vater nickt. Das Essen ist aufgegessen. Kein Lüftchen regt sich, kein Laut weit und breit außer dem Scheuern des Schlittens und dem Schaben der Holzschuheisen auf dem Eis. Sie gehen in Richtung Muiderberg. Es wird Tag. Sie hören die Glocken von Naarden. Vor dem Kai erstreckt sich ein schwarzes Band. Ohne ein Wort machen sie kehrt, auf Marken zu.

Es wird Abend. Jacob ist nicht mehr müde. Gedanken rasen ihm durch den Kopf. Der Schlitten ist zu schwer, die Flundern müssen ins Meer zurück. Es ist Vaters Schuld. Wer so raffgierig fischt, wird bestraft. Der wird verdammt, tage- und nächtelang über das Eis zu irren, ohne Hoffnung auf Heimkehr. Mutter wird beunruhigt sein, der Sonntag ist schon rum, und sie sind nicht gekommen. Die Flundern müssen zurück. Dann wird sich das Eis schließen, und wir können an Land.

Vater will nichts davon hören. Es ist sein Fang, er denkt nicht daran, die Flundern zu opfern. Tief in der Nacht richten sie sich unter den Segeln zum Schlafen ein, neben dem voll beladenen Schlitten aneinandergedrückt wie die Fische.

Als Jacob wach wird, ist er allein. Er richtet sich auf und beugt die steifen Beine. Ein paar Meter weiter knien Vater und Klaas auf dem Eis. Sie haben die Köpfe gesenkt und halten ihre Mützen in der Hand. Sie beten.

Mit einem Armvoll Flundern geht Jacob zum Rand der Eisfläche und läßt die Fische ins Wasser gleiten. Vater schreit, als er sieht, was Jacob tut. Vater will das nicht, und doch geschieht es. Wortlos kommt Klaas Jacob zu Hilfe. Gemeinsam tragen sie die Fische weg. Vater sitzt auf dem Schlitten, die Augen geschlossen.

Fünfzig Fische behalten sie zurück. Zum Essen. Zu trinken gibt es abgeschabtes Eis. Das ist nicht wahr, das ist ein Traum, gleich ist alles vorbei.

Der Schlitten gleitet mühelos über das Eis. In zügigem Tempo gehen sie nach Naarden – wo Wasser ist. Zurück nach Norden, wo das Eis bedrohlich knackt und unter ihrem Gewicht unvermittelt nachzugeben droht. Drei Tage sind vergangen; Jacob merkt sich für jeden Tag einen Finger. Heute nacht wird er sich auf den Ringfinger seiner rechten Hand konzentrieren. Das heißt: Dienstag. Fern vor ihnen liegt Nijkerk, unerreichbar hinter einem Gürtel von Treibeis. Es regnet. Mit den Äxten hacken Klaas und Jacob eine Mulde ins Eis.

Als sie sich mit Wasser gefüllt hat, schlürfen sie daraus, auf den Knien, wie Tiere. Sie essen rohen Fisch. Jacob dreht sich der Magen um. Vater hat den ganzen Tag geschwiegen. Sie nehmen ihn unter den Segeln in ihre Mitte. Vater ist kalt. Jacob konzentriert sich auf seinen rechten kleinen Finger.

Der Nebel ist so dicht, daß Jacob nicht weiß, ob es schon Morgen ist. Er windet sich unter dem Segel hervor, um Wasser zu lassen. Der Boden schwankt, und er schreit erschrocken auf. Davon werden Vater und Klaas wach. Kein Boden mehr, sondern eine Eisscholle, auf allen Seiten von Wasser umgeben. Darauf stehen sie drei und der Schlitten. Sie treiben. Wie auf einem Schiff ohne Ruder.

Der Wind frischt auf, doch der Nebel bleibt hängen. Eisschollen schaukeln auf dem Wasser, prallen gegeneinander, brechen entzwei oder schieben sich übereinander. Klaas läuft auf ihrer Scholle herum, stößt andere Eisbrocken weg, versucht mit dem abgebrochenen Mast des Schlittens in dem tiefen Wasser zu staken. Er kann sich nicht einfach hinsetzen. Er muß etwas tun. Weil er dumm ist, denkt Jacob. Soll der Wind sie doch abtreiben; bald kommt die Flut, und die treibt sie schon wieder zurück. Besser, man rührt sich nicht, besser, man wickelt sich ins Segel und haucht die stinkende Plane an. Dann bilden sich Tropfen, die man ablecken kann. Nie und nimmer werde ich Fischer, später. Ich heirate Katrien und werde Schiffsbauer und schreibe jeden Tag in ein Heft aus Pergament. Samstags zahle ich Klaas seinen Lohn in Stüvern aus. Danach esse ich mit Katrien und ihrem Vater Schweinebraten.

Vater weint. Wir müssen Buße tun, sagt er. Das Flunderopfer habe nicht genügt. Nun will Vater sich selbst opfern.

Klaas nickt. Die Lage ist hoffnungslos. Sie werden ohnehin ertrinken, früher oder später. Dann doch lieber gleich, gemeinsam.

Vater und Klaas kauern am Rand der Eisscholle und blicken ins Wasser. Dort liegt ihre Bestimmung. Vater winkt Jacob herbei. Es ist soweit.

Trotz der Kälte bricht Jacob der Schweiß aus. Er ist aufgesprungen und will etwas sagen, doch die Stimme bleibt ihm im Halse stecken. Er hat ein mulmiges Gefühl im Magen. Er denkt an den kleinen Finger: der fünfte Tag. In Klaas' Socken sind große Löcher, durch die man seine roten Fersen sieht. Vater hat ein Eisen von seinem Holzschuh verloren.

»Trottel«, ruft Jacob, »Trottel seid ihr! Nicht alle drei am gleichen Ende, dann kippt die Scholle um. Was seid ihr nur für Schafsköpfe! Einfach aufgeben, Schluß machen, das geht nicht. Ihr könnt ja nicht mal schwimmen, aber ich schon! Und schreiben kann ich auch. Ich will nicht sterben, ich werde nicht sterben! Nie und nimmer!«

»Gottes Hand, Jacob, Gottes Hand treibt uns auf die Nordsee hinaus«, sagt Vater. »Wir müssen uns darein ergeben.«

»Ganz und gar nicht«, schreit Jacob. »Die Gezeiten wechseln, wir können sehr wohl an Land geschwemmt werden, das kann man nie wissen, der Wind wird wieder drehen, überall ist Land, wir haben eine Chance. Ich will das nicht. Ich mach nicht mit. Springt ihr doch rein. Ich nicht. Ich will zu Mutter!«

Klaas wendet den Kopf vom einen zum anderen. Wenn er zu Vater blickt, scheint er mit ins Wasser gesogen zu werden; wenn er sich zu Jacob umdreht, ist es, als wolle er sich erheben, um etwas zu tun.

Jacob setzt sich auf den Schlitten und beginnt eine Flunder zu filetieren. Die entgräteten Stückchen Fleisch legt er nebeneinander auf den Schlittenrand. Er spießt einen Flunderstreifen auf seine Messerspitze und steckt ihn sich in den Mund. Den Blick in die Ferne gerichtet, beginnt er langsam zu kauen.

Wie ein Hund hat sich Klaas vor Jacob aufs Eis gehockt und die angerichteten Bissen aufgegessen. Vater hat sich schweigend in ein Segel gerollt. Jacob atmet tiefer durch. Die Gefahr ist vorüber.

Es stürmt. Jacob und Klaas verstauen alles, was sie haben, unter dem Schlitten: Topf, Äxte, Taue, Netze, das Schlagholz. Gegen den Schlitten gelehnt, setzen sie sich aufs Eis, ganz dicht nebeneinander. Jacob reibt sich an Klaas' stämmigen Schenkeln. Der Mittelfinger der linken Hand. Auf einem Meer fahren Schiffe. Die werden uns retten. Vater schläft. Klaas ist ein Ochse, der gelenkt werden muß. Von mir. Damit wir am Leben bleiben und ich Katrien küssen kann, später. Meine Füße tun weh. Kalt.

»Ich spür nichts«, sagt Klaas. »Nur meine Holzschuhe sind zu klein geworden, scheint's.«

Nach reiflicher Überlegung wecken sie Vater. Jacob gibt ihm aus dem Topf Regenwasser zu trinken, und Klaas versucht ihn mit ein wenig Fisch zu füttern. Ein Blitz zuckt durch die Luft, und gleich darauf erschüttert ein Donnerschlag den Himmel. Mit großen Augen starrt Vater vor sich hin. Das Stück Flunder rutscht ihm aus dem Mund und bleibt an seinem stoppeligen Kinn hängen.

»Das mit dem Topf ist schlau«, sagt Klaas.

»Ich weiß auch, welcher Tag heute ist«, sagt Jacob. »Samstag. Jetzt ist eine Woche rum. Wie man die Zeit mißt, lernst du in der Schule.«

»Ich konnte das nicht, da so in der Bank hocken. Lieber arbeite ich draußen.«

»Möchtest du denn nicht lesen können? Du bist doch immer auf jemand anders angewiesen. Ich kann es alleine.«

»Sterben tun wir alle«, sagt Klaas. »Am besten, man hält sich an seinesgleichen.«

Jacob sagt nichts. Trottel, denkt er, Mühlstein, Schafskopf, hirnloser Klotz.

17

Am nächsten Morgen scheint sich der Nebel etwas zu lichten. Jacob zeigt auf einen dunklen Fleck am Horizont: der dicke Turm von Enkhuizen. Durch die reglose Luft werden Stadtgeräusche zu ihnen herübergetragen: das Schlagen der Turmuhr, das Bellen eines Hundes.

»Wir auch!« sagt Jacob. »Vielleicht können sie uns auch hören!«

Sie legen die Hände zu einem Schalltrichter um den Mund und schreien. Sie hauen mit dem Schlagholz und trommeln mit Löffeln auf den Topf.

Es wird Abend, und nichts geschieht. Vater hat das Gesicht abgewandt. Er liegt. Klaas ist erschöpft von ihren Bemühungen, auf sich aufmerksam zu machen. Er murmelt mit geschlossenen Augen vor sich hin.

Jacob verzieht verächtlich den Mund. Beten, hoffen und warten – warum, worauf? Wenn die Leute aus Enkhuizen uns nicht sehen und hören, wieso dann Gott? Vielleicht gibt es uns ja schon gar nicht mehr, vielleicht denken wir ja nur noch, daß wir da sind. Essen, wir müssen essen. Es ist ein guter Tag zum Fischen. An die Arbeit!

Vater und Klaas sind nicht dafür zu haben, auch nicht, als Jacob sie auf den rasch schrumpfenden Flunderstapel hinweist. Ohne Hilfe kann er das Netz nicht auslegen, und wütend muß er sich genauso dreinschicken wie sie. Trottel, Schafsköpfe.

Als wieder ein Kleiner-Finger-Tag ist, rechnet Jacob mit einer Veränderung. Diesmal ist es ein Montag, ein guter Tag für einen Neubeginn. Die Finger beider Hände sind jetzt aufgebraucht. Es kann nicht mehr lange dauern. Der Wind schwillt zum Sturm an, aus Norden, denkt Jacob. Die Eisscholle schnellt über das Wasser wie ein Schiff. Es muß einfach irgendwohin gehen, denn ein Schiff irrt ja nicht nur so herum. Es wundert ihn nicht, daß am Horizont eine Insel auftaucht.

»Ich sehe Urk«, sagt er zu seinem Bruder. »Zieh deine Holz-schuhe an, wir gehen bald an Land!«

Eine Urker Fischersfrau wird sie an ihren Ofen setzen, wird Vater in ihren Bettschrank stecken, eine Decke über ihn brei-ten und die Türen schließen, wird mit warmem Bier und Ge-würzkuchen herbeieilen, Jacob auf ihren Schoß ziehen und ihm die kalten Hände warm reiben, und er muß weinen, heiße Trä-nen, die nicht mehr aufhören wollen. Seine Füße sind so ge-schwollen, daß er nicht mehr in seine Holzschuhe kommt.

Mit angehaltenem Atem harren sie auf ihre Landung.

Als der Sturm sie östlich an der Insel vorbeibläst, kann Jacob es nicht glauben. Es ist, als zöge ein starker Arm ihn hinter dem Ofen hervor. Als spürte er die Kälte nun zum ersten Mal richtig.

Klaas hat den Kopf geschüttelt und sich mißmutig in das kleine Segel gerollt. Jacob stößt Vater an.

»Darf ich zu Euch ins Segel? Mir ist kalt.«

Vater blickt an Jacob vorbei und antwortet nicht. Da zerrt Ja-cob an dem Segel, feste. Vater rollt heraus und bleibt regungs-los auf dem Eis liegen. Jacob wickelt sich in die Plane und läßt sich dann rücklings auf den Schlitten fallen, zwischen die noch übrigen Flundern.

Die nächsten Tage verfliegen wie im Rausch. Jacob vergißt, wel-che Finger dran sind, und rechnet den Lauf der Gezeiten nicht mehr aus. Er bleibt ins Segel gerollt liegen, in einem Halbschlaf, aus dem er hin und wieder kurz auftaucht, wenn Regen ihm hart ins Gesicht schlägt oder er eine Bewegung von Klaas' schwerem Körper wahrnimmt. Dreimal weckt Klaas ihn und zwingt ihn, sich aufzusetzen. »Ein Schiff!« sagt er. »Ich seh ein Schiff, guck doch!«

Jacob sieht dunkelgraue Wellen, auf denen hier und da Eisschollen treiben. Und er sieht die nackten Füße seines Bruders aus den zerfransten Socken hervorlugen. Er sieht nicht, was Klaas sieht. Zwischen den Enttäuschungen träumt Jacob, daß er seinen Vater und seinen Bruder mühsam zum Rand der Eisscholle rollt und ihnen am Ende einen letzten Schubs gibt. Eine kleine Welle schwappt über die Eisscholle, für kurze Zeit steigen Luftblasen auf, dann ist das Wasser still und schwarz.

Es ist hell. Aufstehen, sonst geht es nicht mehr. Wasser aus dem Topf trinken. Essen. Jacob rüttelt an dem Segel, in dem Klaas liegt, bis sich dort etwas regt. Klaas schlägt die Augen auf.

»Vater«, sagt Jacob. »Komm, sieh dir Vater mal an.«

Vater liegt mit ausgebreiteten Armen der Länge nach auf dem Eis. Sein Kopf ist so gedreht, daß die rechte Wange auf dem Eis ruht und der Mund seltsam schief gedrückt ist. Klaas versucht Vater hochzuheben. Es geht nicht. Und was sie auch sagen, rufen oder schreien – Vater versteht es nicht. Klaas schiebt ihm ein Fitzelchen Fischfleisch zwischen die schiefen Lippen, aber Vater spuckt es wieder aus. Er will nicht seinesgleichen essen, denkt Jacob. Vater ist zur Flunder geworden.

Das Wasser wogt über die Eisscholle.

»Wir sind zu schwer. Wir müssen löschen«, sagt Jacob. »Damit wir höher steigen. Oben treiben.«

Klaas' Füße machen nicht mehr mit. Nur gut, denn er ist nicht mit Jacob einverstanden. Das Schlagholz sei ein Familienstück, ein unverzichtbares Werkzeug. Es sei ein Verbrechen, es ins Meer zu schieben. Jacob tut es, mit einem Seitenblick auf Vater. Erleichtert hebt sich die Eisscholle ein wenig.

Auf den Knien rutscht Klaas herbei und stößt Jacob ins Gesicht. Er bläst mit den gesprungenen Lippen, er spuckt und gurgelt, kann aber nichts sagen. Jacob schubst seinen Bruder um

und geht die Netze holen. Und die schwerste Axt. Und die Holzschuhe, die zu klein geworden sind. Alles muß weg.

»Chrrff«, macht Klaas. Wohl ein Schiff, denkt Jacob. Ich hocke
mit einer Flunder und einem Schwachsinnigen, der Schiffe sieht,
auf einer Eisscholle. Wenn ich den Kopf hebe, ist es nicht wahr,
und ich muß weinen. Ich mach es nicht.
    Braune Segel. Man kann die Leinen sehen. Ein Mann in
schwarzer Pluderhose läuft zum Vordeck. Er hat irgend etwas
in der Hand.
    Jacob sieht sich um. Eine Fahne. Etwas, das auffällt. Klaas trägt
ein rotes Flanellhemd. Ausziehen! Er zerrt seinem Bruder den
durchnäßten Stoff vom Körper und knotet das Hemd mit einem
Ärmel am Mast fest, den er zwischen den Schlittenbrettern auf-
richtet.
    Jetzt auf den Topf trommeln und rufen. Sie kommen. Sie sehen
uns. Mich.
    Das Schiff dreht ab und wird kleiner. Ich habe kaum einen
Laut herausgebracht, denkt Jacob. Und unsere Fahne ist im
Nebel verschwunden. Er rollt sich in das große Segel, um zu
schlafen.

Man könnte meinen, es ist Frühling. Die Luft riecht süß, und
eine bleiche Sonne scheint warm auf sein Gesicht.
    Die Eisscholle, denkt Jacob. Sie wird schmelzen. Vater liegt mit
dem Gesicht halb im Wasser. Jacob brüllt ihm ins Ohr, doch er
reagiert nicht. Jacob wendet sich zu Klaas um, der mit entblößtem Oberkörper auf dem Schlitten sitzt. Seine Füße sind so groß
wie Kohlköpfe und dunkelrot und schwarz.
    »Hilf doch mal, du Trottel!« schreit Jacob seinen Bruder an.
»Vater ertrinkt!«
    Die Flunder will ins Wasser. Da ist sie zu Haus. Mit wellen-

artigen Bewegungen des ganzen Körpers robbt Vater immer näher zum Rand der Eisscholle. Unter seinem Bauch wird ein Riß sichtbar. Jacob springt erschrocken zur Seite, zum Schlitten hin. Dann bricht die Eisscholle entzwei, und der abgebröckelte Teil gleitet mit Vater in die Tiefe. Der Eisblock taucht schaukelnd wieder auf. Vater nicht.

Eine Erscheinung: Hauchfein zeichnen sich Häuser gegen die untergehende Sonne ab. Eine Brücke wie ein Bogen über dem Wasser. Menschen laufen darüber hin und her. Jemand führt eine Kuh an einem Strick mit. Schokland, denkt Jacob und schläft ein.

Es ist Nacht gewesen. Jetzt ist wieder Tag. Ein Kleiner-Finger-Tag? Der wievielte? Klaas ist umgefallen. Ihm ist etwas aus dem Mund gelaufen. Etwas Rötliches. Es klebt in seinen Bartstoppeln. Jacob stupst ihm mit dem Stiel der noch verbliebenen Axt in die Rippen, aber Klaas tut keinen Mucks und regt und rührt sich nicht.

Essen. Die Reste von der letzten Flunder. Auf Ausguck, eine Hand über den Augen gegen die Sonne. Ein Hügel, darauf eine Kirche, ein Kloster. Ein Hafen. Schiffe. Rauch aus einem Schornstein.

Die Fischer von Vollenhove schlagen ihre Bootshaken in die brüchige Eisscholle. Ein Schlitten, eine Leiche, ein Junge. Sie tragen ihn in das Meerzimmer des Gasthauses. Dort brennt ein Feuer. Der Arzt kommt und entfernt die Fußwickel. Ein lauwarmes Bad. Saubere Kleider. Ein halber Teller Suppe.

Jacob liegt in dem dunklen Zimmer, wo noch die Holzscheite im Kamin glühen. Er starrt durch das Fenster auf die Sterne hinaus. Ich bin ein Held, denkt er. Ich habe die Überfahrt überlebt.

Ich habe den Ballast abgeworfen und konnte treiben. Lesen und schreiben. Katrien wird mich heiraten, weil ich leben und treiben kann. Ich bin auf die andere Seite gelangt und kann nie mehr zurück.

Jacob liegt im Meerzimmer unter den warmen Decken und kann nicht schlafen.

.......................................................................................

Gestützt auf: *Authentische Geschichte der wunderbaren Rettung von Klaas Klaassen Bording und seinen beiden Söhnen nach vierzehntägiger Irrfahrt auf Treibeis in der Zuiderzee; zugunsten der Geretteten herausgegeben von einer Kommission zu Vollenhove.* Gedruckt in Zwolle von R. van Wijk, Anths. Zoon, 1849.

# — *Hunger* —

»Hanna, kannst du mal eben zum Milchmann gehen?« Stille.
Das Klappern von Münzen in einer Blechbüchse. Die Küchentür. »Hanna! Komm mal! Hörst du mich nicht?« Hanna blickt
in den Badezimmerspiegel. Sie hat ihren Zopf aufgemacht, hält
sich das offene Haar an die Wangen, legt den Kopf schief und
zieht den Ausschnitt von ihrem Pullover tiefer. Sie macht die
Augen groß und leckt sich über die Lippen. Ich hör dich ja, denkt
sie. Ich werd schon gehn, wenn du zu blöd bist, an den Milchmann zu denken. Ist ja auch so schwer: ins Heftchen schreiben, was man benötigt, Geld in die Büchse legen und die leeren
Flaschen in den Ständer stellen. Die Schnur zum Briefschlitz
raushängen, damit Kees die Tür aufmachen und reinkommen
kann. Jeden Tag das gleiche, und es dann doch vergessen. Das
kriegt nur so ein schusseliges Etwas wie meine Mutter fertig.
»Ich komme!« ruft sie, während sie sich die Haare hinter dem
Kopf flicht. Ihr Gesicht wirkt sofort schmaler. Wie von einem
Kind, denkt sie, wie von einem zwölfjährigen Mädchen.

Mutter steht mit einer Einkaufstasche voller leerer Milchflaschen in der Küche. Sie hat Tenniskleidung an, ihre dicken Beine
kommen rot unter dem weißen Faltenröckchen hervor. Bah!
Wenn ich jetzt tue, was sie will, denkt Hanna, kann ich heute
nachmittag mit Dee in die Stadt, dann kann sie mir das nicht
abschlagen. Wortlos nimmt sie die Tasche.

»Nanu«, sagt der alte Herr Lievaert, als Hanna den Laden betritt, »ist Kees an euch vorbeigefahren?«

Die Arme in die Hüften gestemmt, steht er hinter dem Ladentisch mit Milchflaschen. Er glaubt nicht an Kees, denkt Hanna, was für ein Scheißvater. Schickt seinen siebzehnjährigen Sohn mit dem schweren Karren von Haus zu Haus und geht sofort davon aus, daß er es nicht vernünftig macht. »Meine Mutter hatte vergessen, die Schnur rauszuhängen. Zwei Milch und eine Buttermilch. Bitte.«

Ein bißchen Ähnlichkeit mit seinem Vater hat Kees schon. Schwarzes Kraushaar. Breit. Aber Vater Lievaert ist barsch und hat einen gemeinen Blick, und Kees ist schüchtern und guckt ganz freundlich. Ich soll mich nicht mit ihm abgeben. Die Jungen von Lievaert sind nicht zur Schule gegangen, sagt Mutter, sie haben einen anderen Hintergrund. Außerdem sind sie katholisch. Grüßen ist erlaubt; am Karren ein paar Worte miteinander wechseln und dabei auf Kees' kalte Finger blicken, die aus den halben Strickfäustlingen hervorgucken, ist nicht erlaubt.

Gerade aufgerichtet spaziert Hanna nach Hause, die Tasche mal links, dann wieder rechts. Sie nimmt die Schultern zurück, damit die Brüste im neuen BH vorragen. Unter dem zugeknöpften Mantel. Sie schwitzt. Es ist Oktober, aber es ist noch warm. Nächsten Monat wird sie vierzehn.

Als sie in ihre Straße einbiegt, läßt sie die Schultern wieder fallen. Beim Nachbarhaus guckt sie zu Deetjes Zimmer hinauf. Dee späht aus dem Fenster. Sie hat den rosa Pulli an, und sie hat sich die Lippen angemalt. Dee hält das Mathematikbuch hoch und zieht ein angewidertes Gesicht. Fragend hebt Hanna vier Finger. Dee nickt und guckt hinter sich ins Zimmer.

Um vier Uhr radeln sie in die Innenstadt. Wenn du deine Hausaufgaben fertig hast, wenn du vor sechs zurück bist, wenn du keine Dummheiten anstellst, hat Mutter gesagt. Deetje ist schon fast fünfzehn, laß dich nicht von ihr ins Schlepptau nehmen, früh reif, früh faul, Frau Wester hat sie nicht mehr im Griff. Sie ist voriges Jahr sitzengeblieben, daß dir das ja nicht passiert! Wir gucken nur ein bißchen im Kaufhaus rum, hatte Hanna gesagt. Nur kurz was besorgen. Wir sind gleich wieder da.

Über die Zugbrücke, durch das Tor, an der Gracht entlang. Über dem Wasser hängt Nebel, und aus den Schaufenstern fällt unwirkliches Licht auf die runden Pflastersteine. Sie stellen die Räder an einen Baum und treten durch eine weißgestrichene Tür zwischen großen Fensterscheiben. CAFETERIA steht auf der Fassade. Und darunter in kleineren Buchstaben *Simon Lievaert und Sohn*. Simon ist der reiche Bruder von Milchmann Lievaert; er selbst hat einen Eissalon, und die Cafeteria hat er für seinen Sohn gekauft, für Jaak, der in einer engen weißen Jacke am Fritierbecken voll kochendheißem Öl steht; Jaak, der sich langsam auf dem Absatz umdreht, als er die Tür aufgehen hört, so daß sich für einen Moment sein Profil mit der spitzen Nase, der Tolle und dem Entenschwanz gegen die Wand abzeichnet.

Dee legt ihre Windjacke zusammengefaltet auf einen Stuhl. Jaak guckt auf ihre Brüste unter dem rosa Pulli. Hanna wird rot. Eigentlich war das Geschäft für Jaaks Bruder Siem gedacht gewesen, den Ältesten. Nach seinem Militärdienst. Er hatte nach Neuguinea gemußt, zwei Jahre lang. Tropisch gebräunt hätte er danach zwischen den Kroketten stehen sollen, doch er stolperte über eine Mine und verlor seine Beine. Zurück in Holland, kam er in ein Genesungsheim. Hanna hatte ihre Mutter mit Frau Wester darüber tuscheln hören. Die Beine ab. Sie scheut sich, daran zu denken und sich danach zu erkundigen.

Dee hat die Jukebox angemacht. Jaak kommt hinter der Theke hervor und bringt zwei Flaschen Cola. Dee möchte Pommes frites, Hanna schüttelt den Kopf.

Alles an Jaak ist spitz und schmal. Auch seine schwarzen Schuhe. Er sieht Hanna an, als er ihr die Cola gibt. Er lächelt. Er zwinkert ihr zu.

Nachts im Bett unterhält sie sich mit ihm. Wie einsam es am Fritierbecken ist. Wie schlimm, einen Bruder ohne Beine zu haben. Er legt ihr den schmalen, spitzen Arm um die Schultern und schmiegt den Kopf an ihren Kopf. Jaak, o Jaak, seufzt Hanna.

Dee teilt in der Klasse Negerküsse aus. Den Schal, den Hanna ihr geschenkt hat, hat sie sich um das blonde Haar gebunden. Abends darf Hanna bei ihr essen; übertrieben, hat Hannas Mutter gesagt, aber weil Dee Geburtstag hat, muß sie es wohl erlauben. Frau Wester hat Hähnchen gemacht, und Herr Wester hält bei Tisch eine Ansprache. Sie prosten sich mit Exota-Limonade zu. Nach dem Essen muß Deetjes Bruder Arnoud zum Training, er spielt Fußball. Herr Wester gibt Dee Geld, um bei Lievaert Eis zu holen. Dee und Hanna stehen in dem schneeweißen Raum auf dem Granitfußboden. Es riecht nach Zucker. Herr Simon, der Vater von Jaak und Siem, hat Handgelenke, die genauso breit sind wie seine Unterarme und seine Hände. Er hält das Eis in der Linken, während er mit der Rechten die Schlagsahnemaschine bedient. Die Maschine macht ein Scheuergeräusch wie ein Betonmischer. Ein Eis nach dem anderen hält Herr Simon unter die Schlagsahnedüse. Auf die Sahnehaube legt er eine kleine Waffel, für den Transport.

Die hintere Wand des Salons besteht aus Schiebetüren mit Bleiglasscheiben. Als Herr Simon in den Salon gekommen ist, hat Hannas Blick kurz etwas von dem Raum dahinter erhascht: eine Lampe, dunkle Teppiche, eine Frau mit grauen Locken. Da sitzt Frau Lievaert Siem in seinem Rollstuhl gegenüber, denkt Hanna; sie sitzen am Ofen und weinen über den Verlust der

Beine. Laß die Maschinen im Salon kreischen, damit wir nichts hören.

Auf der Straße knattert ein Motor. Vor der Glasfront des Salons steht Jaak. Hinten auf sein Moped hat er eine Sporttasche geschnallt, eine schwarze Tasche, auf der in gelben Buchstaben DES steht. Er hebt die Hand und grüßt seinen Vater und danach, mit einem Nicken seines schmalen Kopfes, Hanna und Dee. Hanna fühlt, wie ihr Herz in der Brust hüpft. Herr Simon lächelt. »Der läßt sich durch nichts abhalten«, sagt er. »Egal, was im Geschäft zu tun ist, der muß zum Fußball. Sonntag spielen sie gegen die Nummer eins, ein wichtiges Spiel. Ich stelle sie Ihnen in einen Karton, das läßt sich besser tragen. Gegen Unitas müssen sie antreten.«

Er schüttelt mitleidig den Kopf. Unitas ist Arnouds Verein, denkt Hanna. Weiße Trikots mit ordentlichem, blauem Kragen. Bestimmt nicht das Wahre, bei DES muß man sein, das ist richtiger Fußball. Herr Simon redet weiter. »Ich will mich ja nicht brüsten, aber Jaak hat wirklich Talent. Wenn der sie nicht reinschlenzt, dann keiner. Er ist nämlich Mittelstürmer, auf ihn kommt es an!«

Einen Augenblick lang steht er verträumt da und sieht seinem davonröhrenden Sohn nach, dann stellt er das Eispäckchen auf den Tresen. Dee bezahlt.

Als sie am Freitag nachmittag nach der Schule kurz in die Cafeteria gehen, unterhält Jaak sich gerade mit drei kräftig gebauten Männern. Sie sitzen an einem gußeisernen Tisch und essen Pommes frites. Die Metallbeine ihrer Stühle schaben über den Steinboden, und die Stimmen schallen durch den Raum. Hanna und Dee warten schüchtern, bis Jaak aufsieht. Er lacht.

»Unitas!« sagt einer der Männer verächtlich. »Das sind doch Waisenknaben. Die machen wir platt!« Der Mann bewegt seine mächtigen Unterschenkel. Zwischen seinem Pullover und seinem Hosenbund sieht Hanna einen blassen Streifen nackten Rücken. »Wir zählen auf dich, Jaak, bist du auch heiß drauf?« Jaak hat zwei Flaschen Limonade hervorgeholt, die er Hanna reicht. Er blickt an den Männern und den Mädchen vorbei nach draußen.

»Ja«, sagt er, »das geht immer schon donnerstags beim Training los, da werd ich hungrig. Und wenn's dann erst mal Sonntag ist, hab ich richtigen Hunger nach dem Ball. Kann ich gar nichts gegen machen.«

Die Männer brüllen beifällig. »Friß du ruhig die Bälle, Jaak, wir machen dann schon den Rest!«

»Was bedeutet DES?« fragt Dee, als es einen Moment still ist.

»Draufhaun, Einseifen und Schuß, Kleine, was dachtest du denn?«

»Nein, nein«, sagt Jaak, »irgendwas mit Eintracht. Mein Vater weiß es bestimmt, der ist Fördermitglied. Kommt ihr Sonntag zusehen? Das wird ein Bombenspiel. Vor großem Publikum. Auf dem Hauptplatz, da kannst du auf der Tribüne sitzen. Oder bist du nicht so für Fußball?«

Hanna nickt. Für Fußball ist sie mit einem Mal mehr als für alles andere.

Wie schön er das gesagt hat, denkt sie. Hunger nach dem Ball. Er hat auch ein hungriges Gesicht. Und liebe Augen, wenn er so lacht. Wir müssen am Sonntag dahin. Unbedingt.

Blumenkohl. Brühwürstchen. Wenn Vater spricht, fliegen kleine weiße Speichelbläschen über die Schüssel mit den Kartoffeln. Die Rede ist von Schulnoten. Von Hausaufgaben, die zuerst zu machen sind, ehe es mit Deetje in die Stadt geht. Von einem Befriedigend, das nicht genügt. »Du hast Grips. Ich will nicht, daß du das verbummelst!«

Hanna guckt auf die aufgeschnittene Wurst auf ihrem Teller. Weiße Stückchen, graue Stückchen, rosa Stückchen. Wie kann man Hunger nach Wurst haben? Hunger hat man nach Sachen, die ganz wichtig sind, die man so gerne möchte, daß es einem den Magen zusammenzieht und einem ganz leicht im Kopf wird. Bei so einem Hunger kann man nicht essen, da muß man nur seufzen.

Jetzt, denkt sie, jetzt sofort. »Ja, du hast recht. Montag schreiben wir eine große Mathearbeit, und dafür werde ich richtig büffeln. Ich kann Sonntag nicht mit zu Oma, da üb ich den ganzen Tag Rechenaufgaben. Dee hilft mir, die hat das voriges Jahr schon gehabt.«

»Das wird Oma aber gar nicht nett finden«, sagt Vater, »mach deine Aufgaben mal schön am Samstag. Der Sonntag ist nicht dazu da.«

»Am Samstag mach ich sie ja *auch*, aber da schaff ich nicht alles. Ich muß viel üben, weil ich's nicht so gut kann. Nicht so gut wie Dee.«

Vater legt Messer und Gabel neben seinen Teller. Er macht Flecken aufs Tischtuch. Sein Gesicht ist rot angelaufen, und man kann ihn atmen hören. »Laß sie doch«, sagt Mutter. »Ich frag dann Frau Wester, ob sie Sonntag bei ihnen sein darf. Dann haben wir auch Zeit für uns.«

Den ganzen Samstag über sitzt Hanna in ihrem Zimmer. Sie malt ein Herz in ihr Matheheft. Mit einem Pfeil hindurch, der von »Hanna« zu »Jaak« führt. Kindisch. Sie reißt die Seite heraus, zerknüllt sie, holt sie wieder aus dem Papierkorb hervor und zerreißt sie in kleine Schnipsel. Wie stolz Jaaks Vater ihm hinterhergeblickt hatte. Aber auch ein bißchen traurig. Vielleicht hatte er an seinen ältesten Sohn gedacht, an die Beine, die in Übersee geblieben sind.

Am späten Nachmittag ist der Himmel ganz grau geworden. Dee kommt vorbei, und sie trinken in der Küche Tee. »Wenn es regnet, wird nichts draus«, sagt sie. »Dann wird das Spiel abgesetzt. Arnoud kriegt immer Tobsuchtsanfälle, wenn ihm das passiert.« Hanna erschrickt. Alles umsonst eingefädelt! Das kann nicht sein. Das darf nicht sein. Das geht einfach nicht.

Nachts hört sie den Regen an die Scheiben schlagen. Alle Tropfen fallen auf den Fußballrasen, der Platz wird zu weichem Matsch, auf dem keiner seinen Hunger nach dem Ball stillen kann. Hanna weint in ihr Kissen. Es muß stattfinden, und sie muß dabeisein. Sie wird für ihn jubeln, er wird für sie Fußball spielen, für sie. Danach ist er still und glücklich, er hat seinen halben Bruder am Ofen für eine Weile vergessen, er kommt auf sie zu, Matschspritzer kleben an seinen Sachen, er kommt näher, er streckt die Arme nach ihr aus, und dann, und dann –

Als sie wach wird, bläst ein kräftiger Wind, aber es regnet nicht mehr. Ihre Eltern brechen auf, Vater ohne ein Wort und Mutter mit einem halben Lächeln. »Gehst du dann gleich rüber, Hanna?« Hanna nickt. Komisch, daß man richtigen Lügen selber glaubt; sie sieht sich fleißig mit Dee Matheaufgaben machen. Wahr und doch nicht wahr. Im Badezimmer schminkt sie sich mit Mutters Wimperntusche die Augen. Wieso weiß sie nicht, was ich mache, denkt Hanna, und wieso muß ich jetzt weinen, wo ich doch gar nicht will, daß sie es weiß? Sie beißt sich auf die Unterlippe und wischt sich mit einem Handtuchzipfel vorsichtig die Tränen aus den Augenwinkeln. Dann löst sie ihre Haare aus dem Zopf.

Am Fußballplatz herrscht noch nicht viel Betrieb, es ist noch zu früh. Direkt hinter dem Eingangstor sitzt ein Mann in einer kleinen Bretterbude und raucht eine selbstgedrehte Zigarette.

»Wir warten«, sagt Dee. Um das Gelände erstreckt sich ein Graben, an den sie sich setzen. Auf ihre Mäntel, denn das Gras ist noch naß. Dee hat Lippenstift und Spiegel für Hanna dabei. Nun haben sie beide zartrosa Münder, und sie zünden sich die Zigaretten an, die Dee von ihrem Bruder bekommen hat. Der Rauch kratzt Hanna im Hals, aber die glatte Zigarette zwischen den Fingern fühlt sich gut an.

»Hallo!« sagt Jaak. Die Schuhspitzen zu beiden Seiten seines Mopeds auf dem Pflaster aufgesetzt, hält er das Gleichgewicht. Hanna hat ihn nicht kommen sehen. Verschreckt steht sie auf. »Ihr müßt da rein!« Er zeigt auf den Mann in der Bude, der den langsam eintrudelnden Zuschauern Karten verkauft. »Die Damen hier sind Gäste«, sagt Jaak. Dee und Hanna laufen hinter ihm her. Der Mann zwinkert Jaak zu und hebt den Daumen.

Als Jaak sich in den Umkleideraum in dem flachen Schuppen verzogen hat, steigen Dee und Hanna auf die Tribüne hinauf. Hanna fröstelt in ihrem feuchten Mantel, es zieht ihr eiskalt über den Rücken.

Auf dem Spielfeld kicken sich die Unitas-Spieler in einem weiten Kreis den Ball zu, immer nach dem gleichen Schema. Wer nicht dran ist, hüpft auf der Stelle oder schwenkt die Arme. Auf ein kurzes Kommando des Trainers hin traben die Männer schnurgerade hintereinander vom Platz; die blauen Kragen bilden eine Wellenlinie wie schaukelndes Wasser entlang einem Kai.

Jetzt ist die Tribüne voller Menschen. Dee zeigt auf Arnoud, der am gegenüberliegenden Spielfeldrand an der Seitenlinie steht. Er werde sie nicht verpetzen, sagt sie, sonst werde sie erzählen, daß er raucht. Der Wind hat die Bewölkung aufreißen lassen, und dann und wann huscht die Sonne über den Rasen wie ein Suchscheinwerfer. In kleinen Grüppchen kommen die Männer von DES in ihrer schwarzen Spielkleidung mit gold-gelber Aufschrift auf den Platz. Jaak läuft tänzelnd neben einem großen Mann her, der ein Formular bei sich hat. Hanna atmet aus und setzt sich auf. Eine ganz kurze Hose. Sehnige Beine, schwarz behaart. Guckt er? Ja, er guckt, er winkt. Hanna hebt verwirrt die Hand, ohne zu lachen. Der Schiedsrichter faltet das Formular zusammen und steckt es in seine Brusttasche. Er pfeift, es geht los.

Die Blau-Weißen spielen sich diszipliniert den Ball zu, stoppen ihn und sehen sich um, ehe sie schießen. Die Schwarzen stürzen sich wie wildgewordene Schmeißfliegen in die vermeintliche Schußlinie des Balls, kommen aber ständig zu spät. Sie sind älter und schwerer als die Unitasspieler. Jungen gegen Männer, denkt Hanna. Das ist nicht fair. Oder doch? Die Männer sind stärker, und sie haben Jaak. Sie machen ein großes Getöse, schreien und brüllen so sehr, daß sich die Blau-Weißen vor lauter Schreck den Ball abnehmen lassen. Unter dem Rasen ist der Boden durch-weicht. Spieler rutschen aus und lassen Lehmfontänen aufsprit-zen. Als ein Schwarzer einen Blau-Weißen gnadenlos rempelt, pfeift der Schiedsrichter. Hanna sieht, daß der Mann mit dem nackten Rücken aus der Cafeteria einen roten Kopf bekommt. Er will dem Schiedsrichter an die Gurgel, aber seine Freunde halten ihn fest. Dann blockt er den Freistoß des Gegners mit seinem riesenhaften Leib ab. Jaak nimmt den Ball mit dem Fuß an, rast damit an einem Gegenspieler nach dem anderen vorbei, macht Schwenks, schlägt Haken und rennt, bis er vor dem Tor ist. Er rammt einem Verteidiger den Ellbogen in den Magen, täuscht und schießt.

Auf der Tribüne springen die Zuschauer auf und jubeln. Die

Blau-Weißen heben die Hände, aber der Schiedsrichter pfeift und zeigt zur Mittellinie. Jaak trabt zurück. Schwarze Matschstreifen an den Beinen. Er reißt die geballten Fäuste hoch.

In der Halbzeit bleiben die meisten Zuschauer sitzen, aber Hanna und Dee gehen zum Spielfeld hinunter. »Und?« fragt Jaak, als er auf dem Weg zum Umkleideraum an ihnen vorbeikommt. Hanna nickt. Ihre Augen leuchten. Sie hat ihren Mantel aufgeknöpft, als wäre sie genauso erhitzt wie er. »Macht euch auf was gefaßt«, sagt Jaak, »nachher donner ich noch 'n paar rein!«

Die Spieler streben dem Holzschuppen zu. An einem umgedrehten Besen neben der Tür streifen sie sich die Schuhe ab. Keiner darf zu ihnen rein, außer dem Trainer, der ihnen auf einem Tablett Becher mit dampfendem Tee bringt. »Aber in die Kantine dürfen wir«, sagt Dee. »Da ist Arnoud. Wollen wir was trinken gehen?«

»Mann, sind das Knüppler«, sagt Arnoud empört. »Die rempeln und treten, und der Schiri sieht nichts. Der vom Milchmann spielt aber ganz gut, finde ich.«

»Er ist vom Eissalon. Und er selbst hat auch einen Laden. Da gehen wir manchmal hin.« Hanna ist rot geworden. Sie möchte eine Zigarette. Sie möchte über Jaak reden, als wäre sie die einzige, die ihn kennt, als gehörte er zu ihr.

Die Tür vom Umkleideraum geht auf, und alle kommen wieder nach draußen. Hanna und Dee bleiben mit Arnoud am Spielfeldrand stehen. Auf der gegenüberliegenden Seite steht Kees, vom Milchmann; Hanna winkt ihm zu, und er winkt zurück. Sie sieht ihn zum Eingang hinüberblicken, folgt seinem Blick und erschrickt. Herr Simon Lievaert, der Eiskönig, schiebt seinen ältesten Sohn auf den Platz. Er muß sich mit ganzer Kraft gegen den Rollstuhl stemmen, denn in dem Matsch rutschen die

Räder, und wenn er an Fahrt verliert, bleibt er stecken. Siem hat die Hände um die Armlehnen geklammert. Über seinem Schoß liegt eine karierte Decke, die vorn herunterhängt. Die Fußstützen sind hochgeklappt. Wenn der Wind die Decke aufwehen läßt, ist dort Leere.

Kees rennt zu ihnen. Er klopft seinem Cousin kurz auf die Schulter und bugsiert den Stuhl mit seinem Onkel zusammen zum Unitas-Tor. Siem hat seine Beinstümpfe dem Spielfeld zugewandt. Simon und Kees flankieren ihn wie wachhabende Soldaten.

Am gegenüberliegenden Ende des Platzes hat Unitas ein Tor geschossen. Die Blau-Weißen lassen ein kurzes Triumphgeschrei ertönen und laufen schnell auf ihre Positionen zurück, während sie sich unterwegs noch die Hände schütteln. Gegrummel auf der Tribüne. Die schwarzen Männer sind unruhig geworden und stampfen durch den Lehm wie Elefanten. Sie überrennen die blau-weißen Jungen, schieben sie beiseite und treten ihnen schnell gegens Schienbein, wenn der Schiedsrichter nicht hinsieht.

»Unfaire Arschlöcher«, sagt Arnoud. »Ich hau ab, ich hör's dann schon. Tschüs!« Wütend stiefelt er zum Ausgang. Der Trainer von DES läuft in einem schlabbrigen Anzug am Spielfeldrand auf und ab. »Schnappt sie euch!« ruft er. »Weiter so! Hau drauf, Jaak, hau drauf! Rein mit ihm!« Der Zigarrenstummel zwischen seinen Fingern brennt nicht mehr. Keuchend behält der Trainer seine Männer im Auge.

Jaaks Gesicht ist blaß. Sein Mund ist nicht mehr als ein Strich zwischen den schmalen Wangen. Durch einen sagenhaften Schuß von dem Mann mit dem nackten Rücken bekommt er den Ball zugespielt und stürmt auf den Unitas-Torwart zu. Die Zuschauer schreien, die Leute auf der Tribüne trampeln auf die Holzbretter, der Lärm ist ohrenbetäubend. Jaak sucht sich eine Ecke aus, rasch überfliegen seine Augen den Torraum, sein Blick bleibt kurz an der gedrungenen Gestalt seines Bruders hängen, er schießt. Daneben. Zwischen Rollstuhl und Torpfosten hindurch verschwindet der Ball in den Graben hinein.

Herr Simon muß da weg, denkt Hanna. Das ist doch eine Qual für den armen Siem, wenn er sich all die kräftigen Beine ansehen muß. Und Jaak, wie soll der denn bei dem Anblick treffen? Tränen des Mitleids treten ihr in die Augen. Taschentuch. Sie wendet sich ab und schneuzt sich die Nase.

Als sie wieder hinguckt, sieht sie Jaak verbissen aufs Tor zurennen. Das Publikum hält den Atem an, Stille senkt sich über den Platz, die in Jubel umschlägt, als der Ball über den Torwart hinweg oben ins äußerste Eck hineinknallt. Alle springen auf und schreien. Die Männer nehmen Jaak auf die Schultern und tragen ihn zur Mittellinie.

»Komm«, sagt Dee, »wir gehn in die Kantine. Schön warm.« Sie laufen am Umkleideraum vorbei. Aus den hoch angebrachten Fensterchen kringelt sich Dampf, und man hört Wasserrauschen und tiefe Männerstimmen. Auf der Straße sieht Hanna den breiten, gebeugten Rücken des seinen Sohn schiebenden Herrn Simon, der sich langsam entfernt. Es wird schon dunkel. Drinnen erleuchten schwache Glühbirnen den Raum. Der Mann, der die Karten verkauft hat, steht neben einer Frau mit karierter Schürze hinter der Theke. Die Fenster sind beschlagen. Sie sehen Kees mit einem Bier in der Hand dastehen und gehen zu ihm. An den Wänden hängen Fotos von Fußballmannschaften. Dee will auch ein Bier. Hanna wartet.

Jaaks Haare sind naß. Er hat sie straff nach hinten gekämmt, aber hier und da springt eine Locke heraus. Er schüttelt Kees die Hand und legt die Arme um Dee und Hanna. Die Wärme seiner Achsel. Seine harten Rippen. Sie trinken. Dee sitzt auf einem Barhocker, drückt sich mit den Knien an Kees und nimmt große Schlucke von ihrem Bier. Hanna lauscht ihren Stimmen – sie lachen und kreischen, wieso, worüber? Jaak hat den Arm auf ihren Schultern liegen lassen und hebt mit der freien Hand sein Glas. Zwischen dem Lärm, dem Wummern des Radios und dem blauen Zigarettenqualm hindurch richtet Hanna einen Trichter glasklarer Aufmerksamkeit auf Jaaks Gesicht. Feine dunkle Brauen über den hellen Augen. Der Mund. Perlweiße Zähne, die spitz zulaufende Zunge.

»Laß uns kurz rausgehen, ich ersticke hier.« Die Hand läßt er auf ihrer Schulter liegen. Dee hängt mit dem Oberkörper auf der Theke und kann sich gar nicht mehr halten vor Lachen. Sanft schiebt Jaak Hanna zur Tür. »Jakie, Jakie!« rufen die Männer, wo immer sie vorbeikommen, recken die Daumen hoch und grinsen.

Ist es schon Abend? Es scheint keine Zeit mehr zu geben. Der an Kantine und Umkleideraum entlangführende Weg wird von einer Laterne beschienen. Die Tribüne auf der gegenüberliegenden Seite des Platzes steht da wie eine schwarze Wand. Jaak drückt Hanna an sich. Sie schlingt den Arm um seine Mitte, fühlt seinen harten Leib an ihrer Brust. Unter der Laterne bleibt er stehen, wendet sich ihr zu, lächelt und beugt den Kopf über ihr Gesicht.

Die Kantinentür fliegt auf, und ein Mann brüllt: »Tor, Jakie!« Kichernd verschwindet er im Dunkel. »Quatschkopf!« sagt Jaak. »Muß bestimmt pinkeln.«

Die Tür zum Umkleideraum steht einen Spaltbreit offen. »Komm, schnell«, flüstert Jaak und zieht sie nach drinnen. Sie stolpert über den umgedrehten Besen und fällt gegen Jaak, sie stürzen auf den harten Boden, ein stechender Schmerz fährt ihr durch den Ellenbogen, und für einen Moment wird alles schwarz.

Sie liegt auf den Steinen. Sand, Matsch, es fühlt sich naß in ihrem Rücken an. Durch die Oberlichter fällt der gelbe Schein der Laterne herein. Neben ihrem Kopf liegt ein umgedrehter Fußballschuh. Sechs Stollen. Es riecht nach Schimmel, nach Schwimmbadkabinen und alten Kleidern. Jaak ist schwer. Er bohrt den Kopf in ihren Hals, er beißt sie, er zieht ihr die Bluse hoch, auch den BH, was macht er da, was ist denn los? Hanna will ihn rufen, will seinen Namen sagen, alles ist plötzlich so anders, er tut ihr weh, nicht so, nicht so. Doch kein Laut dringt aus ihrem Mund. Er hat ihr den Arm quer über die Kehle gelegt und zerrt ihr mit der anderen Hand die Unterhose herunter. Er keucht, er redet, aber sie versteht nichts. Speichel tropft ihr ins Gesicht. Seine freie Hand gräbt zwischen ihren Beinen, die Finger verschaffen sich Zugang, und sie verspürt einen schneidenden Schmerz, als sich die scharfen Nägel in sie hineinbohren. Schmutzige Nägel mit schwarzen Rändern, sie hat sie um das Bierglas gekrümmt gesehen.

Ein Bein rausziehen, anspannen und ihm mit Wucht das Knie zwischen die Beine stoßen. Sein Körper erschlafft. Hanna reißt sich los. »Verdammte Scheiße. Aua. Bist du verrückt geworden?« Jaak greift sich in den Schritt. »Du hast es doch darauf angelegt! Ach, leck mich doch. Blöde Kuh.« Er stößt die Tür auf. Im Viereck des Türrahmens sieht sie, wie er sich mit den Händen durchs Haar streicht.

Es ist sehr still im Umkleideraum. Hanna kauert am Boden, die Arme um die Knie geschlungen. Ihr Kopf ist leer. Sie denkt an nichts. Aufstehen, Hose hochziehen, Bluse in den Rock, nach draußen.

Dee lehnt an der Wand des Vereinshauses und übergibt sich. Kees steht hilflos daneben. Sein Gesicht erhellt sich, als Hanna näher kommt.

»Sie muß nach Hause«, sagt er. »Sie hat viel zuviel Bier getrunken.« Sie nehmen Dee in ihre Mitte und machen sich auf den Weg. Dees Beine schleifen über den Boden. Sie stützt sich schwer auf ihre Helfer und muß unterwegs ein paarmal anhalten. »Juhu. Gewonnen. Muß kotzen.« Hanna hält ihre Freundin gut fest. Vor Deetjes Haus bleiben sie stehen. »Ich geh dann mal«, sagt Kees. »Morgen ist wieder Montag. Schaffst du's alleine?« Hanna nickt. »Danke. Tschüs.« Mit ihrem Taschentusch wischt sie Dee Spritzer von Erbrochenem vom Mantel. Dann winkt sie Kees nach, der mit den Händen in den Taschen eilig davonstiefelt. Die Eingangsstufe hinauf. Den linken Arm hinter Dee, mit der rechten Hand klingeln. Arnoud macht auf. »Hier ist Dee«, sagt Hanna. »Ihr ist schlecht.«

Zu Hause ist alles dunkel. Hanna öffnet die Gartenpforte und holt den Küchentürschlüssel unter dem Mülleimer hervor. Hinten im Garten wiegen sich die Birkenwipfel im Wind, Blätter fallen herunter, sie leuchten kurz im Mondlicht auf. Nie wieder Hunger, denkt Hanna. Ich nehme meine Bücher, ich trage meine Tasche, meine Beine gehen, und mein Mund ißt. Ich werde jemand, der nie Hunger hat. Das Schloß springt auf. Hanna macht die Tür hinter sich zu.

# — *Griechischer Fußball* —

Wie eine Blume in einem Teich ist die Insel an die Wasserober-
fläche gewachsen. Wir ziehen auf das Ende eines Stengels, der
am Meeresboden entsprungen ist; zwischen Felsbrocken und
wilden Wasserpflanzen hervor hat er sich Monat für Monat weiter in die Höhe bewegt. Jetzt kommen wir. Jetzt kommen mit
rot-weiß gestreiften Decken und blechernen Essensbehältern
beladene Schiffe. Jetzt kommt das Arbeitsregister in der Aktentasche von Herrn Morra. Der Name von meinem Vater steht in
diesem Register: Beuling, Pieter, Deicharbeiter, ndl.-reform.,
verheiratet.

Herr Morra preßt die Tasche mit den Unterarmen an seine
Brust, als er den Schlepper über die schmale Laufplanke verläßt.
Dann steht er auf dem Boden, dem neuen Boden, und blickt
sich um. Land ist sofort Land, wenn man die Füße darauf setzt.
Dumm. Seit ich hier bin, träume ich, daß der Stengel abbricht
und die Insel im Meer versinkt. Ich spüre, daß mein Bett kippelt,
schreiend rutscht meine Schwester Kettie aus dem Bett über
mir, ich sehe ihre Pyjamabeine durch die Luft sausen, ihr Kopf
knallt gegen die Wand, und ich bin wach. Dann taste ich vorsichtig in den Spalt zwischen der Matratze und der Bettkante.
Meine Finger streicheln die Pappe, auf der das Foto ist. Das Foto
von Faas.

Man darf nicht einfach so auf die Insel ziehen. Erst wird man geprüft. Ich war noch zu klein, um das zu begreifen, aber Kettie hatte es durchschaut. Sie mußte den Tee in die gute Stube bringen, wo Mutter mit einer fremden Frau in den Polstersesseln saß. Wir hatten unsere Sonntagskleider anziehen müssen, obwohl Dienstag war, mein Hemd war noch nicht mal trocken, und Mutter stand am Bügelbrett und pustete sich die Haare aus dem Gesicht. »Blödsinn, für so eine«, murmelte sie. Sie kämmte mich unsanft, mit Wasser.

»Wir ziehen um«, flüsterte Kettie, als sie in die Küche zurückkam. »An einen Ort, wo es gar nichts gibt. Keine Schule. Nicht mal eine Straße. Sie schreibt alles über uns auf. Es ist mitten im Meer. Ob ich schwimmen kann, hat sie gefragt.« Kettie schnaubte. Vielleicht log sie ja, redete einfach irgendwas daher. Bevor wir auf die Insel gekommen sind, hat sie mich nämlich immer geärgert.

Zusammen mit den anderen Leuten, die man für tauglich befunden hat, wohnen wir in einer Baracke. Jede Familie hat ein Zimmer mit mehreren Betten. Ich teile mir den Schrank mit Kettie. Mutter braucht nicht zu kochen, das macht Piet IJspeert in der Kantine. Wenn er fertig ist, bläst er in eine Schiffstute, und ich gehe in einem Blechbehälter unser Essen holen. Wir sitzen mit dem Teller auf dem Schoß auf den unteren Betten. Ganz oft liegt Mutter tagsüber auf meinem Bett. Hoffentlich findet sie das Foto nicht.

Es geht hier um die Väter. Wir sind nur so da, weil man uns nicht zurücklassen konnte. Aber die Väter sind extra hergekommen. Als erste die Baggerführer, um mit ihren Schwimmbaggern unter Wasser tiefe Rinnen zu graben. Triefend werden die Schaufeln hochgehoben und in den Schiffsbauch ausgekippt. Die Baggerführer kommen nie an Land, sie schlafen auf ihren Schiffen. Samstags fahren sie weg, mit Ausnahme von Wiebes Vater; er wohnt in einem Hausboot, das Biber heißt und an unserer Insel vertäut ist. Die Deicharbeiter sind aber diejenigen, auf die es wirklich ankommt. Sie bauen jeden Tag ein Stück an den Deichen, die uns irgendwann einmal mit dem Festland verbinden werden. Noch sieht unsere Insel wie eine Spinne aus, die ihre Beine immer weiter nach Harderwijk, nach Edam und nach Vollenhove ausstreckt. Immer früher müssen die Väter weg, um pünktlich bei ihrem Deichstück zu sein, und immer später kommen sie abends nach Hause. Sie stehen an den äußersten Enden der Spinnenbeine und fühlen sich wie auf hoher See. Eine Sturmbö, eine Flutwelle, und sie zappeln im Wasser. Gearbeitet wird ununterbrochen. In der Kantine zeichnet Herr Morra auf seiner großen Karte jeden Tag die Stücke ein, die gebaut worden sind. Am oberen Rand der Karte ist ein schräger Strich: der Abschlußdeich. Seit der da ist, heißt das Gewässer IJsselmeer und ist ein Binnensee, aber alle hier sprechen noch von der Zuiderzee, als wäre es das offene Meer.

Vor allem die Faschinenwerker. Wenn sie denn mal was sagen. Sie flechten am hintersten Ende der Insel aus Weidenruten riesige Matten, die dann zum neuesten Deichstück geschleppt und dort mit Wagenladungen voll Schotter versenkt werden. Die Faschinenwerker tragen flache schwarze Mützen und wollen mit niemandem etwas zu tun haben. Sie wohnen ganz für sich in der einen Holzbaracke, die noch stehengeblieben ist, als die Unterkünfte aus Stein gebaut wurden. Sie hätten wie wir ins Steinlager gedurft, aber das wollten sie nicht. Arie und ich schleichen uns manchmal an sie heran. Frühmorgens, noch im Dunkeln, gehen sie den Deich runter, machen zwischen den Basaltblöcken ihr Geschäft und waschen sich das Gesicht. Was sie zueinander sagen, verstehen wir nicht. Das Lageressen mögen sie nicht. Wenn sie Sonntag abends mit dem Schlepper aus Vollenhove kommen, hat jeder von ihnen einen Topf Fleisch bei sich. Davon essen sie die ganze Woche. Sie tragen scharfe Messer, mit denen sie das Faschinenholz anspitzen und ihre Kartoffeln schälen.

In der ersten Zeit bin ich todtraurig. Hier gibt es nichts, was ich kenne: keinen Teich mit Kaulquappen, keine Brücke, keinen Fußballverein. Nicht mal einen Baum. Ich hab den ganzen Tag nichts zu tun. Draußen laufen nur ein paar kleine Kinder in Latzhosen herum. Kettie liest immerzu, und Mutter ruht sich in meinem Bett aus. Keine Fliegen an den Fenstern. Immerzu Wind. Dann kommt Arie. Er trägt Gummistiefel und hat Faas Wilkes schon mal leibhaftig gesehen. Aries Eltern bekommen ein eigenes kleines Haus; sein Vater ist Friseur, und seine Mutter handelt mit Schönheitsmitteln. Arie hat ihr einen Lippenstift geklaut, um ihn Kettie schenken zu können. Meine Schwester steckt das Geschenk gleichgültig in ihre Tasche. Ihre Lippen machen ja auch nicht viel her.

Mir gibt er das Foto, ich darf es behalten. Ich wollte, ich hätte auch so einen gestreiften Pulli, so ein Xerxes-Trikot, wie Faas es anhat. Ich gucke in den kleinen Spiegel, der zwischen den Betten an der Wand hängt, und kämme mir das Haar nach hinten, mit einem naß gemachten Kamm, damit es dunkel aussieht, fast so schwarz wie das von Faas. Ich guck mich an, mit leicht gesenktem Kopf, so ein bißchen von unten herauf. Mit pechschwarzen Augen. Ich sehe ihm ähnlich.

Arie und ich gehen mit selbstgemachten Angeln auf Fischfang. Und wir machen Jagd auf Ratten. Wir locken sie mit Brotkrusten auf den Deich und feuern dann erbarmungslos Steine aus unseren Katapulten auf sie ab. Hinter der Baracke von den Faschinenwerkern hat ein Holzpflock Triebe bekommen. Jetzt haben wir einen Baum auf der Insel.

Arie wird elf und kriegt von seinen Eltern einen Fußball geschenkt, einen richtigen, mit Naht. Vor ihrem Haus hält er den
Ball hoch, prellt ihn dreimal, und der Ball springt davon, köpft
ihn zweimal, und Arie fällt um. »Geh da weg«, sagt seine Mutter, »sonst machst du mir noch die Scheiben kaputt. *Weg*.« Wir
versuchen es auf dem Deich, der auf einmal ganz schmal ist. Ich
kicke den Ball gleich zwischen Aries Beinen hindurch ins Wasser. Zum Glück hilft uns der Wind, ihn wieder einzufangen.
Schwer wie Blei ist der Ball jetzt, als würde man gegen einen
Basaltblock treten. Einmal spielen wir auf dem Rasen bei der
Kantine gegen Wiebe und seinen kleinen Bruder Gijs. Piet IJspeert kommt mit einem Topf Kartoffeln nach draußen und gießt
sie über dem Abfluß neben der Tür ab. In Dampfwolken ein-
gehüllt, schüttelt er den Kopf und zeigt auf die Fenster der Baracken rund um den Platz. »Hier dürfen wir auch nicht«, sagt
Wiebe. Er will den Ball nehmen, aber ich bin schon mit dem
Fuß dran, und der Ball landet bei Arie. Ein scharfer Schuß dicht
am verdatterten Gijs vorbei. Die Kantinentür ächzt. Fünf zu
null.

Es wird Herbst, und Herr Morra hat gesagt, daß wir Unterricht
bekommen müssen. Weil es auf der Insel keine Schule gibt, hat
er sich an Mutter gewandt. Er sitzt mit ihr in der Kantine; seinen Hut hat er auf den Tisch gelegt, aber den Mantel hat er anbe-
halten. Piet spült in der Küche das Geschirr und hat die Durchreiche aufgeklappt, damit er hören kann, was besprochen wird.
Ich habe Mutter mit der Taschenlampe hergeleuchtet.
    »O dieser Wind«, hat sie gesagt, »immer dieser verdammte
Wind, der bläst einem die Ohren vom Kopf.«
    Ich trockne für Piet die Schöpflöffel und die riesigen Messer
ab. Durch die Durchreiche höre ich die hohe Stimme von Herrn
Morra. Er redet von Müßiggang und Zerstörungswut.

»Disziplin, Frau Beuling, und eine sinnvolle Tagesgestaltung. Sie haben Erfahrung.«

»Ich kann das nur mit Kindern im Kindergartenalter«, sagt Mutter, »und das ist auch schon lange her. Außerdem bin ich hier immer so müde.« – »Weil Sie nichts zu tun haben. Es wird für Sie gekocht, und Haushaltsarbeiten fallen doch fast keine an. Unsere Polderbehörde nimmt Ihnen so gut wie alles ab. Und nun können Sie der Behörde einmal etwas abnehmen!«

Sie hat keine andere Wahl. Jeden Vormittag von halb neun bis halb eins unterrichtet sie so etwa zwölf Kinder, von denen Kettie mit ihren dreizehn Jahren die Älteste ist und die Stibbe-Zwillinge, die immer eine Rotznase haben, mit gerade eben vier die Jüngsten sind. Und das soll eine Schulklasse sein. Wir sitzen an Tischen in der Kantine, wo es nach abgestandenem Kaffee und ausgedrückten Zigarren stinkt. Piet klappert in der Küche herum. Er hat für die Kleinsten aus Packkisten einen niedrigen Tisch und dazu Bänke aus rohem Holz gemacht. Einer von den Zwillingen kriegt einen Splitter in den Oberschenkel und wimmert vor sich hin. Es ist kalt, aber noch keine Ofenzeit. Ich sitze mit Arie, Wiebe und Gijs an einem Tisch; wir malen auf Papier von Herrn Morra, das auf einer Seite mit Schreibmaschine beschrieben ist. »Frau Lehrerin, denen läuft der Rotz runter«, sagt Geertje Stibbe und zeigt mit dem Daumen auf die Zwillinge. Mutter sieht sich im Saal um, nimmt ein Geschirrtuch von der Theke und schneuzt die Zwillingsnasen. Erschöpft setzt sie sich auf einen zu niedrigen Stuhl. Sie trägt keine Kittelschürze. Ihr Rock ist im Bund mit einer Sicherheitsnadel zugemacht. Sie streicht sich die Haare aus dem Gesicht und seufzt. Ich gucke aus dem Fenster und sehe graues Wasser.

Es gelingt Mutter nicht, einen Stundenplan aufzustellen, mit dem alle zufrieden sind. Die Kleinen wollen jeden Tag stundenlang Lieder singen, aber dazu haben die größeren Jungen keine

Lust. Arie kneift Wiebe ohne Vorwarnung in den Hintern, so daß der laut aufschreit; Kettie geht mit den Zwillingen aufs Klo und kommt mit feuerrot angemaltem Mund zurück. Mutter guckt zwischen Kettie und den sich kloppenden Jungen hin und her. Ich beuge mich über mein Malblatt.

Erdkunde, hat Herr Morra gesagt. Mutter soll uns etwas über das Meer und unsere besondere Lage darin erzählen. Und Geschichte. Vom Krieg kann sie doch erzählen, den hat sie selbst mitgemacht, das ist ja noch gar nicht so lange her. Sie fängt von der Bombardierung Rotterdams an; Arie zeichnet unterdessen Flugzeuge mit schwarzen Hakenkreuzen drauf, und die Kleinen starren Mutter verstört an. Sie haben Angst. Ich denke an die ausradierten Straßen und Plätze in Faas' Stadt. Vielleicht läuft er dort genauso heimatlos herum wie ich hier auf der Insel, über wüstes Gelände, wo noch nichts ist, an Baugruben und Bretterzäunen vorbei, hinter denen sich irgendwann einmal etwas erheben wird, über sandigen Boden mit Holz und Steinen, während ihm der Wind Regentropfen ins Gesicht bläst.

»Er spielt in Italien, da sitzt er schön im Straßencafé in der Sonne«, sagt Arie. Aber ich male ihn im Xerxes-Trikot. Mich selbst übrigens auch. Als den noch sehr jungen, aber schon sehr guten Linksaußen, der fabelhafte Vorlagen gibt, welche Faas allesamt reinknallt. »Danke«, sagt er dann. Und der Torwart hockt weinend in seinem Tor.

Aus Volendam sind Rechenbücher gekommen, und Mutter versucht den Großen zu erklären, wie man beim Teilen die Ziffern untereinanderschreibt. Ich höre zwar zu, bekomme aber nur den müden Klang ihrer Stimme mit.

»Abziehen, Rest bewahren, nächste runterziehen, eine borgen, das Komma nicht vergessen, wie ging das noch mal, weißt du es, Kettie?« Kettie sieht von ihrem Buch auf und schüttelt den Kopf. Die Schule in Vollenhove hat uns eine stumme Karte der

Niederlande geschenkt. Piet IJspeert hängt sie hinter dem Tresen auf und streitet sich mit Mutter über die Namen von Orten und Flüssen. Die Zuiderzee ist noch offen. Und in ihrer Mitte ist nichts, keine Insel, kein Punkt, gar nichts.

Trotzdem gibt es uns, auf der künstlichen Insel, die offiziell Parzelle P heißt. Die Schlepper aus Enkhuizen, Harderwijk und Vollenhove, die Vorräte und Post bringen, finden uns jedenfalls meistens. Janus Blom, Aries Vater, sortiert die Briefe in seinem Friseursalon, setzt dann die Postbotenmütze auf und trägt sie aus. Er liest sie zuerst, sagt Mutter.

Es friert, das Meer ist zu. Da kommt kein Schiff mehr durch. Sind genug Kohlen auf der Insel für die großen Öfen in den Baracken? Piet heizt den Kantinenofen mit Kleinholz, es knackt und knallt so sehr, daß die Kinder unruhig werden. Einmal in der Woche hängt ein Hubschrauber über dem Deich, und Jutesäcke mit Päckchen, Zeitungen, Kleidung und Lebensmitteln fallen herab. Die Säcke reißen auf, Briefe wehen zwischen die Basaltblöcke, und Apfelsinen rollen den Deich hinunter. Wir kriechen über die Steine und sammeln alles ein.

Obwohl es verboten ist, spielen wir auf dem Deich, wo sich das Eis zu knackenden, kalten Burgen aufstaut. Das Hausboot von Wiebes Eltern verschwindet hinter den Eisplatten. Die ganze Insel ächzt und knarrt. Frau Stibbe soll ein Baby bekommen, kann aber nicht aufs Festland. Herr Morra sitzt in Enkhuizen fest, und Mutter schließt die Schule. Eisfrei, sagt sie. Sie geht zu Frau Stibbe, um ihr zu helfen, und lädt die Zwillinge bei Kettie ab.

Als Vater von der Arbeit kommt, ist Mutter noch nicht zurück; Kettie lauscht unter dem Fenster auf das Geschrei. »Einen Arzt rüberfliegen«, sagt Vater, »oder wenigstens eine Telefonleitung legen, das könnten die von der Polderbehörde doch wohl für uns tun!« Er zermanscht die Bohnen auf seinem Blechteller. Die Fenster zittern in den Rahmen. Sturm. Ich denke an Faas in seinem italienischen Straßencafé. Er füttert die Tauben und blickt unter seinen schwarzen Augenbrauen hervor in den strahlenden Himmel.

Mutter bleibt am nächsten Morgen im Bett. Das Baby ist tot zur Welt gekommen, sagt Kettie. Alles voller Blut, und Frau Stibbe will nicht mal die Zwillinge sehen. Es stürmt und stürmt, auch nachts.

Herrn Morra gelingt es, sich zwischen den schmelzenden Eisschollen hindurch zur Insel befördern zu lassen. Arie und ich stehen am Schlepper, als er mit Frau Stibbe an Bord zurückfährt. Ihr Gesicht ist hinter einem dicken Kopftuch versteckt. Der Kapitän trägt eine kleine Kiste an Bord. Das Baby, glaubt Arie. Es können aber auch Zigarren sein. Das Schiff donnert unaufhörlich gegen die Pfähle des Anlegestegs, und auf dem Wasser stehen Schaumkronen.

Eine Telefonzentrale ist angelegt worden. Aries Mutter Agnes lernt, sie zu bedienen; in ihrem Haus ist am meisten Platz, und Aries Vater macht ja auch schon die Post. Es ist, als könnten sie weiter reichen als wir alle. Vom Friseursalon aus kann Agnes das Krankenhaus in Harderwijk anrufen und das Büro in Enkhuizen. Ich rufe Faas an, jede Nacht. Er dribbelt mit dem Ball vor mir her, und ich mache es ihm nach. Drehen, anschneiden, Fuß um den Ball herum, unter den Ball, schießen. Er wendet sich zu mir um und hält den Daumen hoch. Sein schwarzes Haar liegt tadellos am Kopf an, denn wo wir sind, ist kein Wind.

Agnes Blom hämmert an alle Barackentüren. »Hochwasser«, sagt sie mit ihrem perfekt geschminkten Mund. »Sturmflut in Zeeland. Die Männer müssen hin.« Mit beiden Händen hält sie ihre Frisur fest, als würden ihr sonst die Haare vom Kopf wehen.

Die Barackentür knallt zu, als sie mit ihrem mageren Gestell weiterstapft.

Es stimmt. Alle Väter trotten auf den Schlepper, der ganz früh am Morgen aus Harderwijk getuckert kommt. Wiebe und Gijs bringen Herrn Wagenvoort weg. Herr Stibbe kommt allein zum Steg. Janus darf auf der Insel bleiben und Piet auch. Vater küßt uns alle. Als er gestern abend von der Besprechung mit Herrn Morra zurückkam, hat er uns erzählt, wie es in Zeeland zugeht: Da sitzen die Leute auf den Dächern ihrer Häuser und winken mit weißen Kissenbezügen, Boote fahren zwischen Turmspitzen und Schornsteinen umher, ertrunkene Schweine schaukeln auf den Wellen, und das Meer bricht durch die kaputten Deiche herein. Logisch, daß Vater dorthin muß. Ich renne mit Arie ans Ende des Deichs. Wir winken dem Schlepper nach, bis wir ihn nicht mehr sehen.

Knapp eine Woche nachdem die Väter weg sind, kommt das Boot aus Enkhuizen mit einem neuen Inselbewohner. In seinen hohen Gummistiefeln ist er mit drei Schritten von der Laufplanke runter. Braune Cordhose. Dufflecoat mit Ankerknöpfen. Spitzes Gesicht, schwarzes, nach hinten gekämmtes, welliges Haar. Ich spüre ein Saugen im Magen. Hinter dem Mann her trippelt Herr Morra. Beide gehen auf die Gruppe der wartenden Mütter und Kinder zu. »Herr Greidanus«, sagt Morra. »Er wird von jetzt an euer Lehrer sein. Dank unserer Behörde.« Der Lehrer wippt auf seinen Füßen vor und zurück; er streckt sich und guckt über die ganze Insel. Dann läßt er den Blick langsam auf die Höhe der Müttergesichter sinken. Agnes Blom lächelt. Mutter verzieht keine Miene. Der Lehrerblick sinkt noch tiefer und mustert die Kinder. Kettie hat die Hände auf dem Rücken. Sie reckt das Kinn hoch und guckt den Lehrer an, bis er ihr ausweicht und Arie und mich ansieht. Ich stelle mich gerader hin. Arie boxt mir heim-

49

lich in den Rücken. Der Lehrer sieht es. Er sagt nichts. In aller Ruhe guckt er sich die kleinen Kinder an und nickt Geertje zu, die an jeder Hand einen Zwilling hat. Sie wird rot.

»Ich erwarte euch morgen früh. Die Großen um halb neun, die Kindergartenkinder um neun. Im vorläufigen Schulgebäude.« Seine Stimme gellt, vielleicht fürchtet er, den Wind nicht übertönen zu können. Er dreht sich um und geht zum ausgeladenen Gepäck, um seinen Koffer zu holen.

Jetzt sind wir eine richtige Schule. Der Lehrer hat unsere Stühle hinter die Tische gestellt, so daß wir alle zu ihm nach vorn sehen. Die Durchreiche zur Küche hat er zugeklappt. Es ist still im Klassenzimmer. Jedes Kind arbeitet an seinen eigenen Aufgaben. Nie darf man nichts tun. Wer eine Aufgabe fertig hat, muß nach vorn. Man steht dann am Tisch des Lehrers, während er liest, was man geschrieben hat. Danach sieht er einen an und sagt einem mit gedämpfter Stimme, was man falsch gemacht hat. Mit den Kleinen gibt sich Herr Greidanus nicht ab. Ihre Möbel hat er in den Küchenvorraum stellen lassen.

Mutter ist am ersten Schultag um neun Uhr gekommen, um auf die Kleinen aufzupassen, und hat die Kinder zwischen Eimern und Besen eingeklemmt gefunden. Das gab Streit. Herr Morra ist dazugekommen. Mutter wurde entlassen, und als ihre Nachfolgerin hat sich Agnes Blom angeboten.

In der Mittagspause beratschlagt Agnes mit dem Lehrer über den Stundenplan. Nachmittags haben wir, die Großen, auch Schule. Für die Turnstunde schieben wir die Tische beiseite. Der Lehrer hat alle Mütter schwarze Turnhosen nähen lassen. Meiner Mutter war das zu blöd. Ich ziehe eine alte Badehose von Vater an, und Kettie kriegt eine Hose von Geertje, die am Po ziemlich stramm sitzt.

Stählen müssen wir uns, sagt der Lehrer. Wir stellen uns vor, daß wir in einem Tal wohnen. Überall um uns herum erheben sich Berge, und dahinter wohnt der Feind. Daher müssen wir lernen, auf der Hut zu sein und einträchtig und stark. Wie die alten Griechen, von denen uns der Lehrer erzählt. Die waren für ihr Land zu allem bereit, die übten sich halb nackt im Laufen und Ringen, auch wenn es fror. Ich ringe mit Arie vor dem Ofen. Ich sitze oben, und der Lehrer sieht zu. »Du brichst seine Kraft«, sagt er. »So lernt ihr euch kennen. Als Soldaten und als Brüder.« Wir vom neuen Land können uns nur gegenseitig vertrauen. Das alte Land ist verdorben. Die vom alten Land sind unsere Feinde.

Manchmal kommen die Väter am Samstag abend nach Hause, um früh am Montag morgen wieder aufzubrechen. In Zeeland sind alle Deiche zerstört, die besten Deicharbeiter aus dem ganzen Land werden noch lange mit den Reparaturen zu tun haben. Das alte Land zerfällt, es ist verschlissen. Herr Morra will eine Schulklasse aus Biggekerke einladen, zur Erholung auf unsere Insel zu kommen. Er hat mit dem Lehrer darüber gesprochen, sagt Agnes zu Mutter. »Aber Evert kann er damit gestohlen bleiben, der arbeitet ohnehin schon viel zu hart.«

»Für die Kinder scheint mir das auch keine so gute Idee zu sein«, sagt Mutter, »die haben schon viel zuviel Wasser gesehen.«

»Aber die aus Vollenhove oder Nijkerk können doch kommen«, sage ich zu Arie. »Jetzt, wo die Männer weg sind, ist genügend Platz zum Schlafen da. Wir könnten gegeneinander spielen.« Arie geht zu Herrn Greidanus. Die Soldaten des neuen Landes wollen gegen ihre Feinde kämpfen. Wir nehmen das Training auf. Piet stellt Matten aus Eisengeflecht vor die Fenster auf der Rückseite der Baracke; wenn die Kleinen draußen spielen wollen, müssen sie auf den Platz vor der Kantine gehen, und wir haben den Innenplatz zum Üben.

Der Lehrer erklärt die Mädchen zu Jungen. Wir brauchen sie dringend für die Elf, und Kettie ist ein prima Torwart. Jeden Nachmittag üben wir annehmen, mitführen, flanken und schießen. Es zeigt sich, daß Geertje hervorragend köpfen kann. Abends nach dem Essen müssen wir noch einmal zu einem Spiel antreten, fünf gegen fünf. Wir müssen einander zuspielen, einander Tore schießen lassen, wir müssen eine Einheit bilden, sagt der Lehrer. Arie nennt das griechischen Fußball. Mutter brummelt in sich hinein, wenn wir in unseren schwarzen Hosen losziehen.

»Er schläft nicht mehr«, sagt Agnes Blom, »und guck mal, wie seine Augen glänzen. Der Mann brennt schlichtweg aus.« Schon seit Wochen spricht der Lehrer nur noch von dem Spiel gegen das alte Land. Am besten sollten wir alle zusammen schlafen, findet er, nicht mehr bei unseren Müttern. Und dann morgens nackt ins kalte Meer. Dadurch wird man zur Einheit. Arie kichert und stößt Kettie an. »Guck nach vorn«, sagt sie.

Der Lehrer erzählt davon, daß wir die Nijkerker demütigen sollen; wir sollen ihnen gnadenlos demonstrieren, welches hier die gesündere, kameradschaftlichere, stärkere Mannschaft ist. Er spricht laut und schnell. Manchmal fliegt ihm etwas Spucke aus dem Mund. Wenn doch die Deiche in Zeeland schon fertig wären!

An dem Holzpflock sind Knospen, die von Tag zu Tag größer werden. Der Baum lebt. Arie und ich spielen auf dem Deich Fußball. Wir können jetzt so genau zielen, daß der Ball nicht mehr ins Wasser fällt. Es ist noch früh. Wir hören es hinter dem leeren Faschinenwerkerschuppen poltern und schleichen uns näher heran. Der Lehrer steht nackt auf den Basaltblöcken. Er hebt die Arme. Sein riesiger Pimmel baumelt hin und her. Der Lehrer schwimmt. Er sieht uns und winkt mit einem Arm, daß wir auch ins Wasser kommen sollen. Arie geht, behält aber seine Unterhose an. Ich guck noch kurz zu, dann renne ich weg.

Das Schiff mit den Nijkerkern ist auf dem Weg zu uns. Wir stehen in Fußballkleidung auf dem Anlegesteg, um die Feinde willkommen zu heißen. Frau Wagenvoort und Agnes haben für den Empfang in der Kantine Kuchen gebacken. Janus Blom steht hinten. Er macht heute nachmittag den Schiedsrichter. Wir sollen die Nijkerker auf der Insel herumführen, damit sie sehen können, wie wir hier leben. Es sind viele, viel mehr als die elf, die nötig sind. Sie stolpern über die Steine vom Deich und schrammen sich die bloßen Knie an dem überall angespülten Holz auf. Sie mäkeln herum, daß wir keine richtigen Häuser haben, daß hier nichts wächst, daß es nicht mal eine Kirche gibt. Ich überlege, ob ich ihnen den Pflockbaum zeigen soll, tue es aber nicht.

Piet hat zwei richtige Tore zusammengezimmert, mit ausrangierten Fischnetzen drin. Die Nijkerker kommen auf den Platz. Sie wollen nicht gegen Mädchen spielen, aber als sie den Lehrer sehen, geben sie klein bei und nehmen Aufstellung. Sie scheinen alle vierzehn zu sein. Kettie stellt sich in ihr Tor und spuckt sich in die Hände.

Ehe wir nach draußen gegangen sind, haben wir uns im Küchenvorraum alle gebückt und die Arme umeinandergelegt. Geertje Stibbes Wange an meiner. Der Lehrer hat gezischelt, daß wir auserkoren seien, eine neue Menschenart aus einem neuen Land. Daß wir mit einem weniger auf den Platz müßten, sei nicht wichtig. Die Einheit sei unser elfter Mann.

Ich bin Spielführer und schüttele dem Feind, der in echten

Fußballschuhen antritt, die Hand. Von der Seitenlinie aus wirft mir der Lehrer einen vernichtenden Blick zu; ich wische mir die Hand an der Hose ab. Unterdessen ist der Ball schon weg. Wiebe Wagenvoort trabt wie ein Pferd vor Ketties Tor hin und her. Trotzdem: Tor. Sie jubeln. »Aufstellen! Weiterspielen!« brüllt der Lehrer. Der Jubel verstummt. Janus Blom überquert keuchend das Spielfeld, die Trillerpfeife im Anschlag. Die Mütter rufen leise: »Los, los«, die kleinen Kinder sind ganz still.

In der Halbzeit zieht sich Nijkerk in den Schuppen der Faschinenwerker, seinen Umkleideraum, zurück. Piet bringt ihnen Tee. Durch die Kantinenfenster sehe ich Agnes hinter dem Lehrer herlaufen. Ihr roter Mund bewegt sich ganz schnell. Der Lehrer fuchtelt mit den Armen herum, als wollte er sie umsäbeln. »Ich will weitermachen«, sagt Janus, »dann haben wir's hinter uns. Hauptsache, es passiert was.« Der Lehrer kommt in die Kantine gestürmt. »Im Krieg sind alle Waffen erlaubt«, sagt er. »Das neue Land verliert nicht. Radiert sie aus! Fegt sie hinweg, um jeden Preis. Lieber sterben als unterliegen, merkt euch das!« Er ist ganz blaß. Ich gebe meiner zehnköpfigen Elf ein Zeichen. Wir gehen nach draußen.

Wir haben den Wind im Rücken, Geertje bekommt den Ball auf den Kopf und köpft ihn rein. »Abseits«, sagt Janus. Vom Spielfeldrand aus schnaubt der Lehrer, daß Janus blind ist, die Regeln nicht kennt, nicht weiß, wo er steht. »Der Schiedsrichter ist unparteiisch, Herr Greidanus«, sagt Janus. Hoch erhobenen Hauptes marschiert der Lehrer zum anderen Ende des Platzes. Arie hat den Ball. Ich laufe mich frei, der Ball kommt, und ich jage ihn schnurstracks rein. In einem Nebel aus Schweiß und Tränen sehe ich Faas an Ketties Tor stehen. Sein gewelltes Haar. Das Lächeln um seine schmalen Lippen. Jetzt wird geknüppelt. Sogar die Mädchen treten den Nijkerkern vors Schienbein. Der kleine Gijs Wagenvoort hält ihren Mittelstürmer an seiner Hose

fest, als der aufs Tor schießen will, und er fällt um. Die Nijkerker rufen entrüstet nach Janus, der aber weiterspielen läßt. Wir
drängen geschlossen nach vorn, auf Teufel komm raus.

»Feuer!« schreit Kettie. Sie springt zwischen den Torpfosten
auf und ab und zeigt zu dem Schuppen hinter ihr. Eine Scheibe
zerplatzt mit lautem Knall, und dichter Rauch quillt heraus. Sofort lodern die Flammen auf. Es knistert und knackt. Wie gelähmt stehen die Spieler auf dem Rasen. Janus pfeift dreimal ganz
kurz. Noch immer rührt sich niemand. Alle lauschen auf das
Prasseln des brennenden Faschinenwerkerschuppens.

Piet kommt mit Eimern angerannt. »Löschen«, sagt er, »Wasser ist genug da. Stellt euch in einer Reihe auf. Weitergeben. Ich
schütt's dann drauf.«

Die Nijkerker erheben Geschrei um ihre Schuhe, ihre Jacken,
ihre Rucksäcke und ihr Taschengeld. »Mund halten und helfen«, sagt Piet. Agnes Blom stürmt quer durch die Löschreihe
hindurch. »Evert, wo ist Evert? Evert brennt!« Piet macht An-
stalten, den Pflockbaum rauszureißen, um die Tür damit ein-
zurammen. Soll ich meinen Baum verteidigen, oder ist es dann
meine Schuld, wenn der Lehrer umkommt? Die Tür geht von
alleine auf, und eine rauchende Gestalt schießt heraus. Mit großen Schritten rennt sie zum Meer. Funkenregen sprühen auf den
Basalt; der Lehrer geht zischend unter. Seine Haare schweben
im Wasser. Ich habe Ruß in den Augen, es beißt.

Der Schlepper kommt, um die Kinder aus Nijkerk abzuholen.
Ohne etwas zu sagen, steigen sie nacheinander aufs Schiff. Sie
bibbern in ihren dreckigen Fußballsachen. Der Schiffer hebt
schon die Tute, um die Abfahrt anzukündigen, als noch drei Gestalten langsam zur Laufplanke kommen. Mutter und Piet IJspeert mit dem Lehrer zwischen sich. Er ist in eine rot-weiße
Decke gewickelt, und darum herum sind zwei Riemen gezurrt,

so fest, daß er sich kaum bewegen kann. Er ist barfuß – wie die alten Griechen, sagt Arie. Der Lehrer flüstert ununterbrochen vor sich hin. »Vernichten. Neu anfangen. Das Feuer ist die Lösung.« In seinen Mundwinkeln kleben gelbliche Placken.

Mutter läßt ihn mit Piet im Steuerhaus zurück, weitab von den anderen im Schiffsbauch. Das Boot legt nach Harderwijk ab, wo die Eltern von den Nijkerkern im Hafen warten, wo der Schiffer und Piet den Lehrer ins Krankenhaus bringen, wo das Land alt ist.

»Agnes hat kein vernünftiges Wort herausgebracht«, sagt Mutter. »Sie hat nur wirr ins Telefon gekeucht, und das zu einem Arzt. Da hab ich ihr den Hörer abgenommen. Sie wissen dort Bescheid, daß er kommt. Geht ruhig schlafen, jetzt ist es vorbei.«

Ich höre Kettie über mir atmen. Ich mache die Augen nicht zu. Wasser und Feuer. Ich taste in den Spalt neben der Matratze und hole das Foto von Faas hervor. Ich habe Muskelkater. Arie, Geertje, Wiebe, Gijs, Kettie – alle liegen wir auf dieser Insel ohne Straßen und Kirchen, die ihre Tentakel in alle Richtungen ausstreckt, um Halt zu finden, der Insel, die sich sachte auf den Wellen wiegt. Ich presse das Foto mit beiden Händen an die Brust. Wasser. Feuer.

......................................................................................................................

Die künstliche Insel »Werkeiland Lelystad« hat es wirklich gegeben; die beschriebenen Personen, Umstände und Ereignisse sind frei erfunden.

# — *Speck* —

Nora van der Peert wird wach, rührt sich aber noch nicht. Sie horcht auf die rasselnden Atemzüge ihres kleinen Bruders Hein. Heins Bett steht auf der anderen Seite des Zimmers; Nora kann ihn nicht sehen. Sie schläft immer mit dem Gesicht zur Wand.

Da war doch irgend etwas, was war es noch? Papa. Nora bekommt ein eigenartiges Gefühl im Bauch. Papa war in Australien, gut ein Jahr lang. Er weiß nicht, daß Heins Haare abgeschnitten sind und daß Mama einen glänzendblauen neuen Morgenmantel hat. Und er weiß nicht, daß ich elf geworden bin. Jetzt ist er zurück, und trotzdem ist er nicht da.

Nora setzt sich auf. Heins Mund steht offen, und er hält die Fäuste unter dem Kinn geballt. Hein hat ganz dünne Arme, wie Stöckchen. Er ist erst acht.

Im Badezimmer bürstet sich Nora mit Mamas Bürste die Haare. Das ist verboten.

Dickes, schwarzes Haar will ich haben, nicht so eine Mausfarbe. Die hab ich von Papa. Wieso hat Mama mir nicht ihre Haare gegeben? Dann würden sie sich locken. Vielleicht hätten sie mich dann ja Ellie genannt. Oder Mia. Nora ist so doof.

Van der Peert ist noch doofer. Die Jungen fangen an zu wiehern, wenn ich vorbeikomme. Später kann ich jemanden heiraten, der einen normalen Namen hat. Walter zum Beispiel, dann heiße ich Meier, wie Els. Ob Walter ein Mädchen heiraten möchte, das Peert heißt?

Der Rock mit den drei Stufen hat vorne, genau in der Mitte, einen häßlichen Fleck. Nora zieht ihn an. Er ist zu eng, sie kann ihn nur mit Mühe über den Hüften drehen, so daß der Fleck hinten sitzt. Wo die obere Stufe an die mittlere stößt, schneidet ihr die Naht in die Oberschenkel. Ihr Pullover sitzt auch zu stramm und ist durch das Gezerre am Rock verrutscht. Das Zopfmuster ist um ihre Brustwarzen herum ausgeweitet. Brüste! Wenn sie schnell laufen muß, hüpfen sie auf und ab, und sie verschränkt die Arme darüber. Els kann viel schneller laufen, die ist noch ganz platt.

Nora zieht eine weite Strickjacke aus dem Schrank mit den Wintersachen und geht nach unten.

Auf halber Treppe kann man durch ein breites Innenfenster in der Flurwand ins Wohnzimmer hineingucken. Das Zimmer ist leer. Dann ist Mama in der Küche.

Sie hat ihren neuen Morgenmantel an. Auf das dunkle Blau sind silberne Federn gemalt. Mama hat braune Beine mit schmalen Fesseln. Ihre Zehennägel sind rosa lackiert. Sie steht am Herd und rührt in einem kleinen Topf. Den Haferbrei gießt sie in einen tiefen Teller und stellt ihn vor Nora auf den Küchentisch. Nora gibt ein Stückchen Butter in den Brei und streut braunen Zucker darüber. Mama setzt sich auf die andere Seite des Tischs, lehnt sich mit dem Rücken an die Wand und zündet sich eine Zigarette an. Der Rauch riecht gut.

»Warum ist Papa denn nicht da?«

»Er ist schon da. Aber er ist im Krankenhaus. Iß jetzt, sonst kommst du noch zu spät.«

»Ist er krank?«

»Das müssen die Ärzte erst untersuchen. Er ist in Quarantäne.«

»Was ist das?«

»Niemand darf zu ihm. Nur die Ärzte.«

»Hast du ihn auch nicht gesehen?«

»Nein. Jetzt iß!«

Nora rührt in dem Brei herum. Der Zucker ist geschmolzen und bildet dunkelbraune Schlieren. Nora muß an Heins schmutzige Hosen denken. Er kann seine Kacke nicht halten und versteckt die Hose dann immer zusammengeknüllt ganz unten im Wäschekorb. Es ist eine Krankheit, sagt Mama. Darum braucht Hein so gut wie nie in die Schule.

»Darf ich einen BH haben?«

Noras Mutter sieht auf und prustet los. »In deinem Alter? Den brauchst du doch wirklich nicht. Ich trage auch fast nie einen. Geh mal ein bißchen gerader, und du wirst schon sehen. Nein, Blödsinn. Els hat doch auch keinen BH, oder? Die hält sich schön gerade.«

Das Lachen ist von Mutters Gesicht verschwunden. Das geht unheimlich schnell. Sie lacht – und schwups, ist ihr Gesicht wieder ganz glatt.

»Iß deinen Teller leer. Ich steh doch nicht zum Jux um diese Zeit in der Küche.«

Nora erhebt sich. Sie stellt den noch halbvollen Teller ins Spülbecken.

»Du bist zu fett, das ist es. Der Rock sitzt viel zu stramm, ekelhaft. Wieso bist du so dick, das sieht gar nicht gut aus!«

Quarantäne, Quarantäne, denkt Nora. Papa ist in Quarantäne. Klingt wie ein Land aus dem Märchen, dabei ist es hier bei uns, in dem großen Krankenhaus hinter dem Bahnhof. Ich frage nicht, ob Hein in die Schule muß. Sonst muß ich ihn noch mitnehmen. Dann kreischt er womöglich wieder oder läuft weg, nach Hause zurück. Hein ist nicht dick, der ist genauso mager wie Mama.

Nora zieht die dicke Strickjacke an.

»Das ist doch viel zu warm, Kind. Da schwitzt du doch und fängst an zu müffeln. Zieh sie aus!«

Nora nimmt ihre Schultasche und läuft um den Tisch herum, um Mama einen Kuß zu geben. Aus dem Morgenmantel steigt ein herrlicher Duft auf; der kommt aus der großen Flasche, auf der *Worth* steht.

Ein Küßchen auf Noras Wange. Eine braune, schlanke Hand auf dem Maushaar.

»Tschüs, Kind, bis später.«

Auf der gegenüberliegenden Straßenseite wartet Els im ärmellosen Sommerkleid. Sie hat eine Schultasche mit Riemen, die sie auf dem Rücken tragen kann. Auf ihrem geraden Rücken.

Am Wassergraben wachsen Butterblumen und Sauerampfer durcheinander. Man riecht, daß es ein warmer Tag werden wird.

»Ich frag meinen Vater, ob wir heut abend an den Strand fahren«, sagt Els. »Zum Baden ist es zu kalt, sagt er, aber wir können ja trotzdem hinfahren, oder? Hast du Lust mitzukommen?«

»Wenn ich darf.«

Nora läßt ihre Tasche abwechselnd mal von vorn, mal von hinten gegen ihre Beine prallen. Dick, fett, denkt sie, Quarantäne, Quarantäne.

In der Klasse behält sie ihre Strickjacke an. Als die große Pause anfängt, geht sie nicht nach draußen. Sie kauft sich beim Hausmeister von ihrem letzten Taschengeld ein Stück Kuchen. Die Kuchen liegen in großen quadratischen Schachteln. Nora möchte einen mit rosa Glasur. Langsam geht sie zur Bücherecke, wo das Lexikon steht. Der Anfangsbuchstabe ist ein Q. Eine hygienische Maßnahme zum gesundheitlichen Schutz der Bevölkerung. Der Patient wird vierzig Tage lang isoliert. Vierzig Tage, das ist mehr als ein Monat! Dann ist es schon Sommer, dann sind schon Ferien. Der Patient hat Cholera oder Tuberkulose. Papa doch nicht. Das wüßten wir.

Nora schlägt das Buch zu. Ihr Stück Kuchen ist schon verdrückt, aber sie hat noch Hunger. Irgendwie fühlt es sich komisch an in ihrem Bauch, vielleicht hat sie ja gar keinen Hunger, sondern Bauchschmerzen, so wie Hein.

Die Lehrerin sagt, daß die Schulärztin heute da sei. Alle Kinder müssen nacheinander zu ihr, zum letzten Mal in der Grundschule.

»Bei den Jungs guckt sie in die Hose«, flüstert Els. »Sie kneift ihnen in die Eier, hat Walter gesagt!«

Doktor Bording sitzt in dem kleinen Büro des Rektors. Sie hat einen Knoten aus grauen und schwarzen Haaren und trägt eine Brille. Sie fragt, wie es Noras Mutter geht.

»Das ist nicht leicht, wenn man zu Hause soviel mit Krankheiten zu tun hat. Gut, daß du schon so groß bist. Du hilfst sicher viel, nicht? Und jetzt kommst du auch schon bald auf die weiterführende Schule. Zieh mal deinen Pullover hoch, dann horche ich kurz deine Lunge ab.«

Nora muß tief ein- und ausatmen, und die Ärztin hält das kalte runde Ding ihres Stethoskops auf verschiedene Stellen an ihrem Rücken.

Sie ist Ärztin, denkt Nora; soll ich sie wegen der Quarantäne fragen? Und wegen meinen Brüsten?

»Hast du schon deine Tage gehabt?« fragt Doktor Bording plötzlich.

Nora zieht ihren Pullover runter. Sie bekommt ihn nicht mehr in den Rockbund. Dann eben drüber.

»Hattest du schon eine Regelblutung?«

Nora wird rot. Sie schüttelt den Kopf. Nein.

»Dann wird es wohl bald soweit sein, schätze ich.« Die Ärztin betrachtet Noras Oberkörper. »Du bist ein kräftiges, gesundes Mädchen. Grüß deine Mutter von mir. Sag ihr, daß ich sie demnächst mal anrufe, um mich mit ihr über deinen Bruder zu unterhalten.«

Doktor Bording beugt sich über eine Karte, auf der sie etwas einträgt. Ihr Knoten ragt in die Höhe. Nora will etwas sagen, aber ihre Kehle ist so trocken, daß die Worte steckenbleiben. Still verläßt sie das Büro.

Mama sitzt im Garten und liest. Der Morgenmantel steht ganz offen. Mama hat kleine Brüste, braun von der Sonne, so braun wie ihr Gesicht und ihre Füße.

»Du bist schon wieder da? Ich wußte ja gar nicht, daß es schon so spät ist! Ich muß heute nachmittag mit Hein zum Arzt, da mußt du mal die Einkäufe übernehmen. Drei Beefsteaks und zwei Liter Milch. Ich hab zehn Gulden auf den Tisch gelegt. Machst du dir selbst ein Brot?«

Als sie weg sind, nimmt Nora Brot, Butter und die Büchse Schokoladenstreusel. Mit dem Deckel der Büchse sticht sie die dick bestrichene Schnitte aus. Ein Törtchen aus Brot und Schokolade. Die abgetrennten Brotränder bestreicht sie mit Butter, tunkt sie in die Büchse und macht so süße Kroketten daraus.

In der Geschäftsstraße hält Nora den Blick auf die Gehwegplatten gesenkt. Die Leute sollen denken, daß da ein Mädchen läuft, das sich zu merken versucht, welche Besorgungen es für seine Mutter machen soll. Der Zehnguldenschein steckt im vorderen Fach ihrer Schultasche.

Im Blumengeschäft riecht es nach Parfüm und Wasser.

»Ich möchte einen Strauß ins Krankenhaus schicken«, sagt Nora.

Die Verkäuferin geht mit ihr an allen Eimern entlang, und Nora zeigt auf die Blumen, die sie in dem Strauß haben möchte. Große Blumen mit langen Stielen, Pfingstrosen, Lilien und Levkojen. Die Verkäuferin stellt sie bunt zusammen und bindet sie. Nora seufzt. Es sieht wunderschön aus.

Die Adresse muß sie auf einen Zettel schreiben: Herrn van der Peert, Krankenhaus, Abteilung Quarantäne.

»Jetzt noch ein Kärtchen, das wir in den Strauß stecken«, sagt die Verkäuferin. Sie legt Nora ein Stück weiße Pappe mit goldenen Rändern hin. Es ist warm in dem Geschäft, Nora kribbelt der Pullover im Rücken. Sie wartet auf einen Einfall. Aber ihr fällt nichts ein. Da schreibt sie in Großbuchstaben mitten auf die Karte: NORA.

Einen Gulden behält sie übrig, gerade genug für eine Riesentüte Zuckerspeck. Die hellgelbe und rosa Masse ist mit einer Art Puderschicht umgeben, die auf der Zunge schmilzt. Dann erst wird der zuckrige Geschmack frei, und man kann mit den Zähnen in die schwammartige Süßigkeit hineinbeißen. Streichelweich gleitet sie durch die Kehle.


»Ich hab's verloren. Es ist irgendwie weggekommen. Als ich beim Fleischer stand, war's nicht mehr da.«

»Nichts kann ich dir überlassen! Du paßt nicht auf, du denkst nicht nach. Zehn Gulden verloren, wie hast du das nur wieder fertiggebracht?«

Weil ich dumm bin, denkt Nora. Dumm und dick. Ich bin so dick, daß ich nichts fühle, mir flattern die Geldscheine aus der Hand, und ich merk es gar nicht. Im gleichen Moment, wo es passiert, hab ich's schon vergessen.

»Geh in dein Zimmer. Und nimm deine Sachen mit.«

Mama stampft mit dem Fuß auf und zeigt mit ausgestrecktem Arm zur Tür.

Nora legt Strickjacke und Schultasche auf die Treppe und läuft schnell nach oben. Dort legt sie sich aufs Bett. Mit dem Kissen über dem Kopf.

»Nora, Nora, wir fahren!«
Els steht unten vorm Fenster, den Kopf in den Nacken gelegt, während sie zu Nora raufguckt.
»Ich darf bestimmt nicht. Meine Mutter ist böse.«
»Wieso?«
»Ich hab das Einkaufsgeld verloren.«
Nora lehnt sich über die Fensterbank. Der Rahmen drückt gegen ihre Brüste. Schmerz, Schmerz und Juckreiz.
»Frag doch einfach mal. Ich warte.«
Im Wohnzimmer sitzen Mama und Hein am Tisch und spielen Pim-Pam-Pet. Hein dreht das Buchstabenroulette. Unter seinem Stuhl wippt er mit den mageren Beinen. Auf dem Tisch liegt ein Stapel Zeitungen, Nora liest auf dem Kopf:

NUKLEARE EXPLOSION IN WESTAUSTRALIEN

Da ist etwas in die Luft geflogen. Vielleicht ein Vulkan. Wie gut, daß Papa gerade noch rechtzeitig von dort weg ist.
»Geh nur«, sagt Mama. »Herr Meier hat schon Bescheid gesagt; wir sind ihm in der Stadt begegnet. Nimm ein Handtuch mit!«
Mama und Hein stecken die Köpfe zusammen. Auf welchen Buchstaben fällt die Kugel? An ihren Nacken erkennt man, daß sie zusammengehören. Beide haben da zwei Hubbel mit einer flaumigen Kuhle dazwischen.

Die Zwillinge sitzen vorn neben Herrn Meier. Nora, Els und Walter schieben sich auf die Rückbank. Das Autodach steht offen, warmer Wind bläst Nora die Haare aus dem Gesicht.

»Singen wir was, Papa?« fragt Els.

»Ja, einen Kanon«, sagt Herr Meier. »Fang mal an, dann setze ich ein.«

»Bruder Jacob« singen sie, und das Lied mit den großen und den kleinen Uhren. Els und Walter kommen durcheinander und können ihre Stimme nicht halten. Da singt Els mit Nora mit, und Walter mit seinem Vater.

»Ich bring euch jetzt mal die ›Drei Gäns im Haberstroh‹ bei«, sagt Herr Meier, »das ist so hübsch.«

Sie singen das Lied zuerst zusammen. Dann fängt Herr Meier an, zusammen mit den Zwillingen. Els und Walter sind die zweite Stimme, Nora stößt Els in die Seite, als sie einsetzen müssen. Zum Schluß fällt auch Nora ein. Sie lauscht auf die tiefe Stimme von Herrn Meier und webt ihr Lied um sie herum. Die anderen sind verstummt.

»Mit dir würde ich am liebsten immerzu singen, Noortje, du kannst das so schön!« Herr Meier dreht sich nach hinten und lacht. Nora lacht zurück.

Im Sand sind harte Rippen. Dazwischen liegen Muscheln in kleinen Wasserpfützen. Das Meer schiebt einen Schaumrand auf den Strand. Das Wasser ist kalt, aber der Sand ist noch warm. Herr Meier hat sich auch Schuhe und Socken ausgezogen. Und die Hosenbeine hat er hochgekrempelt. Auf seinen Schienbeinen sieht Nora einen Teppich aus dunklen Härchen.

Er legt ihr die Hand in den Nacken und kneift sie sanft. »Das ist alles nicht so leicht für deine Mutter. Sie hat's ganz schön schwer, das weißt du ja. Deine Mutter ist eine sehr tapfere Frau.«

Nora steht still mit den Füßen im Wasser. Das Meer zieht ihr den Sand unter den Füßen weg, es kitzelt, sie sinkt. Dann rennt sie weg, zu den anderen hin.

»Hunger, Papa, wir haben Hunger!«

Die Zwillingsschwestern bestürmen Herrn Meier. Er geht mit Walter in den Laden an der Promenade, und die Mädchen sollen eine schöne Stelle für das Picknick suchen. Auf einer Düne. Walter trägt eine Flasche Buttermilch. Herr Meier teilt mit Kochschinken belegte Doppelschnitten aus. Und jeder bekommt eine Tomate.

Was für ein besonderes Essen, denkt Nora. Es schmeckt so kräftig, so lecker, wie mir noch nie etwas geschmeckt hat.

»Hier, nimm mal, Noortje.« Herr Meier schneidet mit seinem Taschenmesser dünne Scheiben von einer Salatgurke, und Nora legt sie sich zwischen ihre Schnitte. Sie ißt ganz langsam. Die Sonne ist zu einem großen roten Ball geworden. Sie sitzen nebeneinander, mit dem Gesicht zum Meer, lassen die Flasche herumgehen und sehen die Sonne allmählich im Wasser verschwinden.


Behutsam geht Nora durch das dunkle Zimmer zu ihrem Bett. Sie macht kein Licht, denn Hein schläft schon. Mama hat gelächelt, als sie nach Hause gekommen ist, und gefragt, ob sie noch etwas essen wolle. Sie hatte das Kleid mit den hundert Knöpfen an. Sie hatte Lippenstift aufgelegt und sich eine Blume aus dem Garten ans Kleid gesteckt. Die Zeitungen lagen nicht mehr auf dem Tisch.

Nora schlüpft unter die Decke und schläft sofort ein.


Als sie wach wird, meint sie, etwas gehört zu haben: eine zuschlagende Tür, eine Klingel? Sie setzt sich auf. Es ist still. Jetzt merkt Nora, daß ihr der Bauch weh tut. Sie verschränkt die Arme vor dem Leib und wiegt sich vor und zurück. Es geht nicht vorüber.

Auf der Toilette erschrickt sie: In ihrer Unterhose ist ein braunroter, langgezogener Fleck. Die Krankheit von Hein.

Jetzt ist keiner im Haus mehr gesund. Nora legt den Kopf zwischen die Knie. Der Fleck riecht überhaupt nicht nach Kacke, sondern nach Eisen und Salz.

Nora spürt, daß ihr die Tränen kommen, und blinzelt heftig, um sie zurückzuhalten. Dann zieht sie sich die Hose hoch und geht nach unten.

Durch das Flurfenster sieht sie das gelbliche Licht von der Stehlampe. Mama sitzt auf dem Sofa, und neben ihr sitzt Herr Meier. Die Wohnzimmertür steht offen, aber hier auf dem Flur ist es dunkel. Nora setzt sich auf die Treppe, neben ihre Schultasche.

Herr Meier hat die Arme um Mama gelegt und drückt ihren Kopf an sein Oberhemd. Er streichelt ihr Gesicht. Sie weint.

»Vögelchen, Vögelchen«, sagt Herr Meier.

Um Nora herum ist die Luft eiskalt. In ihrer Schultasche ist eine Wölbung, ihre Hand greift hinein und findet die Tüte Zukkerspeck. Hintereinanderweg steckt sie ihn sich in den Mund und ißt ihn auf, ohne irgend etwas zu denken. Da ist nur die Bewegung von Tasche zu Mund, von Lippen zu Kehle. Ansonsten steht alles still.

Mama hat die Augen zu und die Hände in Herrn Meiers Haar. Er hat ihr das Kleid aufgeknöpft; er kniet vor dem Sofa und küßt die kleinen braunen Brüste.

Nora guckt und ißt, ißt, ißt.

# — »Allwo ein Seigneur seine Hände waschet« —


*Herrn Dr. E. Kallander*
*Leitender Konservator des Gouden Eeuw Kabinet te 's-Gravenhage*

*Sehr geehrter Herr Kallander,*
*mein Name ist Helena Lievaert.*

Kann dem doch egal sein! Noch was? Ich bin zwar schon vierzig, sehe aber noch gut aus: die richtigen Proportionen, schöne Farbabstimmung, gute Figur. Gesund auch und nicht dumm.

*Ich wende mich an Sie, um Ihnen von einem Erlebnis zu berichten und Ihren Rat einzuholen.*

Erlebnis? Bescheuertes Wort. Streichen. Noch mal von vorn.

*Vergangene Woche war ich in Delft, und dort ist mir etwas zugestoßen, wovon ich Ihnen gerne erzählen möchte.*

Delft, was habe ich in Delft gemacht? Muß er das wissen? Besser schon, er soll bloß nicht denken, daß ich irgendeine Dahergelaufene bin.

*Ich war im Rahmen eines Architekturkongresses zu einer Lesung dorthin eingeladen worden. Diese Abschlußveranstaltung fand im Rathaus am Grote Markt statt.*

Der Brief wird zu lang. Sein Interesse wird abflauen. Ich sage zuviel und viel zuwenig. Er muß wissen, daß die bedeutendsten Architekten der Welt im Saal waren. Die höchsten Beamten.

68

Minister, Direktoren internationaler Unternehmen. Der Bürgermeister, der Kommissar der Königin, der Kronprinz. Und Leentje Lievaert, Tochter des Milchmanns. Ich komme aus einer Zwitterfamilie. Meine Mutter war eine Gräfin, mein Vater machte Bleistiftstriche in ein Schulheft, um darüber Buch zu führen, wie viele Flaschen Buttermilchbrei er am Tag verkaufte. Meine Mutter war mit ihm durchgebrannt, diesem schwarzhaarigen, feurigen jungen Mann, der mit seinen knochigen Fingern Akkordeon spielte. Sie brach mit ihrer Familie und verzichtete auf alle ihre Rechte. Mein späteres reiches Erbe verdanke ich der Gunst einer eigenwilligen Tante. Alles andere als günstig waren dagegen die Verhältnisse, unter denen ich in den Räumen hinter dem Laden aufwuchs. Ich liebte es, meinem Vater beim Einordnen der Flaschen in die Kühlvitrine zu helfen, aber Mutter machte immer ein mürrisches Gesicht, wenn ich aufsprang, um nach vorn zu gehen. Sie gab mir Bücher zu lesen und ließ mich am Tisch in der quadratischen Küche in Ruhe meine Hausaufgaben machen. Auch das tat ich gern, aber Vater schnaubte verächtlich, wenn er auf dem Weg zum Spülbecken, wo er sich die Hände wusch, an mir vorüberkam. Ein versteckter Riß, ein labiles Gleichgewicht.

Sie sind beide tot und liegen nebeneinander auf dem Jaffa-Friedhof.

*Ich stand auf diesem herrlichen Marmorboden und las aus meinem Gedichtzyklus über Vermeer. Auf einem Tisch hinten im Saal hatte die Buchhändlerin alle meine Bücher festlich angeordnet: die Essays über Landschaft und Städtebau, die Abhandlung über die Farben und die Gedichtbände. In dem antiken Gestühl versunken, hörten mir die Männer andächtig zu. Ich trug eine Jacke in Milchmagdblau.*

Ich entgleise. Was ich da schreibe, klingt so lapidar, als sei das etwas Selbstverständliches gewesen, aber ich war in Delft, nach mehr als zwanzig Jahren war ich in Delft und machte den Mund auf. Ich kippte nicht um, ich bekam keinen Schreikrampf und nahm auch keineswegs Reißaus. Ich sprach ganz ruhig, und sie hörten zu.

*Das will etwas heißen, Herr Kallander. Delft ist nämlich die frostigste Stadt auf Erden, und man trifft dort auf die unzufriedensten und die am schlechtesten gelaunten Menschen. Sie blicken auf eine unvergleichlich malerische Architektur, und wenn sie an den Grachten entlanggehen, steigt ihnen der Duft des Wassers in die Nase, aber sie beklagen sich über die schmalen Pflastersteine und schimpfen über den Nieselregen. In Delft ist nie etwas recht.*

In der Schule blieb ich für mich. Der Lehrer nahm meine Arbeiten mit einem gewissen Respekt zur Hand, aber meine Mitschüler klimperten hinter meinem Rücken mit Kleingeld, damit ich nur ja nicht vergaß, daß mein Vater, während wir Unterricht hatten, seinen Milchkarren von Haus zu Haus schob, die Türen öffnete, indem er an der Schnur zog, die zum Briefschlitz heraushing, die Milch in den Gang stellte und mit klammen Fingern die Zehncentstücke aus der Geldbüchse klaubte. Ich wußte nicht, wie ich mich benehmen sollte, und daher benahm ich mich nicht. Ich konnte nicht entdecken, wo ich hingehörte, und so gehörte ich nirgendwohin. Die ersten siebzehn Jahre meines Lebens hatte ich nur einen einzigen Gedanken: Weg hier!

Ich muß Kallander im Blick behalten. Ich muß ihm sachlich und knapp berichten, was passiert ist, auf einem neuen Blatt Papier.

*Sehr geehrter Herr Kallander,*
*Sie sind der größte Vermeer-Kenner der Niederlande. Daher wende ich mich mit einer Frage an Sie.*

Harrie hielt mir einen Brief hin.

»Meinst du nicht, daß du darauf eingehen solltest? Sie bieten fünftausend Gulden.«

Harrie ist mein Agent. Er sichtet meine Post, vereinbart Termine für Interviews und Auftritte und kümmert sich um meine finanziellen Angelegenheiten. Er ist bis auf ein paar dunkle Löckchen in seinem breiten Nacken kahl und schaut unschuldig durch runde Brillengläser. Mit meinem Verleger verhandelt er wie ein gewiefter Marktkaufmann: flink, freundlich, erfolgreich. Einmal die Woche sitzt er einen ganzen Vormittag lang in meinem Arbeitszimmer und ordnet mein Leben. Er hat eine Mutter. Womit er sich darüber hinaus befaßt, weiß ich nicht. Ich male ihn mir nicht im Kreis von Frau und Kindern aus, sondern sehe ihn eher spätabends bei einer geschlossenen Haager Homobar klingeln. Ich frage nie nach.

»Delft«, sagte ich. »Hast du überhaupt eine Ahnung, was für eine gruselige Stadt das ist? Da geh ich nie mehr hin.«

»Aber klar doch. Du ziehst was Hübsches an, und ich fahr dich hin. Lesen, Fragen beantworten, signieren, dann ein Gläschen Wein mit den Veranstaltern und husch, zurück auf die Autobahn. Vor zwölf zu Hause, alle zufrieden.«

Wovor fürchtete ich mich? Daß die Delfter mich umringen würden wie eine graue Mauer, daß meine Worte an ihren aalglatten Visagen abprallen würden, daß sie sich höhnisch, mit dem Silbergeld in ihren Hosentaschen klimpernd, von mir abwenden würden? Ich habe mich in dieser Stadt so unglücklich gefühlt, so fehl am Platze, so verzweifelt.

Natürlich habe ich mich irgendwann verliebt. Irgendwer mußte mich doch retten. Nicht meine Klassenkameraden. Ich ging ja zu niemandem nach Hause und traute mich auch nicht, irgendwen zu mir in unseren Milchpalast einzuladen, wenn ich Geburtstag hatte. Vielleicht hielten sie mich ja für hochnäsig, für zugeknöpft und eingebildet. Durch den übermäßigen Milchkonsum hatte ich eine blasse Pfirsichhaut. Ich ging immer so aufrecht, als wäre ich auf dem Weg zu meiner Hinrichtung. Und lange bevor es Mode wurde, ließ ich meine Mutter schwarze Kleider für mich nähen.

Sie radelten Mittwoch nachmittags zum Hockeyplatz, zogen, wenn auf dem Markt Kirmes war, johlend an den Karussellen und Zuckerwattebuden entlang und rangelten im Sommer im trüben Wasser des Freibads. Ich half meinem Vater bei der Buchführung, machte lange Spaziergänge durch die Polder, nach Abtswoude, nach Pijnacker, und ich las.

Es war ein Lehrer. Ein halbes Kind noch, denke ich jetzt. Er löste mit seinen fünfundzwanzig Jahren unseren Niederländischlehrer ab, der dem Alkohol erlegen war. Die bösen Streiche, mit denen er erst mal auf die Probe gestellt wurde, kümmerten ihn nicht; es schien, als mache die Liebe zur Literatur ihn unverletzbar. Roland Holst las er mit uns, Achterberg, Lucebert. Durch ihn lernte ich Poesie zu begreifen, auch wenn sie unbegreiflich war. Er machte vor, wie man in das Gedicht hineingehen und jedes Wort kosten konnte und wie einem, wenn das Wort selbst keinen Anhaltspunkt lieferte, die Einfälle zu dem Wort auf die Sprünge helfen konnten, wie in der Welt dieser einen Seite alles eine Funktion hatte.

»Oft ist da eins mehr, als ich zähle«, las er und sah mich an. Mir bebten hinten in der Klasse die um das dünne Bändchen geklammerten Hände. Er weiß es, dachte ich, er versteht es. Dieses eine bin ich.

Nachmittags ging er zum Bahnhof, um in den Zug nach Amsterdam zu steigen. An seiner Linken baumelte die Büchertasche, an seiner Rechten spazierte ich. Er sprach: über die Aufsätze, die er uns schreiben ließ, über die Zauberkraft von Worten, über das Licht von Delft. Ich sagte nicht viel, sah ihn aber im richtigen Moment an, und dann sah er, daß ich ihn verstand. Zu meinem Geburtstag schenkte er mir eine Reproduktion von Vermeers *Die Musikstunde*. Ich war die schweigsame junge Frau am Virginal, er der verbissene Mann, der sie fixierte. Ein herrschsüchtiger Fiesling, fand ich, aber ich pinnte mir das Bild übers Bett, weil ich das Beklemmende Delfts noch nie so treffend dargestellt gesehen hatte.

Er fuhr mit mir nach Den Haag – obligatorischer Museumsbesuch mit der Schule, sagte ich zu Hause –, wir sahen die *Ansicht von Delft*, und zum ersten Mal im Leben mußte ich beim Anblick eines Gemäldes weinen. Gut eine Stunde blieb ich auf der runden kleinen Bank davor sitzen und saugte mit dem Blick die Leinwand ab, von links nach rechts, von oben nach unten.

Bier in einer Kneipe, Abschiedsküsse auf dem Bahnsteig, starrer Blick auf die Wiesen jenseits des Abteilfensters.

Zu Hause gab es Krach; mein Vater hatte auf seiner Milchrunde mitbekommen, daß meine Mitschüler gar nicht im Museum waren, sondern nach der Schule wie üblich nach Hause geradelt waren. Er verbot mir, mich noch weiter mit dem Mann zu treffen; von nun an durfte ich nach der Schule nicht mehr aus dem Haus. Meine Mutter hielt sich bedeckt. Ihr gerader Rükken verriet nichts. Dachte sie an ihre eigene Lebensentscheidung? Sie wollte mich weder beschützen noch verurteilen.

In der Schule wurde es spannend. Wir knutschten in einem unbenutzten Klassenraum, tauschten uns während des Unterrichts in dichterischer Geheimsprache aus und steckten uns gegenseitig Briefchen zu. Ich sagte niemandem etwas davon. Einen Tag nach dem Abitur stand ich mit einem Koffer voller Bücher und Kleidung bei ihm in Amsterdam vor der Tür.

Fünf Uhr. Harrie rief an. Er habe eine Tüte belegte Brötchen bei sich im Auto. Ich nahm meinen Gedichtband, und wir fuhren los. Meistens habe ich um diese Zeit Hunger, aber die Aussicht auf Delft schnürte mir die Kehle zu und betäubte meinen Magen. Harrie kleckerte, und ich schob ihm eine Zeitung über den Schoß, auf die Tomatenstückchen und Hüttenkäsekrümel fielen. Aalsmeer, Leimuiden, Den Haag.

Es wurde natürlich eine einzige Katastrophe. Daß ich mich an ihn klammern und gar nicht mehr aus seinem schmalen Bett herauszuprügeln sein würde, war nicht der Sinn der Sache gewesen. Zum Glück habe ich immer sehr schnell kapiert, wann ich überflüssig war. Den Lehrer habe ich vergessen, die Gedichte und Vermeer habe ich mir bewahrt. In Zürich und später in Boston studierte ich Räume. Ich entwarf Gebäude, in denen man sich im Freien wähnen konnte, obwohl man drinnen war. Im Urlaub ging ich auf die Suche nach Bildern von Vermeer und betrachtete mit angehaltenem Atem das Innere seiner geschlossenen Räume, in denen stille Frauen mit königlicher Ruhe auf etwas warteten.

Harrie telefonierte vom Wagen aus mit seiner Mutter im Altersheim. Die Pflegerin hatte ihr gerade ein Tablett mit Essen gebracht, und Harrie bat sie, die Deckel herunterzunehmen und ihm die Speisen zu beschreiben.

»Die Hackfleischroulade laß lieber liegen, Ma«, sagte er, »die magst du nicht.« Ich hörte eine krächzende Stimme aus dem Hörer schallen, konnte aber nicht verstehen, was sie sagte.

»Ich bin auf dem Weg nach Delft, Ma«, sagte Harrie, »ich ruf dich später noch mal an, bevor du schlafen gehst.«

Die Polder waren in dieses unheimliche gelbe Nachmittagslicht getaucht, das unter bleigrauen Wolken hervorstrahlte. Das

Meer aus Gras begann an mir zu ziehen; am liebsten wäre ich ausgestiegen, um selbst, allein, durch die Wiesen weiterzugehen. Die blinkenden Wassergräben, die leichten Höhenunterschiede zwischen den Wasserspiegeln zu beiden Seiten der kleinen Deiche, die dicken Graspolster an den Ufern – das alles weckte mein Verlangen, mich dort hinzulegen.

»Du sitzt da, als wollte man dich umbringen«, sagte Harrie, während er von der Autobahn herunterfuhr. Ich hielt die Hände in einem klammen Knoten vor der Brust, und mir bebten die Knie. Er kann das überhaupt nicht verstehen, dachte ich. Ich hätte mich niemals darauf einlassen dürfen, mich niemals überreden, ja überrumpeln lassen dürfen. Durch das Oosteinde fuhren wir auf den Markt zu. Mir pochte das Blut im Kopf, und als Harrie endlich den Wagen geparkt hatte, war ich außerstande auszusteigen. Er klopfte sich die Krümel von den Kleidern und wandte sich mir zu.

»Wieso gerät eine Frau von deinem Format wegen so einer popeligen kleinen Stadt derart aus der Fassung? Erklär mir das mal!«

*Ich habe das Œuvre Vermeers nie in kunsthistorischer oder technischer Hinsicht studiert, aber es hat von jeher eine ungewöhnlich starke Faszination auf mich ausgeübt.*

Als bezöge es sich auf mich oder müsse sich auf mich beziehen. In dem stehenden Wagen kam ich mir wie das Wein trinkende junge Mädchen in seinem schönen roten Kleid vor, das in sein Glas starrt und weitertrinkt, weil es nichts zu sagen weiß, keinen Gedanken fassen kann, die Regeln nicht kennt. Die Rolle des vorerst noch freundlich interessierten Mannes, der ihr nachschenken möchte, konnte ich nur schwer auf Harrie übertragen. Er ist so wenig distanziert und so sehr das Gegenteil von hochgewachsen, daß ich auflachen mußte.

Wir stiegen aus und gingen ein wenig umher. Der Turm der Oude Kerk ragte schief über der Gracht auf. Wenn er umfiele, würde er genau zwischen die Ziegelufer passen, und das Wasser würde wie eine stinkende Wand emporsteigen.

»Daß sie dich nicht mögen«, wagte ich einen Versuch, »daß du nicht dazugehörst. Daß du nicht verstehst, wie sie denken. Sie kennen die Regeln, die du, sosehr du dich auch bemühst, nicht herausbekommst. Weil du im Grunde nichts taugst.« Harrie nickte und schwieg, sein Mobiltelefon in der Hand. Ich fuhr fort; ich würde es niemals richtig erklären können, stotterte aber dennoch weiter, blindlings, konfus.

»Es gab keinen Ausweg. Eine unsichtbare Glasglocke war über die Stadt gestülpt, und darunter warst du gefangen. Wenn ich in der Westvest einem Freund etwas ins Ohr flüsterte, wußten sie es am Oostsingel. Einmal im Jahr liefen alle elf- und zwölfjährigen Kinder auf den Markt, um dort eine Stunde lang Lieder zu singen. Der Dirigent tanzte auf einem Holzpodest herum, die schwarzen Haare in Strähnen vor dem Gesicht, und malte mit den Händen die Bogen in die Luft, die wir singen sollten. Befreiung, dachte ich, aber die Töne aus den harten Kinderkehlen prallten von der Glasglocke zurück und konnten kein Loch hineinbohren. Durch die Polder am Stadtrand kamst du raus, am Boden entlang. Drehtest du dich dann am späten Nachmittag um, lag Delft da und winkte streng mit zwei Fingern. Ach, Harrie, ich hab mir unheimlich viel Mühe gegeben, aber ich habe es nie begriffen.«

Wir waren auf den Beestenmarkt gelangt, früher verbotenes Terrain. Hier hatten die Schafe und Kälber gestanden und gegen die hölzernen Trennwände getreten, die zwischen den Pfählen aufgestellt worden waren. Der Tod hatte darüber gehangen. In den Kneipen hatten die Bauern nach Schnaps gerufen. Kinder hatten hier nichts zu suchen gehabt.

Die Pfähle mit ihren Nuten standen noch da, aber ansonsten war der Platz nicht wiederzuerkennen. Wogende Baumwipfel über Straßencafés, fröhliche Menschen an Tischen unter bunten Sonnenschirmen, Musik.

Harrie musterte die Lokale und führte mich schließlich zu einem Stuhl, der mit dem Rücken zur Wand stand. Der Ober war höflich und gut gelaunt. Er erfüllte Harries Wünsche rasch und freundlich. Ich trank Weißwein, der nicht sauer war, sondern angenehm trocken und kühl.

»Manchmal kam der Schularzt«, sagte ich unvermittelt. »Ein komischer Typ mit dem Kopf voller Schuppen, der uns einen nach dem anderen im Büro des Rektors empfing. Du mußtest barfuß vor ihm auf- und abgehen. Er klopfte dir den Rücken ab und schaute, ob du schon Brüste hattest. Dann wusch er sich in dem kleinen Waschbecken die Hände, und du durftest gehen. Ich hatte immer Angst, für irgend etwas als untauglich befunden zu werden, aber ich wußte nie, für was.«

»Jetzt trink mal«, sagte Harrie. »Heute ist alles anders.«

Die Nummer seiner Mutter hatte er in seinem Handy unter einem Kode gespeichert, so daß er nur eine Taste zu drücken brauchte, um die Verbindung zum Altersheim herzustellen.

»Sie holen das Tablett gleich ab, Ma, laß es ruhig stehen. Stell den Fernseher schon mal an, es beginnt gleich, du hast noch nichts verpaßt.« Das Telefon gab knackende und schnarrende Geräusche von sich.

»Sie will sich *The Bold and the Beautiful* ansehen«, sagte er und steckte den Apparat in die Innentasche seines Jacketts. »Tut sie jeden Tag. Manchmal leiste ich ihr Gesellschaft. Gute Serie.«

Er ließ es sich schmecken: Carpaccio, Steak, Apfelkuchen. Danach hatte er Magenschmerzen. Ich nahm eine Tomatensuppe und ließ noch die Hälfte davon stehen. Die Sonne verschwand hinter den Häuserfronten.

Viel zu schnell standen wir auf dem Grote Markt, einer Stein-
fläche, die rechts durch die Eingangsfassade der Nieuwe Kerk
begrenzt wurde und links durch das Rathaus, das mit seinem
trutzigen Turm und den anheimelnden Fensterläden wie ein
Märchenschloß aussah. Ich erzählte Harrie, daß sie dort, vor dem
Aufgang, die Todesurteile vollstreckt hätten, daß dort Blut zwischen den Steinen klebe. Er legte mir die Hand in den Rücken
und lenkte mich quer über den Markt dem Tribunal, dem Scha-
fott, dem Henker entgegen.

*Nicht, daß Sie denken, ich schreibe Ihnen aus einem Zustand psychi-
scher Labilität heraus. Ich bin seit einigen Jahren vollkommen im Lot
und trotz meiner hohen beruflichen Anforderungen auch keineswegs
überspannt.*

Allein bin ich schon, seit der Zeit. Vielleicht ist es mir ja nur
so möglich, mein Gleichgewicht zu bewahren. »Überspannt«
wäre aber auch für meinen Zustand vor Erreichen des heutigen
Gleichgewichts nicht der richtige Ausdruck. Arbeitend, schrei-
bend, redend, wachend düste ich durch die ganze Welt, von einem Projekt in Jakarta zu einer Vortragsreihe in Los Angeles.
Ich hatte mich von meinem Mann getrennt, hatte Haus und
Ehe den Rücken gekehrt und war ins Treiben gekommen. Zehn
Jahre hatte es mich gekostet herauszufinden, daß ich nicht dau-
erhaft mit jemandem zusammensein konnte. Sobald ich wirklich geborgen war, sickerte ich sozusagen durch die geschlossenen Fensterläden. Zurück blieb nur der Schatten einer Frau, und
damit gab er sich nicht zufrieden. Nicht, daß ich es damals so
gesehen hätte. Ich gab ihm die Schuld. Alles, was der völligen
Hingabe Abbruch tat, legte ich als Untreue und Verlassen aus.
Wenn er sich waschen ging, nachdem wir uns geliebt hatten, fühlte ich mich abgewiesen. Ich klammerte mich an ihn, um nicht
fliehen zu müssen, aber das wußte ich damals noch nicht. Ohne

daß ich es wollte, wurde ich zum Ebenbild meiner Mutter, die mit kerzengeradem Rücken entfremdet in der eigenen Küche gestanden hatte, unfähig gewesen war, das, was sie mit meinem Vater verband, in die Alltagssprache zu übersetzen, und nicht aufgehört hatte, sich nach einer unwirklichen Phase in ihrer Vergangenheit zurückzusehnen, in der sie kurz über sich selbst hinausgehoben worden war.

Harrie rieb mir mit seiner dicken Hand über den Rücken. Er ließ mich vorangehen und flüsterte mir ins Ohr. »Laß nur. Ich kenne das Gefühl. Soll ich dir mal verraten, wie ich damit umgehe? Geheimrezept von Harrie, eigens für dich. Höflich mußt du sein. Freundlich. Dir ihre Namen merken. Dich nach ihren Kindern, ihrem Job, ihren ekelhaften Hobbys erkundigen. Schon beinahe untertänig. Du mußt sie mit Geschleime überschütten, bis sie sich nicht mehr rühren können. Dann erst schlägst du gezielt zu. Am Ende läßt du sie mit in Komplimenten verstrickten Knien und von den Lobhudeleien verwirrten Köpfen stehen. Aber vergiß nicht, ein schlaues Gesicht zu machen, so daß sie dich zwar verachten, aber Manschetten vor dir haben. Und immer schön lachen. Höflichkeit ist ein goldener Dolch.«

Wir waren unterdessen die Eingangsstufen hinaufgegangen und widmeten uns der Begrüßung. Ich lächelte und schüttelte diverse Hände. Da ich noch über das nachdachte, was Harrie mir gerade zugeflüstert hatte, konnte ich mir die Namen, die ich hörte, nicht merken. Die Frau, die offenbar für die Organisation verantwortlich war, hatte uns oben an der Eingangstreppe erwartet und trompetete mir seither unaufhörlich etwas von Vorstandsmitgliedern, Architekten, dem Bürgermeister ins Ohr. Letzteren konnte ich einordnen, er trug die Amtskette um den Hals. Mit freundlichem, melancholischem Blick sah er mich an.

»Willkommen daheim, Frau Lievaert«, sagte er. Hinter meinen Augen prickelte es verdächtig. Die Frau zog mich am Ärmel und setzte ihre Rezitation von Titeln und Namen fort. Am Ende führte sie mich in einen kleinen Raum, wo der Kronprinz saß und eine Zigarette rauchte, die er rasch ausdrückte, als wir hereinkamen. Auch mit ihm tauschte ich einen Händedruck und ein paar belanglose Worte aus. Harrie war draußen auf dem Gang stehengeblieben. Er zwinkerte mir zu, als ich aus dem Kabinett herauskam, und nahm mich beim Ellenbogen.

Immer noch grübelte ich über seine verzweifelte Freundlichkeitsoffensive. Es erstaunte mich, daß er, der große Macher, der alles deichselte, was er sich vorgenommen hatte, und keine Konfrontation zu scheuen schien, immerhin so viel Angst hatte, daß er sich überlegte, wie er sich wehren würde, und das sogar in aller Ruhe in Worte fassen konnte. Die Mutter, die Magenschmerzen. Armer Harrie.


Lesungen mag ich. Man braucht sich dafür nichts Neues auszudenken, der Text ist fertig, so richtig schiefgehen kann da nichts mehr. Nur an den eigenen Text glauben muß man, das ist alles. Man stellt sich hin. Man wartet. Man dehnt die Stille aus. Man spricht, man findet den richtigen Rhythmus, das richtige Tempo. Hat man das gefunden, merkt man, daß der Saal im gleichen Takt atmet. Niemals zu schnell sprechen. Niemals die Zeit überziehen, immer ein paar Minuten kürzer lesen als vereinbart. Für gute Beleuchtung sorgen, für ein Pult, auf das man die Hand legen kann, für Wasser.

Die geladenen Gäste saßen auf so etwas wie Kirchenbänken, die im Fischgrätenmuster in der Halle aufgestellt waren. Der Bürgermeister hieß alle willkommen. Der Prinz in der ersten Reihe lächelte und schlug die riesigen Beine übereinander. Gegenüber vom majestätischen Eingang begrenzte eine Säulenwand die Halle. Dahinter lief Harrie auf Kreppsohlen auf und ab. Langes Sitzen macht ihn unruhig. Ich saß am äußeren Ende der vordersten Bank, neben einer Säule. Ich faltete die Hände über meinem Gedichtband und lauschte den Ansprachen wie Musik, ohne etwas verstehen zu müssen. Von jenseits der Säulen war ein schwaches Piepsen zu hören, und aus den Augenwinkeln sah ich Harrie, das Handy am Ohr, nach hinten laufen. Mein Gedichtband rutschte mir vom Schoß, ich beugte mich vor, streckte den Arm aus, um ihn vom Boden aufzuheben, und sah eine große, wohlgeformte Männerhand neben der meinen auf dem Büchlein liegen. Kurze Nägel, mittelstarke Behaarung. Blauweiß gestreifte Manschette, dunkelgrauer Ärmel aus Schurwolle. Keine Armbanduhr, kein Ring. Ich drehte den Kopf zur Seite und schaute in ein ganz von Augenbrauen und Lippen beherrschtes Gesicht, braun gebrannt wie von einem, der viel im Freien ist, einem Zigeuner, einem Jäger. Ich zog meine Hand zurück. Er legte mir das Buch wieder auf die Knie und lachte, während er mich leicht am Arm berührte. Ohne zu denken, drückte ich kurz die Hand an seinen Oberschenkel und fühlte durch den Stoff seines Anzugs die Muskeln, dünner, fester, als ich vermutet hatte. Bitte. Danke. Ich sank auf der Bank zurück.

In der Pause kam sofort Harrie auf mich zugeschossen. Er war blaß und begann schon von weitem zu reden.

»Ich muß weg, Mama ist plötzlich krank geworden, ihr Herz, man hat sie ins Krankenhaus gebracht, ich fahr gleich hin. Schaffst du's allein? Hier hast du Geld, nimm dir ein Taxi nach Amsterdam, es tut mir leid, ich *muß* weg, *jetzt sofort!*«

Er knüllte mir Geldscheine in die Hand. Schweiß stand ihm auf der Stirn.

»Natürlich schaff ich's allein«, sagte ich. »Irgendwie werde ich schon wieder von hier wegkommen.« Ich sah das Gesicht meines Sitznachbarn vor mir, wie er sich zur Autotür hinabbeugen und zum Abschied durchs Fenster lachen würde. Harrie atmete schnell und unregelmäßig.

»Geht es denn?« fragte ich. »Fahr bitte vorsichtig, ja?«

Ich begleitete ihn zur Tür und ging mit ihm auf die Eingangstreppe hinaus. Ich wollte ihn zum Auto bringen, doch er hielt mich auf der Treppe zurück.

»Na los, geh rein, die Leute warten auf dich. Tu deine Pflicht!«

Ich sah ihm nach, als er den Marktplatz überquerte, so schnell, daß er beinahe rannte, das Telefon in der einen Hand, die gezückten Autoschlüssel in der anderen.

Ich stand auf der Schwelle und lauschte dem schwimmbadartigen Stimmengewirr aus Hunderten simultaner Gespräche. In kleinen Kreisen standen die Leute dicht gedrängt beisammen, schlanke Gläser und vereinzelt auch eine Zigarette in der Hand. In dem Kreis um den Kronprinzen erkannte ich den Bürgermeister und meinen aufmerksamen Sitznachbarn. Sie unterhielten sich angeregt und mit ausladenden Gebärden. Er blickte auf, mein Sitznachbar, sah mich dastehen und winkte.

Die Dame von der Organisation lief nach hinten, und kurz darauf hallte ein Gong. Nach und nach schob sich das Publikum in die Bänke; das Gerede plätscherte auf niedrigerer Frequenz weiter und erstarb gänzlich, als der Vorsitzende mich ankündigte.

Ich las den Zyklus aus zehn Gedichten über Delft, über Vermeer. Das Licht war gut, der Saal war still. Ich war mir bewußt, daß ich da war, daß meine Füße auf ebenjenen Fliesen standen, auf denen auch Vermeer gestanden hatte, daß ich mich im Herzen der Stadt niedergelassen hatte, aufrecht, und den Ton angab, mit meinen Worten.

Alles in allem dauerte meine Lesung eine knappe Viertelstunde. Der Applaus war donnernd, als müsse die Spannung aus den leisen Gedichten mit aller Gewalt durchbrochen werden. Ich verbeugte mich, um mich zu bedanken, drückte mein Buch an die Brust und ging zu meinem Platz am äußeren Ende der vordersten Reihe. Mein Sitznachbar steckte ein großes weißes Taschentuch in seine Tasche, beugte sich zu mir herüber und legte seine warme Hand auf die meine. Er nickte, als wolle er sagen: Ja, so wie du das gerade gesagt hast, so ist es, ja genau so. Der versteht was davon, dachte ich. Er schenkte mir ein ernstes Lächeln, das ich voll und ganz zuließ.

Es kommt des öfteren vor, daß man mir zulächelt, und meistens kann ich nichts damit anfangen. Ich verstumme und schaue weg. Komplimente nehme ich den Leuten nicht ab, denn ich mißtraue den Motiven der Komplimentemacher. Muß das Gespräch fortgesetzt werden, wechsle ich das Thema. Die meisten Menschen reden am allerliebsten und leichtesten über sich selbst, und das ist mir recht, da bleibe ich aus der Schußlinie.

Hier war es anders. Dieser Mann machte mich glauben, daß er wirklich meinte, was er sagte. Oder besser: was er *tat*, denn er sagte eigentlich nichts. Zufrieden saß ich den Rest des Abends ab, neben mir die gleichbleibende, angenehme Wärme meines Nachbarn.

*Nach den Lesungen im Rathaus war ein Empfang in einem Haus an einer der Grachten organisiert.*

Der Kronprinz wurde hinausbegleitet. Große Karossen fuhren vor, um die Gäste wegzubringen. Ich stand neben meinem Nachbarn und blickte über den erleuchteten Marktplatz, zum Standbild von Hugo de Groot im Rund in der Mitte, zur schlanken Fassade der Nieuwe Kerk auf der gegenüberliegenden Seite. Wir tranken Sekt. Die Luft war kühl, die Steine der Treppe atmeten die Hitze des Tages aus, es war ein vollkommener Sommerabend ohne Wind.

»Wir trinken noch etwas bei jemandem, einem der Sponsoren, glaube ich. Wir würden uns sehr freuen, wenn Sie mitkämen«, sagte die Organisationsdame. Ich schloß mich dem Grüppchen an, das vor der Rathaustreppe herumstand. Außer meinem Nachbarn kannte ich niemanden, aber das störte mich nicht. Ich war in Delft, ich war zu Hause und empfand eine unerklärliche Ruhe.

Es war still auf den Straßen, die Stadt wirkte wie ausgestorben. Die Sauertöpfe lagen alle wohlverwahrt im Bett und schliefen. Mein Nachbar faßte mich beim Ellenbogen und lenkte mich hinter der davongehenden Gruppe her, um das Rathaus herum, an der Fischhalle entlang, die hinter den grünen Läden hervor Seeluft verbreitete, über eine Brücke, auf eine Gracht zu. Ich hatte schon mindestens drei Gläser Sekt getrunken und ließ mich über die schmalen Pflastersteine führen, ohne auf den Weg zu achten. Mißtrauen und Wachsamkeit hatte ich restlos fahrenlassen. Wir warfen einen Blick durch das Tor auf den Prinsenhof. Mächtige Baumkronen hingen dunkel über dem totenstillen Platz. Dort auf einer Bank sitzen, dachte ich, regungslos, nur Stille.

Er legte mir den Arm um die Schultern und führte mich die Gracht entlang. In einiger Entfernung stand eine Tür offen; eine gelbliche Lichtbahn lag über dem Pflaster, und als wir näher kamen, hörten wir leise Musik.

Ja, ich bin dort hineingegangen, in das Grachtenhaus, das viel größer war, als man von außen vermutete. Wahrscheinlich eine Treppe hinauf, in einen Salon, wo schon Leute saßen und etwas tranken. Ich erinnere mich, daß ich um eine Ecke ging und auf eine überdachte Terrasse gelangte, wo ein perfekter Stuhl stand. Darauf setzte er mich, mit einem Glas. Er entschwand hinter mir ins Zimmer, und ich war allein. Ich streifte die Schuhe ab, streckte die Arme und blickte auf die dunklen Gärten unter mir. Ganz rechts meinte ich den Klostergarten vom Prinsenhof auszumachen, aber sicher bin ich mir dessen nicht, es kann eigentlich nicht sein. Mit einem Mal war mir nach einer Zigarette, um das Gefühl zu unterstreichen, daß ich eine Schlacht gewonnen hatte. Rauchsignale, Friedenspfeife, zu Asche verglimmende Angst. Ich nahm mir eine aus einem Silberbecher und zündete sie an der Flamme der Kerze an, die auf dem Tischchen neben mir flackerte. Ich lehnte mich zurück und inhalierte den würzigen Rauch. Ich war nicht beschwipst, nicht betrunken, nicht entfremdet. Und doch war ich eine Fremde in einem Haus, das ich nicht kannte, mit einem Mann, den ich nie zuvor gesehen hatte, um eine Zeit trinkend und rauchend, da ich sonst meistens schon im Bett lag.

Ich war zufrieden, Herr Kallander, ich hatte grenzenloses Vertrauen in den Verlauf der Ereignisse. Ich lauschte auf das, was zu hören war: Stille aus dem Garten unter mir, brummende Männerstimmen aus dem Zimmer hinter mir, ein aufspritzendes Lachen, Schritte auf einem alten Parkettfußboden. Das alles eingebettet in Musik, die ich erkannte, aber nicht unterbringen konnte. Mozart, eine Oper, ganz leise, um die Gespräche nicht zu stören.

Es kann sein, daß ich kurz eingenickt bin, ich weiß, daß ich die Augen zugemacht hatte, um die Laute besser wahrzunehmen. Auf einmal saß er neben mir und gab mir ein neues Glas. Er hatte die Ärmel seines Oberhemds hochgekrempelt; ich sah die Härchen auf seinen Unterarmen und merkte, daß die Gespräche verstummt waren. Allein Mozart war zu hören. Nun wußte ich, was es war: Leporello sang die Registerarie. Ich schwieg, wartete auf das herrliche Ende, wenn er Elvira zynisch, aber zugleich mit großem Mitleid zusingt, daß sie es doch wisse, daß sie ja selbst miterlebt habe, wie er es mache, wie er eine Frau verführe und ihr sein Herz zu Füßen lege. Und nicht allein ihr, sondern auch tausendunddrei anderen: Ihr wißt ja, kennt ja selbst ihn. Ich lächelte. Ich wußte es auch, aber es war egal. Ich ließ mich gern und neugierig darauf ein.

»Sie sind weg«, sagte er. »Wir sind allein.«

Er ging wieder. Ich hörte Wasser rauschen und Gläser klirren. Mein Körper fühlte sich gelöst und geschmeidig an, das Leinenjackett war kühl auf meiner Haut. Er hatte mir übers Haar gestrichen, als er hineingegangen war. Die Berührung blieb lange haften, als zögerten Sinne, Nerven und Gehirn, den Eindruck loszulassen. Eine gestreichelte Frau hörte auf einer Terrasse in Delft Mozart.

Sie müssen wissen, Kallander, daß es nicht meine Angewohnheit ist, bei Männern zu nächtigen, die ich erst einen Abend kenne. Von denen ich mir nicht einmal den Namen habe merken können. Und doch habe ich es in jener Nacht getan. Alkohol, werden Sie sagen, viel zuviel Sekt und viel zuwenig gegessen. Womöglich sogar eine bewußtseinserweiternde Zigarette, ohne es zu bemerken. Dichter sind naive Menschen ohne Realitätssinn, sonst könnten sie nicht dichten.

Unsinn, mein Bezug zur Wirklichkeit war vollkommen in Ordnung, ich war in keinster Weise benebelt und wußte voll und ganz, was ich tat. Ich schätzte diesen Mann, ich genoß seine Aufmerksamkeit, seine Bemerkungen brachten mich zum Lachen, ich fühlte mich bei seinem Körper zu Hause. Nicht einen Moment lang habe ich zu dem Zeitpunkt, auf der Terrasse, oder danach, im Schlafzimmer, über den Umstand nachgedacht, daß ich nicht wußte, wie er hieß. Du, dachte ich, du. Das genügte. Erst später, als alles vorbei war, fiel mir auf, daß ich keinen Namen hatte, den ich ihm geben konnte. Sie hatte so viele Namen genannt, diese Organisatorin, mir hatte der Kopf geschwirrt von den glanzvollsten, exotischsten, dramatischsten, hysterischsten Namen (Jean de Bassiès, Victor Fourcat, Pierre de Balledreyt?), die mir zum einen Ohr hinein- und zum anderen wieder hinausgegangen waren, ohne hängenzubleiben. Ich hatte nicht zugehört, ich hatte noch Angst gehabt und mir gewünscht, es wäre schon vorüber, ich hatte mir Sorgen um Harrie gemacht und mich nach einem ruhigen Zimmer gesehnt, um einen Moment allein sein zu können. Später, ja, später bedauerte ich meine Unachtsamkeit, aber in jener Nacht noch nicht.

Im Schlafzimmer, sagte ich. Wie wir dort landeten? Keine Ahnung. Die Lichter im Salon verloschen, dünne, weiße Vorhänge wehten wie Spinnweben von der Terrasse herein, Leporello hatte ausgesungen. Ein kurzer Gang hat sich meinem Gedächtnis eingeprägt, weiter ins Haus hinein: eine halbe Treppe, das Vordringen in einen seitlich gelegenen Ausbau? Das Zimmer, in das wir gelangten, war dunkel und hoch, so groß wie ein weiterer Salon. Hinter den geschlossenen Türen vermutete ich Fenster zur Gracht; der Raum, in dem das Bett stand, hatte ein großes Fenster zur Gartenseite.

Was muß ich erzählen, Herr Kallander? Gar nichts! Ich denke nur an Sie, mit Ihrem ausgemergelten Körper in weißer Baumwollunterwäsche unter einem uralten Tweedanzug; ich führe ein erdachtes Zwiegespräch mit Ihnen, von dem ein zensierter, sehr kleiner Teil in meinen Brief an Sie einfließen wird. Nein, das geht Sie nichts an. Nicht das Bettgeheimnis ist es, das ich Ihnen anvertrauen möchte. Es möge genügen, wenn ich sage, daß es so war, wie es sein sollte. Er hatte einen kräftigen, aber bescheidenen Körper, auf dem ich in dem gedämpften Licht weiße Shorts sich abzeichnen sah. Zum Glück kein Exhibitionist, der bei der erstbesten Gelegenheit die Hose auszieht, dachte ich. Alles ergab sich von selbst. Er streichelte meinen Fuß, er nahm meinen Fuß in seine warme Hand, als er in mir war.

Unter der dünnen Bettdecke liegend, haben wir geredet. Leider kann ich mich nur an wenig davon erinnern. Er arbeite in London und sei gelegentlich am Wochenende hier, sagte er, glaube ich. Ich ordnete ihn den Sponsoren zu und dachte an den nahe gelegenen Flughafen Zestienhoven. Ein Geschäftsmann oder Bankier, der in seiner Freizeit Fühlung mit dem siebzehnten Jahrhundert haben wollte. Ich streichelte die Haare auf seinen Armen und seinen Handrücken und schlief schon beinahe, als er mit anderer Stimme zu sprechen begann. Fordernd, mit plötzlichem Ernst, besessen.

Er habe mich ausgesucht, sagte er. Jahrelang habe er verfolgt, was ich machte, habe alles gelesen, was ich geschrieben hätte, jedes Interview gesehen. O nein, dachte ich, nicht das, das will ich nicht in dieser vollkommenen Nacht. Aber es war etwas anderes. Etwas, was ihn belastete, etwas, was ihn entzückte, etwas, was er noch nie jemandem erzählt, noch nie gezeigt hatte. Mich habe er ausgesucht, das Geheimnis mit ihm zu teilen. Es verpflichte mich zu nichts, ich sei frei. Es gehe ihm nur darum, nicht der einzige sein zu müssen, der davon wisse.

»Wieso ich?« fragte ich. Ich stützte mich auf einen Arm und blickte ihm forschend ins Gesicht.

»Vermeer«, antwortete er. »Als du heute abend gelesen hast, sahst du genauso aus wie die Briefleserin. So konzentriert, so ruhig. Da war ich mir sicher: Dir werde ich es zeigen.«

So, wie man ein Kind ernst nimmt, ein Kind, das ganz außer Atem und beinahe stotternd vor Aufgeregtheit aus der Schule gerannt kommt und einem etwas zeigen will, das lebenswichtig für es ist – man respektiert seine Empfindung, man stimmt ihm in seiner Auffassung vom Ernst der Sache bei, man springt sofort auf und läßt sich an seiner warmen, ungeduldigen Hand mitziehen. Man verspürt vielleicht eine leichte Neugierde, doch auch ein klein wenig Ärger, weil diese Dringlichkeit einen aus seinen Betrachtungen, seiner Lektüre herausreißt; beinahe will man schon die Achseln zucken, etwas Relativierendes sagen, doch mit Rücksicht auf die Leidenschaft des Kindes hält man sich zurück. Man möchte es nicht verletzen, ist mit den Gedanken aber eigentlich schon bei dem Moment, da man sich wieder setzen, eine Zigarette anzünden und zu seinem Buch greifen kann. Die Euphorie des Kindes berührt einen, doch das Objekt seiner Begeisterung wird die eigene Welt nicht tangieren. Denkt man. So macht man sich auf, halb amüsiert, halb seufzend, hinter seinem aufgeregten, zielstrebigen Führer her.

Wir zogen schlabbrige Bademäntel an. Er nahm ein Schlüsselbund aus einer Schublade und bedeutete mir mit einer Kopfbewegung, daß ich mitkommen sollte. Auf dem Flur nahm er meine Hand. Barfuß gingen wir treppauf, treppab, durch Zimmer, über einen schwach erleuchteten Treppenflur, eine Galerie, eine Wendeltreppe. Zu einem Dachboden hinauf, ganz gewiß in einen höhergelegenen Raum. Ich weiß noch, daß ich keuchte, weil ich kaum mit ihm Schritt halten konnte. Da war eine Tür mit einem schweren Schloß, in das er den Schlüssel steckte. Bevor er die eichengetäfelte Tür aufzog, umarmte er mich. Er strich mir übers Gesicht, küßte mir die Augenlider und preßte mich so heftig an sich, daß mir auch noch das letzte bißchen Luft ausging. Dann öffnete er die Tür.

Anfangs sah ich gar nichts. Ein leerer Dachboden mit Holzbalken, von spärlichen Glühbirnen nahe am Eingang erleuchtet. Die hintere Wand dunkel, fleckig, Falten einer Decke.
»Bleib stehen, Augen zu!«
Er ließ mich los, und ich hörte seine Fußsohlen auf dem Holz, Gardinenringe, die sich über eine Stange schoben, das Klicken

eines Lichtschalters. Ich hörte ihn schnell atmen. Dann schaute ich.

*Das Gemälde, das ich dort gesehen habe, ist schätzungsweise 100 cm hoch und 80 cm breit. Es ist ungerahmt. Das Bild wird von der Gestalt eines Mannes beherrscht, der, leicht gebeugt, vor einem Tisch steht und sich die Hände in einer Schüssel wäscht. Hinter seinem Kopf ist ein nach innen geöffnetes Bleiglasfenster zu sehen. Eine Beinahe-Diagonale verläuft von etwa 20 cm rechts der linken oberen Ecke zur rechten unteren Seite der Leinwand. Den Bereich links davon nimmt der Körper des Mannes ein. Die Leinwand endet in Höhe seiner Oberschenkel. Er trägt eine grüne Jacke. Sein Hut liegt neben dem Wasserkrug auf dem Tisch.*

Du wirst das zweifellos kennen, Kallander, das Phänomen, daß die eigene Person wie ausgelöscht ist, wenn man ein Bild betrachtet, das einen ergreift. Ich denke, daß ich zehn, zwölf Schritte nach vorn gemacht habe und rund anderthalb Meter von der Leinwand entfernt kerzengerade stehengeblieben bin. Ich denke, daß sich meine Atmung beruhigte und langsam, regelmäßig und automatisch ging. Ich denke es, aber ich weiß es nicht. Da ist keinerlei Erinnerung an Körperhaltung, Muskelgefühl, Augenbewegungen. Da ist nur das Bewußtsein der grünen Jacke, eines Grüns, das ins Blaue spielt; die Verwunderung über die Wassertropfen, die von den ineinandergeschlungenen Händen in die Schüssel fallen; das Erkennen von Vermeer. Ich war in dem Gemälde, ich war eins mit ihm, und ich weiß nicht, wie lange das angehalten hat.

*Die rechte Seite des Bildes zeigt ein perspektivisch dargestelltes Zimmer, durch eine offenstehende Tür gesehen. Die Farbgebung ändert sich: von dem kühlen Blaugrün der Jacke über die schwarzweißen Fliesen auf dem Fußboden und den bräunlichen Türrahmen hin zu einer ebenholzfarbenen Bank an der Wand des hinteren Raums. Auf der Bank sitzt eine Frau, wie der Mann im Profil dargestellt, breitbeinig, zusammengesunken, den Hinterkopf an die gelbbraune Wand gelehnt. Sie trägt eine gelbe Jacke, das gelbe Jäckchen mit dem Pelzbesatz. Die blonden Haare sind straff aus dem Gesicht gezogen und zu einem kleinen Knoten oben auf dem Kopf gesteckt. Ihre Unterarme liegen auf den Beinen, die Hände im Schoß. Die Augenlider, von weißestem Elfenbein, sind geschlossen.*

Nach Stunden, Tagen, Ewigkeiten – wahrscheinlich nicht einmal einer Viertelstunde – registrierte ich, daß er hinter mir stand. Ich hörte ihn schwer durch die Nase atmen, ich fühlte seine Wärme, als er näher kam, und ich lehnte mich an seinen Körper. Er schlang die Arme um mich und stützte sein Kinn auf meinen Kopf. So blickten wir, diesmal zusammen, auf den Mann, der einen Kopf voll brauner Locken bis auf die Schultern hatte. Die großen Manschetten der Jacke hatte er ein wenig hochgestreift, so daß die schmalen Handgelenke und die Hände frei waren. Er blickte in tiefer Konzentration auf das von seinen Händen tropfende Wasser. Neben dem breitkrempigen Hut lag ein weißes Handtuch auf dem vorderen Teil des Tisches. Füllig, Falten werfend – eine Schneewand, die das Bild abschloß.

»Das gibt's nicht«, sagte ich. »Es ist ein Vermeer, aber das hier gibt es nicht.«

Er seufzte und blies mir die Haare hoch. Dann machte er einen Arm von mir los und zeigte auf dem Gemälde auf das obere Querholz der Tür. Ich kniff die Augen zu Schlitzen, und die undeutlichen Buchstaben wurden klar: IVMeer.

Ich wollte, daß er mich wieder festhielt, ich wollte ganz umfangen sein und rundherum Festigkeit spüren. Ich glaubte nicht, was ich sah, aber ich sah es.

»Dies sind zwei Häuser; ich habe zwei aneinandergrenzende

Häuser gekauft. Als ich hinter den Fassaden einen Durchbruch machen ließ, fand ich es, in einer Hohlmauer. In ein Stück Leder gewickelt, eine Kuhhaut, senkrecht zwischen den beiden Mauerhälften. Erst als die Arbeiter weg waren, habe ich es mir richtig angesehen. Es war der eigentümlichste Abend meines Lebens.«

Ich wollte etwas sagen, brachte aber keinen Laut heraus. Mein Kopf war voller Gedanken, aber mit keinem konnte ich mich wirklich auseinandersetzen. Warum hatte er den Fund nicht publik gemacht? War es ein Verbrechen, so ein Gemälde für sich zu behalten? War er, wenn er Eigentümer der Häuser war, auch Eigentümer des Bildes? Was wollte er damit? Warum zeigte er es mir? Was, wenn auf dem Dachboden Feuer ausbrach? Wie macht man weiter, nachdem man es gesehen hat?

Wie Rauchfahnen wehten mir die Fragen aus dem Kopf. Ich schaute, ich fraß das Gemälde mit den Augen auf, bis ich gesättigt war. Dann drehten wir uns um, schlossen die Tür und gingen wieder zu Bett.


Natürlich dachte ich, ich hätte alles geträumt, als ich aufwachte und das Bild vor meinen geschlossenen Augenlidern sah. Ich blieb ganz still liegen und schaute. Dann öffnete ich die Augen.

Ich lag allein im Bett, in einem hellen Zimmer mit aufgezogenen Vorhängen. Er war weg. Auf dem Fußboden lagen zwei ineinander verschlungene Bademäntel.

Ich schoß in die Höhe und schlug die Bettdecke zurück. Ein blasses Brieflein flatterte auf: »Entschuldige, ich muß früh weg. Möchte dich nicht wecken. Danke, danke, danke!«

Allein in einem fremden Haus. Ich zog mich an, schnappte meine Tasche, die an der Tür stand, und suchte mir meinen Weg nach draußen. Auf einem Flur fand ich eine Toilette. Ich schlug eine Haustür hinter mir zu und hastete von der Gracht weg zum

Bahnhof. Taxis gab es nicht. Ich kaufte eine Fahrkarte für den Zug und wartete auf dem Bahnsteig. Es war zehn Uhr. Aus der Deckung des Abteilfensters hervor blickte ich auf die davonrollende Stadt: Tanzschule Wesseling, die Mühle, die Hefefabrik. Erst als sich der Zug in die Polder schob, lehnte ich mich zurück. Ich hatte keine Meinung. Ich hatte erwartet, auf eine spannende, geheimnisvolle Nacht ohne Nachwirkungen zurückblicken zu können, doch das einzige, woran ich denken konnte, war das Gemälde. Erst mal nach Hause, dachte ich, in die Badewanne, Kaffee, saubere Sachen, den Tag frisch beginnen. Die Nacht abspülen. Mir die Hände waschen.

*Für mich war das Gemälde von Anfang an ein echter Vermeer, und es machte einen vollkommen authentischen Eindruck. Daher meine Frage an Sie: Was habe ich gesehen?*
*Hochachtungsvoll*
*Helena Lievaert*

Und was soll ich jetzt tun? Soll ich überhaupt etwas tun, ist dieser Brief nicht schon zuviel? Was kann denn so jemand darauf antworten? Was bringt ihm das? Information, er muß Informationen anhäufen, er ist Wissenschaftler. Ihm braucht es ja auch nichts zu bringen, Hauptsache, mir bringt es was. Anregungen, Aufschluß, Hilfe.

Ich schloß das Kuvert und klebte eine Briefmarke darauf. Morgen Sturm in Den Haag.

Bevor ich in die Schweiz abreiste, um dort meine alljährliche Seminarreihe abzuhalten, rief ich Harrie an. Seine Stimme klang kraftlos, und alle Fragen in dem Gespräch kamen von meiner Seite. Wie es seiner Mutter gehe. Er seufzte, keine nennenswerte Besserung. Sie liege immer noch im Krankenhaus, ihr Herzschlag werde auf einem Monitor sichtbar und hörbar gemacht, und er, Harrie, müsse das, wenn er bei ihr sitze, tagaus, tagein ertragen. Jeden Tag, auch abends, sagte er. Dieses ruhelose Ticken auf dem Bildschirm mache ihn ganz verrückt. Seinerseits lege er sich lautstark mit dem Personal wegen des Essens an, das sie seiner Mutter auftischen zu können glaubten. Meistens nehme er selbst etwas für sie mit, denn er wisse ja, was ihr schmecke, diese Pflegefuzzis hätten keine Ahnung. Viel Appetit habe Mutter nicht. Sie ängstige sich, das sei ihr alles nicht geheuer, und da sei einem natürlich nicht nach Essen zumute.

Erst nachdem wir lang und breit über die Mißlichkeiten gesprochen hatten, denen er so machtlos gegenüberstand, fragte er mich, wie es in Delft gewesen sei.

»Gut«, sagte ich. »Es lief einfach gut, es war sogar nett. Keinerlei Probleme, und ich bin wohlbehalten nach Hause gekommen. Ich erzähl dir's dann später mal, wenn es deiner Mutter wieder bessergeht.«

Ich meldete mich für die kommenden vierzehn Tage bei ihm ab und versprach, wieder anzurufen, wenn ich zurück sei. Die Post würde ich selbst erledigen oder für ihn liegenlassen.

»Gute Reise«, sagte Harrie, »und paß gut auf dich auf. Ruf mich an, wenn irgend etwas ist, ich hab das Telefon immer bei mir.«

Ich wollte ihm noch sagen, wie leid mir das alles für ihn tat und daß ich vorläufig, was die Arbeit betraf, keine Erwartungen an ihn stellte – aber er hatte die Verbindung schon unterbrochen. Er fehlte mir. Ich hätte ihm gern meine Geschichte erzählt, wußte aber nicht, ob ich darüber reden durfte. Vielleicht war es ja gut so, vielleicht sollte es so sein, daß ich das Geheimnis mit auf die Reise nahm.

Nach längerer Abwesenheit nach Hause zurückzukehren ist ein zweifelhaftes Vergnügen. Die Aussicht, wieder allein zu sein, finde ich herrlich. In jedem Hotel, mag es auch noch so gut sein, rütteln zu x-beliebiger Tageszeit Putzfrauen und Zimmermädchen an der Tür. Jede Reise bedeutet: Kontakte. Mit Studenten, Organisatoren, Menschen, die etwas mit mir oder zumindest mit meiner Arbeit zu tun haben. Das beklemmt mich. Soviel Aufmerksamkeit finde ich übertrieben. Ich tue natürlich mein Bestes und versuche in meinem Unterricht etwas Interessantes zu erzählen, und natürlich schreibe ich meine Essays und Gedichte so gut und ehrlich wie möglich, aber dennoch finde ich es befremdlich, daß manche Leute eine derartige Begeisterung darüber an den Tag legen können. Weil sie für mein Kommen bezahlt haben, denke ich dann. Es ist teuer, also muß es schon was sein. Weil ich einen Namen habe. Sie schlucken alles von mir, nur weil Lievaert draufsteht, so wie ich alles verschlinge, wo Nabokov draufsteht, so wie sich eine Kuh auf jeder Wiese zum Gras hinunterbeugt, weil es grün ist. Diese Gedanken setzen ungefähr nach einer Woche ein und verlassen mich erst wieder, wenn ich mein eigenes Zuhause betrete. Erst in meinem Sessel, mit einem Stapel alter Zeitungen auf dem Schoß, mit der Freiheit, das Telefon zu ignorieren und mir den Tag nach meinem Belieben einzuteilen, finde ich zu der Überlegung zurück, daß ich schreibe, weil ich schreibe, und daß es jedem freisteht, sich ein Urteil darüber zu bilden. Das braucht mich nicht zu tangieren.

Der Nachteil des Nachhausekommens, zumal wenn Harrie nicht da ist, ist die Post. Vorsichtig schiebe ich das Messer in die ersten Kuverts. Schon bald rupfe ich die Briefe ganz unbeherrscht heraus. Ich mache einen Stapel, den ich abarbeiten muß, und einen Stapel zum Wegwerfen.

So jonglierte ich an jenem Sonntagnachmittag, gerade aus der Schweiz zurück, mit Papieren herum, bis ich einen schweren Brief mit diskreter, geprägter Absenderangabe in der Hand hielt: Gouden Eeuw Kabinet.

*Sehr geehrte Frau Lievaert,*

*in Beantwortung Ihres überraschenden Briefes kann ich Ihnen mitteilen, daß es in der Tat ein Gemälde von Vermeer mit der von Ihnen beschriebenen Darstellung gegeben hat. Es ist im Katalog der sogenannten Dissius-Auktion aufgeführt, die 1696 in Amsterdam stattfand. Die Beschreibung lautet wie folgt: »Allwo ein Seigneur seine Hände waschet, in einem durchschauenden Raume, mit Bilden, gar künstlich und rar.«*

*Von dem Gemälde, das bei dieser Auktion zu den teuersten gehörte, hat man seither nichts mehr gehört. Es sind keine anderen Beschreibungen und keine Kopien davon bekannt. Das Gemälde gilt als verschollen, und es dürfte daher höchst unwahrscheinlich sein, daß Sie es gesehen haben. Ihre Beschreibung hat mich allerdings neugierig gemacht, und ich bin gerne bereit, das betreffende Bild in Augenschein zu nehmen und es zu taxieren, falls der Besitzer es wünscht.*

*In Erwartung Ihrer diesbezüglichen Nachricht*
*verbleibe ich*
*mit größter Hochachtung*
*E. Kallander*

Ich ließ den Brief in meinen Schoß fallen. Einen »durchschauenden« Raum, »künstlich und rar« – genau das hatte ich gesehen. »Ein Seigneur, der seine Hände waschet« – schlichter und bündiger konnte man es nicht beschreiben. Das Bewußtsein, daß dieses Gemälde, das seit drei Jahrhunderten verschollen war, auf dem Dachboden eines Delfter Grachtenhauses hing, in das ich jederzeit hineinspazieren konnte, benahm mir den Atem. Ich mußte etwas tun. Ich mußte seinen Namen herausbekommen, ihn anrufen, ihm schreiben, mich mit ihm treffen.

In Harries wohlgeordneten Korrespondenzmappen fand ich die Telefonnummer der Kongreßorganisation. Nicht zaudern, gleich zur Tat. Ich bekam einen jungen Mann an den Apparat und fragte nach der Dame, die bei der Abschlußveranstaltung die Regie geführt hatte.

»Sie meinen Frau Muysch?«

Ich wußte es nicht, konnte sein, ich hatte keine Ahnung, doch ich bejahte dezidiert. Im Hintergrund hörte ich singende, fragende Stimmen und das Zuschlagen einer Tür.

»Ella Muysch!«

»Hier Helena Lievaert.«

»Ach, wie schön, daß Sie anrufen. Sie stehen ganz oben auf meiner Telefonliste. Ich wollte mich noch einmal für Ihren wunderbaren Beitrag zum Kongreß bedanken. Es hat ja allen *so* gut gefallen, Sie ahnen gar nicht, wie viele begeisterte Reaktionen wir bekommen haben!«

Mit Hüsteln und Räuspern versuchte ich mir Gehör zu verschaffen. Ich kann so schlecht telefonieren. Aber so langsam schien bei Frau Muysch doch etwas anzukommen.

»Sie rufen aus einem speziellen Grund an? Ich hoffe doch nicht, daß verwaltungsmäßig irgend etwas schiefgelaufen ist? Die Reisekosten können Sie selbstverständlich auch jetzt noch in Rechnung stellen, dazu brauchen Sie uns nur die Taxiquittung zu schicken, das regele ich schon für Sie. Ach, und das Honorar, es kann sein, daß das noch nicht überwiesen ist, weil wir hier im Moment ziemlich viel um die Ohren haben. Wir müssen das Ganze zu Ende bringen und die Schlußbilanz erstellen, wissen Sie, und das ist mehr Arbeit, als wir dachten. Wir sitzen schon seit Wochen über den Papieren!«

»Nein«, sagte ich, »nein, darum geht es nicht. Das wird sich schon alles finden. Nein, ich habe mich gefragt – im Anschluß an den Abend war doch noch eine Art Empfang, erinnern Sie sich, an einer der Grachten, in einem Haus, bei jemandem zu Hause.«

»Ja, am Oude Delft war das. Ich habe den Kronprinzen hinausbegleitet und bin danach mit dem Bürgermeister dorthin gegangen. Es ist so schön, wenn man alles hinter sich hat, vor allem, wenn es ein solcher Erfolg war, da fällt die ganze Spannung von einem ab. Der Prinz war sehr angetan!« Frau Muysch lachte glucksend.

»Aber bei wem, bei wem war das? Ich würde gern den Namen der Person wissen, bei der dieser Empfang war. Sie haben mich zwar allen vorgestellt, aber dieser Name ist mir entfallen. Ich würde gern Kontakt mit dem Herrn aufnehmen, aber ich weiß nicht mehr, wie er heißt.«

Das kam schlecht an. Frau Muysch war diejenige, die Kontakte aufnahm oder nicht, nicht ich. Zudem hatte ich offenbar einen wunden Punkt bei ihr berührt. Ihre Stimme senkte sich um eine Terz und verlor ihren aufgekratzten Ausdruck.

»Tja, ich weiß nicht, ob ich Ihnen da weiterhelfen kann«, sagte sie förmlich. »Dieser Empfang war, soweit ich weiß, improvisiert. Jedenfalls fiel er nicht unter unsere Regie. Ich bin davon ausgegangen, daß der Gastgeber einen unserer Sponsoren vertrat. Wenn Sie Wert darauf legen, kann ich Ihnen die Adresse unseres Vorstandsmitglieds geben, das für das Sponsoring verantwortlich ist.«

»Gern.« Ich kritzelte die Adresse auf den Einband des Telefonbuchs. »Vielen Dank.«

»Viel Erfolg bei Ihren Nachforschungen«, sagte Frau Muysch gemessen. »Guten Tag.«

»Ach, verzeihen Sie«, platzte ich heraus. »Haben Sie vielleicht eine Telefonnummer von diesem Vorstandsmitglied?«

Peng peng peng peng peng peng. Wie Kugeln knallten mir die Ziffern ins Ohr. Ich legte den Hörer auf, schwitzend.

Abends, nach einer Flasche Rotwein, hatte ich genügend Mut gesammelt, um wieder zum Telefon zu greifen. Der Sponsoren-werber erwies sich als freundlicher Mensch, konnte mir aber auch nicht weiterhelfen. Er war der Annahme, die Party sei im Hause eines der teilnehmenden Architekten gegeben worden. Weder das Organisationskomitee noch die Sponsoren hätten etwas da-mit zu tun gehabt. Er selbst sei zwar kurz dagewesen und könne bestätigen, daß das Haus am Oude Delft gelegen habe, aber an den Gastgeber könne er sich nicht so recht erinnern.

»Ich hatte bis dahin schon einiges getrunken, daher ist meine Erinnerung an den Abend ein wenig verschwommen.«

»Er saß neben mir, der Mann aus diesem Haus«, sagte ich, »in der ersten Reihe, ganz an der Seite. Ein großer Mann, er war den ganzen Abend da und hat sich mit allen unterhalten, Sie müssen ihn doch kennen.«

Aber für Gesichter habe er kein gutes Gedächtnis, sagte er. Pläne, Zahlen, kein Problem, aber Menschen?

»Ob der Bürgermeister es weiß?« versuchte ich noch. »Der hat sich lange mit ihm unterhalten.« Der Sponsormann fing an zu lachen.

»Oh, Frau Lievaert, unser guter Bürgermeister! Er ist ja ein äußerst liebenswürdiger Mensch und wirklich ein Topbürger-meister, aber er ist mit seinen Gedanken meist ganz woanders. Er kann sich nichts, aber auch gar nichts merken. Den Namen seiner Sekretärin weiß er bis heute nicht. Es fällt nicht so auf, weil er so schrecklich charmant ist. Er redet mit Unbekannten, als wären sie gute Freunde. Und bei wichtigen Besuchen ist dann schon jemand da, der ihm souffliert. Nein, vom Bürgermeister würde ich mir in dieser Hinsicht nicht allzuviel erwarten. Schade, daß ich Ihnen nicht weiterhelfen kann, so gern ich es getan hät-te. Sie sind doch jetzt hoffentlich nicht gar zu enttäuscht?«

Ich wurde rot. Er denkt, daß ich auf eine Verabredung aus bin, daß ich dem Kerl nachlaufe. Er lacht mich aus. Bei der nächsten Vorstandssitzung wird er mit Frau Muysch über mich tuscheln. Das fehlte mir gerade noch. Ich dankte ihm für seine Hilfsbereitschaft und legte auf.

Nachts träumte ich von dem Gemälde, zu dem ich mühelos Zugang hatte. Ich sah, wie das Licht durch das offenstehende Fenster auf die Wangen des sich die Hände waschenden Mannes fiel. Ich war ihm so nahe, daß ich seine Nasenflügel, seine Wimpern, die gefurchte Haut seiner Lippen sehen konnte.

Der Brief von Kallander brannte auf meinem Schreibtisch. Er rechnete damit, daß ich etwas unternahm. Ich mußte etwas tun. Die bisherige Suche war im Sande verlaufen, und ich mußte mir einen neuen Einstieg einfallen lassen. Ich mußte, ich mußte. Aber wie? Ich hatte nicht die geringste Ahnung, wie ich das anstellen sollte. Wenn Harrie doch nur da wäre.

Fruchtlos gingen mir die Gedanken wieder und wieder im Kopf herum, von morgens bis abends. An Arbeit brachte ich nicht viel zustande. Ich las das eine oder andere, ordnete meine Papiere, starrte zerstreut vor mich hin. Ich rief Harrie an, der ebenfalls einen zerstreuten und matten Eindruck machte. Er hörte sich müde an, und ich ließ ihn in Ruhe.

Ich versuchte mir das nächtliche Delft vorzustellen und spazierte ein ums andere Mal vom Rathaus zu der Gracht. Die dunklen Läden des Fischmarkts. Die Lichtbahn aus der Haustür. Das unbeleuchtete Schaufenster der Buchhandlung. Ja!

Am nächsten Tag war ich wieder auf dem Bahnhof. Es war Delfter Wetter – es nieselte, und die Luft schlug mir klamm ins Gesicht. Ich spazierte geradewegs zur Buchhandlung und bat an der Verkaufstheke darum, die Besitzerin zu sprechen. Noch ehe die

Kassiererin sie rufen konnte, tauchte sie hinter einem riesigen Kartonstapel auf. Sie erkannte mich sofort.

»Wie nett, daß du mal hereinschaust! Viel verkauft, neulich. Und du gehst immer noch weg wie verrückt. Hast du Lust auf einen Kaffee?«

Sie war etwas jünger als ich. Eine zupackende, selbständige Frau, die sich darum bemühte, Bücher in die Delfter Wohnzimmer zu schmuggeln und für eine Erweiterung des Horizonts zu sorgen. Sie ging ihre eigenen Wege und scherte sich nicht drum, ob Delft das nun paßte oder nicht. Duzen, dachte ich, das ist hier die Regel, na gut, du bist hier, du kannst wieder weg, nichts wirklich Bedrohliches.

»Ich bin in 'ner Stunde wieder da«, sagte sie zu dem jungen Mädchen an der Kasse. Im Laden lehnten ein paar Studenten an den Regalen und lasen. Sie sahen nicht auf.

»Ja, ich betreibe auch eine Bibliothek«, sagte sie lachend. »Ich laß es, wie es ist, das füllt den Laden, und wenn sie später Geld haben, werden sie schon was bei mir kaufen. Oder?«

Wir setzten uns in ein Café mit großen Fensterscheiben, gegenüber von einer Brücke; es war, als käme der Verkehr direkt auf uns zugedonnert.

»Ansicht von Delft«, sagte sie. »Wieso bist du eigentlich hier?«

Es wollte mir nicht über die Lippen. Ich wartete, bis der Kaffee serviert wurde, bis der Ober wegging, bis wir in den Tassen rührten.

»Ich suche einen Mann«, sagte ich.

Sie lachte schallend auf.

»Na, da bist du wirklich an der richtigen Adresse! Ich habe Dutzende im Angebot – setz dich nur mal einen Nachmittag lang an die Kasse. Aber das ist ja wohl nicht dein Ernst, oder, du bist doch nicht um einen Mann verlegen? Geht doch bestens ohne!«

»Ja, nein, ich meine es anders.« Ich stammelte und stotterte mir was zurecht. Ich mußte mehr nachdenken. Was wollte ich wissen? Das mußte ich fragen. Einfachheit. »Neben mir saß ein Mann. Der gab später ein Fest. Wie heißt er?«

Die Buchhändlerin kniff die Augen zu Schlitzen zusammen. »Ich sehe ihn vor mir. Groß. Ein bißchen der Ich-hab-hier-eigentlich-nichts-verloren-aber-ist-doch-ganz-nett-Typ. Nicht unsympathisch. Du hast dich gut mit ihm amüsiert. Bist du zu dem Fest gegangen?«

»Ja«, antwortete ich auf alles. »Aber ich habe vergessen, wo es war und wie er hieß. Ich hoffte, du wüßtest es. Ich möchte ihn etwas fragen.«

»Ich kenne ihn nicht. Hab ihn auch nie vorher gesehen. Er ist nie im Laden gewesen. Ich sah euch die Gracht entlanglaufen, als ich die Bücher zurückgebracht hab. Die Tussi von der Organisation hatte mich zwar auch eingeladen, aber ich war vernünftig, mußte ja am nächsten Morgen wieder früh raus, bin ganz normal ins Bett gegangen. War's nett?«

Ich erzählte: schönes Haus, nette Unterhaltung, lauer Abend, viel Alkohol, wunderbare Nacht. Ich erzählte auch von meinen Versuchen, die Identität des Mannes ausfindig zu machen. Sie bekräftigte die Zweifel in bezug auf das Erinnerungsvermögen des Bürgermeisters und schnaubte, als ich ihr von dem Telefonat mit Ella Muysch berichtete.

»Menschen existieren nicht, wenn sie sie nicht entdeckt hat«, sagte sie. »Von deren Büro würde ich nicht groß was erwarten. Ich werd die nächsten Tage mal meine Fühler ausstrecken. Ich ruf dich an.«


Auf dem Rückweg zum Bahnhof lief ich die ganze Westseite der Gracht ab und blieb vor jedem Haus stehen. Keinerlei Wiedererkennen, nicht ein einziges sagte mir etwas.

Zu Hause lag wieder ein elfenbeinfarbener Brief von Kallander im Briefkasten. Es sei von eminenter Wichtigkeit für den wissenschaftlichen Fortgang in der Kunstgeschichte, daß die Herkunft des Gemäldes eruiert werde. Wie stehe es mit meinen Versuchen, an den mutmaßlichen Eigentümer heranzutreten? Er hoffe, baldmöglichst von mir zu hören, andernfalls werde er, Kallander, mich anrufen. Ich legte den Brief ganz unten in den Stapel Post, die eine Beantwortung verlangte. Ich wußte nicht, was ich tun sollte. Das Telefon abstellen? Den Briefkasten zunageln? Umziehen? Aber ich selbst wollte doch das Bild wiedersehen, es war doch meine eigene Suche? Warum ließ ich mir nicht einfach helfen wie jeder normale Mensch? Warum dachte ich, daß mich alle lästig, verlogen und leichtfertig fanden?

»Muysch ist gar nicht beglückt über dich«, sagte die Buchhändlerin am Telefon. »Sie denkt, du verlachst ihr Organisationstalent und pfuschst ihr ins Handwerk. Wenn du mich fragst, führt sie sich so auf, weil es sie wurmt, daß sie deine Frage nicht beantworten kann. Man stelle sich vor, Ella Muysch kennt wen nicht, noch dazu wen Wichtiges, nach dem eine andere Berühmtheit sucht! Das kann sie nicht verknusen. Mich hat sie auch angegiftet. ›Sie mit Ihren Kontakten‹, sagte sie. Als würde ich ein Bordell betreiben!«

Ich fragte, ob sie noch etwas herausgefunden habe.

»Mein Kind, er ist spurlos verschwunden, dein Freier. Keiner kennt ihn, keiner weiß, wer er ist und wo er ist und was er hier gemacht hat. Ich glaube, du mußt ihn dir aus dem Kopf schlagen. Es ist hoffnungslos.«

Sie denkt auch, daß ich auf einen Kerl aus bin und mich nicht damit abfinden kann, abgeblitzt zu sein. Einen Moment lang erwog ich, ihr alles über den Vermeer zu erzählen. Sie würde ganz Delft auf den Kopf stellen, die Zeitung informieren, die Polizei einschalten. Ich wußte nicht mehr, ob ich Geheimhaltung versprochen hatte, verspürte aber deutliche Vorbehalte, wenn ich mir ausmalte, sie ins Vertrauen zu ziehen. Dann doch lieber die bedauernswerte Frau mittleren Alters spielen, die Gesellschaft und erotische Zerstreuung sucht. Ich dankte ihr. Ich tat in letzter Zeit nichts anderes, als mich zu bedanken und ergebnislose Nachfragen anzustellen. Höflich bis zum Kieferkrampf, ohne Interesse zuhörend, in großen, unklaren Bahnen um das einzige kreisend, das Eindruck auf mich gemacht hatte: das Gemälde.

Als Kallander mich anrief, machte ich schnell einen Termin mit ihm aus. Ich zog ein dunkelgraues Kostüm an und schärfte mir vorher ein, was mein einziger Wunsch war: dem Gemälde auf die Spur kommen. Ich würde mich nicht einschüchtern lassen, ich wollte nicht argwöhnisch sein, ich konnte mich nicht mehr in die Rolle der armen, einsamen Jungfer drängen lassen. Sachlich und selbständig, so lautete die Devise.

Seine Stimme klang etwas zögerlich, leise und ein klein wenig heiser, aber nicht von vornherein unangenehm. Er würde mich mit dem Dienstwagen in Den Haag am Bahnhof abholen, und von dort würden wir gemeinsam nach Delft weiterfahren. Ich stellte mir vor, wie er im Fond sitzen würde, eine Brotbüchse aus Plastik auf dem Schoß, eine Serviette auf den Knien. Harrie fehlte mir. Ich war ganz auf mich allein gestellt.

Der verabredete Bahnhofausgang war leicht zu finden. Die Türen glitten automatisch vor mir auseinander, und ich stand im Freien. Es war windig, und immer wieder schoben sich Wolken vor die Sonne, so daß man nicht so recht wußte, ob es nun warm oder kalt war. Dumm, daß ich keinen Regenmantel oder zur Not einen Regenschirm mitgenommen hatte. Eine Sonnenbrille dagegen schon, damit ich mich gegebenenfalls dahinter verstecken konnte.

Aus einem dunkelblauen BMW stürmte ein kleines Männlein auf mich zu und winkte mit beiden Armen. Er schüttelte meine Hand wie einen Pumpenschwengel, während er sich vorstellte: »Kallander. Schön, daß Sie da sind. Es kann losgehen!« Über seinem Schädel lagen ein paar graublonde Haarsträhnen, und auf seiner Nase saß eine randlose Brille. Er trug kein miefiges altes Tweedjackett, sondern einen tadellosen Nadelstreifenanzug mit goldener Uhrkette. Galant hielt er mir die Wagentür auf. Als ich eingestiegen war, lief er um den Wagen herum und schwang sich voller Tatkraft auf seinen Sitz. Ich hatte unterdessen dem Fahrer guten Tag gesagt und genierte mich schon wieder dafür.

Kallander legte sofort los.

»Sie kennen Delft?« Ich nickte.

»Gut?«

»Ich bin dort aufgewachsen«, stieß ich zwischen den Zähnen hervor.

»Ach, wirklich, dann kennen Sie es ja in- und auswendig, das ist gut. Ihr Vater war dort an der Technischen Hochschule?«

Ich schüttelte den Kopf. Wie konnte ich diesen Mann zum Verstummen bringen? Meinerseits zu schweigen war ganz offensichtlich nicht die Lösung, denn je weniger ich auf seine Fragen einging, desto mehr redete Kallander. Was meine Eltern machten, auf welcher Schule ich gewesen sei, in welcher Straße ich aufgewachsen sei, wie lange ich schon aus Delft weg sei und warum und wohin ich von dort gegangen sei und wie oft ich dorthin zurückkäme.

»Der bewußte Abend«, sagte ich, »als ich das Gemälde gesehen habe. Das war das erste Mal.«

Ob ich meine Eltern häufig besuchte, ob sie noch lebten, noch dort wohnten, aus welchem Anlaß ich die Lesung gehalten hätte, auf wessen Einladung hin, wo ich geparkt hätte und wie spät ich abends wieder abgereist sei? Allein oder in Gesellschaft?

Das Problem war, daß alle Fragen in äußerst zivilisiertem und freundlichem Ton gestellt wurden. Ich kam mir selbst allmählich immer unhöflicher vor, weil ich nicht adäquat darauf antwortete, so als gehörte es sich, einem Wildfremden zu erklären, in welchem Land man Steuern zahlte und wieviel und mit wem man nach einer Lesung geschlafen hatte. Ich versuchte ihn auf sein Gebiet zurückzudrängen, indem ich mich mit lebhaftem Interesse nach seiner Arbeit beim Gouden Eeuw Kabinet erkundigte. Das verschaffte mir ein, zwei Minuten Verschnaufpause, doch ehe ich mich's versah, war er schon wieder mit dem Thema unverlangte Briefe befaßt und ließ sich über die dämlichen Leute aus, die ihm triviale, paranoide oder frei erfundene Geschichten über irgendwelche Gemälde zuschickten, die sich in ihrem Besitz befanden oder auch nicht. Ich wußte nicht mehr, wo ich hingucken sollte, und setzte meine Sonnenbrille auf.

Der Fahrer parkte in der Phoenixstraat, und wir stiegen aus. Es blies ein strammer Wind, der Kallanders Haarsträhnen durcheinanderwirbelte.

»Oude Delft, da sind Sie sich ja ganz sicher. Dann schlage ich vor, daß wir systematisch Haus für Haus abgehen. Wenn Ihre Erinnerung Sie nicht trügt, wird das garantiert zum Erfolg führen.«

Trotz der kühlenden Brise brach mir der Schweiß aus allen Poren. Kallander stapfte zügig drauflos. Ich versuchte ihm zu sagen, daß ich mir bereits alle Häuser angesehen hatte, daß ich nichts wiedererkannte, daß ich keine Lust zu dem Ganzen hatte – aber vergebens. Der Plan war gefaßt und hatte ausgeführt zu werden. Vor jeder Fassade zwang er mich stehenzubleiben, mir genauestens die Konfiguration von Haustür und Fenstern anzusehen und sie mit dem Bild in meiner Erinnerung zu vergleichen.

»Ich habe kein so deutliches Bild«, sagte ich.

»Unsinn. Ihrer Aussage nach sind Sie dagewesen, also gibt es einen Eindruck. Es scheint mir nur eine Frage des Willens, sich diesen zu vergegenwärtigen. Das Gehirn registriert alles! Systematik! Konzentration!«

Nach der dritten Fassade begann ich vor Angst zu zittern, wenn ich erneut passen mußte. Kallanders Schritte wurden kurz und ungehalten. Verärgert preßte er die dünnen Lippen zusammen. Auf der Hälfte der Gracht, vor einem breiten, hohen Gebäude, war ich mir unsicher. Die Haustür erschien mir zu niedrig, und ich erinnerte mich doch an Stufen, oder waren die nur beim Rathaus gewesen? Aber es hatte einen Dachboden, das schon. Kallander hing schon am Klingelzug. Ich blieb auf der Straße stehen und blickte zum Giebel hinauf. In einem der oberen Stockwerke hing ein Anschlag von einer Maklerfirma am Fenster: *Zu verkaufen.*

Es machte niemand auf, Kallander zog mich weiter, und wir setzten unser vergebliches Unterfangen fort. Auf dem Rückweg zum Auto beschrieb ich ihm nochmals das Gemälde. Erstmals an diesem Nachmittag redete ich, und er hielt den Mund. Das gab mir die Kraft, ihm die Hand zu drücken und zu sagen, daß ich noch eine Verabredung hätte. Er zog die Augenbrauen hoch und öffnete den Mund, um zu fragen, mit wem, wo, wann – aber ich war schon davongerannt.

Als der blaue BMW mit dem wütend in der Zeitung blätternden Kallander auf dem Rücksitz weggefahren war, ging ich langsam zum Bahnhof. Ich dachte daran, wie ich vor fünfundzwanzig Jahren hier gegangen war, neben meinem Lehrer, meinem Liebhaber, seiner Stimme lauschend, voller Sehnsucht, seinen Beifall zu finden. Wie ich danach getrachtet hatte, aus dem, was er sagte, die Richtlinien für mein Verhalten herauszufiltern, wie ich mir gewünscht hatte, so zu sein, wie er mich haben wollte. Wie das

alles unendlich danebengegangen war und wie sich das ange-
fühlt hatte. Der Wind wirbelte Müll und Laub auf, die Leute
drückten ihre Taschen an sich, Frauen hielten die Hände auf die
Knie, damit ihr Rock dort blieb, wo er hingehörte. Alle machten säuerliche, beleidigte Gesichter. Überall Lärm, überall Unruhe.

»Wieder ganz die Alte!« rief Harrie. »Quietschfidel! Keinerlei
Beschwerden! So 'n Krankenhaus ist die reinste Folterkammer,
da muß man ja 'n Herzklaps kriegen. Aber jetzt, wo sie wieder
zu Hause ist – alles bestens! Sie ißt wieder, sie sieht sich wieder
ihre Serien an, und sie schwatzt am Telefon. Ganz die Alte!«
    Er saß mit Terminkalender und Post an meinem großen Tisch.
Ich fand, daß er schlecht aussah: blaß und viel dicker als vor einem Monat. Die Krankheit seiner Mutter hatte ihn sichtlich aus
der Bahn geworfen, auch er brauchte wohl noch Genesungs-
zeit. Er erstattete mir detailliert Bericht von seinem Kranken-
hausleben, den unerbittlichen Schwestern, die seine Mutter in
ihr Schema hatten pressen wollen, den Ärzten, die ihr Angst ein-
gejagt und sie falsch informiert hatten.
    »Wie der letzte Dreck wirst du behandelt, wie Vieh, wie ein
Hund! Über ihren Kopf hinweg haben sie über sie geredet und
Ausdrücke benutzt, die kein Mensch versteht. Und Höflichkeit,
sich mal mit dir unterhalten, sich verabschieden, wenn sie rausgehen? Vergiß es. Kaum haben sie dich mal angefaßt, desinfizie-
ren sie sich gleich die Hände, als wärst du aussätzig. Und glaub
bloß nicht, daß sie gewillt sind, sich mal mit den Angehörigen
abzusprechen, die haben mich behandelt, als wenn ich Luft wär,
obwohl ich jeden Tag da war. Kaum, daß sie wieder bei sich zu
Hause war, ging's ihr besser. Und mir auch. Ich bin wieder zu
allen Schandtaten bereit!« Er schlug mit der Faust auf den Stapel Post. Ich stellte mir vor, wie er ohnmächtig an dem hohen

Bett seiner Mutter gesessen hatte und seine unfehlbare Freundlichkeitsoffensive an den arroganten Ärzten gescheitert war. Ich war genauso erleichtert wie er.

Harrie setzte seine Lesebrille auf und begann die Post zu öffnen. Ich ging uns Kaffee machen und hörte ihn brummen, während ich in der Küche hantierte.

»Was soll denn das hier?« fragte er, als ich wieder hereinkam.

»Hör dir das mal an: ›Ich rate Ihnen dringend, beim Katasteramt Erkundigungen über alle Hauseigentümer des betreffenden Grachtabschnitts einzuholen. Ich erwarte, daß Sie sich binnen einer Woche mit den diesbezüglichen Informationen bei mir melden.‹ Was bildet der Heini sich eigentlich ein! Dich so herumzukommandieren! Worum geht es da überhaupt?«

Ich erkannte das Gouden-Eeuw-Papier in seiner Hand. Es war soweit. Jetzt gab es kein Zurück mehr. Harrie konnte ich nicht anlügen, ihm würde ich nichts verschweigen können.

Ich setzte mich und erzählte von dem Abend der Lesung, dem Erfolg meines Auftritts, dem Sekt, meinem Sitznachbarn, dem Fest, der Liebesnacht und dem Vermeer. Harrie hörte mir zu, als erzählte ich von einem Museumsbesuch. Er fand nichts Absonderliches daran, fragte, ob es mir gefallen habe, und sagte, daß mein Nachbar ihm als sympathischer Typ erschienen sei.

»Ich bin ganz beruhigt weggegangen; der wird schon dafür sorgen, daß sie in ein Taxi kommt, hab ich gedacht.«

Ich beschrieb meine Kontakte mit Kallander und mein Unvermögen, dessen Erwartungen gerecht zu werden.

»Ich kann doch nicht in alle Häuser an dieser Gracht einbrechen, oder? Der Haken ist nur, daß ich dieses Bild genauso gern finden möchte wie er. Und je länger es sich hinzieht, desto mehr denkt er, daß ich mir irgendwas zusammengesponnen habe.«

Harrie war still und spähte durch seine kleine Brille auf Kallanders Unterschrift unter dem Brief. Ein böser Strich mit einem tiefen Punkt dahinter. Ich schneuzte mir die Nase und trank einen Schluck Kaffee.

»*Und?*« sagte er schließlich. Ich entgegnete nichts darauf. »War es schön?«

»Vielleicht das Schönste, was ich je gesehen habe. Ich sehe es noch genau vor mir. Alles. Ich erinnere mich an alles.«

»Na, was willst du dann noch«, sagte Harrie nüchtern. »Hör mal, du tust ja gerade so, als hätte dir dieser Museumsfuzzi was zu sagen, du läßt dich von dieser Nulpe irgendwohin schicken und drehst und windest dich, damit er auch ja gut auf dich zu sprechen ist – aber wieso eigentlich? Das kann dir doch egal sein!«

»Ich dachte, der Mann könnte mir helfen. Daß er wüßte, was ich da gesehen habe, daß er mir sagen könnte, was ich tun soll.«

»Daß er dich vor seinen Karren spannen könnte, meinst du wohl! Das ist doch keine Hilfe! *Du* hast doch überhaupt nichts davon. Schick ihn in die Wüste! Sofort! Kann er dich verklagen? Nein! Du bist frei!«

So wie ich einst Delft verlassen hatte, konnte ich nun auch aus dem bösen Kreis der Erwartungen heraustreten, den Kallander um mich aufgebaut hatte. Es behagte mir nicht, ich hatte nichts davon, und ich wurde nicht geviertelt, wenn ich nicht mehr mitmachte. So einfach war das.

*Sehr geehrter Herr Kallander,*
*Leider sehe ich mich außerstande, auf Ihre Vorschläge einzugehen. Falls Sie die Nachforschungen Ihrerseits fortzusetzen gedenken, wünsche ich Ihnen dabei viel Erfolg.*
*Hochachtungsvoll*
*Helena Lievaert*

Ein im Nu geschriebener Brief, den ich auch gleich in den Briefkasten warf. Beschwingt rannte ich wieder nach oben, gab Harrie einen Kuß und reservierte einen Tisch in seinem Lieblings-restaurant. Wir tranken auf die Gesundheit seiner Mutter.

Seither sehe ich das Gemälde. Es gehört mir, ich kann es besichtigen, wann immer ich möchte.

Ich denke an die Frauen, die er malte, dieser tote Delfter. Die stille Frau, die aus dem Fenster sieht, die mit ihrem Perlenhals-band spielt, die zögernd einen Septimakkord auf dem Cembalo anschlägt. Ich kenne den Mann, auf den sie wartet. Sein Gesicht könnte ich zeichnen, die Farbe seiner Jacke würde ich überall wiedererkennen.

Ich habe gesehen, wie sie zurückbleibt, wie sie sich gedankenleer an die Wand lehnt. Ich sehe, wie er sich die Hände wäscht, um aus dem Haus zu gehen.

## — *Die Verletzung* —

Der Sportpark liegt an der Vuurlinie. Ich steige an einem windigen Samstagnachmittag aus dem Auto. Der Fußballplatz ist an einem Ende von einem Deich und am anderen von einer niedrigen Kantine eingefaßt. Auf dem Rasen tanzen unsere Jungs, noch halb beduselt von gestern abend, aber in frischen weißen Shirts.

Die Elf ist nicht komplett, einer ist in den falschen Bus gestiegen oder hat den Wecker nicht gehört.

Arend, der Trainer, schreit sich die Seele aus dem Leib. Der Torwart habe Schiß, ein Verteidiger halluziniere, die Sturmspitze träume. Im Mittelfeld trabt unser Sohn. Der ist gut.

Die gegnerische Mannschaft ist besser, und im Schnitt fünfzehn Jahre älter. Riesige, bullige Männer stürmen schnaubend auf die schmächtigen Teenager los und tricksen ihnen ein ums andere Mal mit einem kurzen Ausruf den Ball ab. Als der bebrillte Frits protestiert, droht ein rot angelaufener Viehtreiber handgreiflich zu werden, die Elf knäuelt sich um das Geplänkel, Arend ruft: »Ruhe, Männer!«, und Frits macht erschrocken einen Schritt zurück.

Ich steige die überdachte Tribüne hinauf, wo mein Mann und meine Tochter, das Maskottchen der Elf, mit auf die Knie gestützten Ellenbogen dahocken und das Spiel verfolgen. Ich lasse den Blick in die Ferne schweifen und sehe einen breiten Wassergraben jenseits des Deichs, ein Meer von Gewächshäusern rund um den Sportkomplex und Reklameschilder oben auf der Kantine (Sluis für Ihr Geflügel; Theo Wijfjes, Herrenfriseur). Die junge Elf hat noch kein einziges Spiel gewonnen, bewahrt aber dennoch Kameradschaftlichkeit und Begeisterung. Unser Willem und sein Kumpel Dirk rennen klaglos über den ganzen Platz hinweg, um den verzweifelten Stürmern den Ball zuzuführen, regelmäßig geht dann dem Angriff etwas daneben, und die gegnerische Mannschaft donnert wie eine Horde Büffel auf das Tor mit dem schreckstarren Torwart zu.

»Verteilen, gut so«, ruft Arend. »Deck deinen Mann, Joost, nein, nicht den, das ist der Schiri.«

Neben dem Platz ist eine eingezäunte Weide mit drei Pferden darauf. Sie galoppieren und schleudern mit den Hufen Erdklumpen umher. Ich höre lautes Johlen und wende mich schnell wieder dem Spiel zu. Die Jungs haben unverhofft ein Tor geschossen. Wutschäumend ist die Sturmspitze auf das Tor losgeprescht und hat den Ball zwischen den Beinen des Torwarts hindurch hineingezwirbelt, während die Verteidiger fassungslos zusahen. Der Schiedsrichter hat nicht gepfiffen, es trat verwirrte Stille ein, und danach brach der Jubel los. Eins zu vier.

Der Himmel ist bleigrau. Willem hat sich den Ball erobert. Der große Mann, der Frits bedroht hat, kommt mit Volldampf auf ihn zugestampft und streckt das Bein, um an den Ball zu gelangen; Willem schlittert bei dem Versuch, den Ball zwischen den Fleischsäulen hindurchzubugsieren, zu Boden. Dann liegen beide Spieler auf dem Rasen.

Von seinen Freunden assistiert, versucht Willem aufzustehen, läßt sich aber vorsichtig, auf die Arme gestützt, wieder sinken. Wir rennen zu ihm und tragen ihn alle zusammen auf den Fliesenboden vor dem Umkleideraum.

»Ich kann nicht auftreten.«

»Eis! Geht Eis holen!«

»Hol mal den Wagen«, sage ich zu Erik.

Ich stürme in die verbotene Zone des Umkleideraums, leere den Plastikmülleimer auf den Fußboden und fülle ihn mit kaltem Wasser. Langsam begieße ich das Bein meines Sohnes. Hinter uns wird gegen die dezimierte Mannschaft ein Tor nach dem anderen geschossen. Arend kommt keuchend vorbeigerannt: »Ich ruf euch nachher an!«

Willem ist blaß, als wir ihn ins Auto heben. Es beginnt in Strömen zu regnen.

Die Kabinen der Unfallstation sind durch Vorhänge voneinander abgeteilt. Neben uns hören wir einen Mann unaufhörlich in einer fremden Sprache jammern. Willem liegt auf einer Krankentrage, von der er für die Röntgenaufnahme mühsam wieder heruntergehoben werden muß.

Die Wahrheit auf der Leuchtplatte: eine Tibiafraktur. Das dünne Wadenbein ist unversehrt. Wir warten.

»Du hast dir das Schienbein gebrochen«, sagt der Arzt. »Der Bruch ist relativ glatt, wir legen dir einen Gips an, und dann darfst du nach Hause.«

Bis zur Leiste hinauf wird das Bein mit einem Strumpf überzogen, der von einer Stahlspule abgerollt wird, während zwei Schwestern die Wade anheben. Dann macht sich der Arzt wie ein Bildhauer mit dem angefeuchteten Gips ans Werk.

»Jetzt kann nichts mehr passieren«, sagt Willem, wird aber kreidebleich, als ein Pfleger mit Säge daherkommt.

»Da muß ein Spalt rein, für den Fall, daß dein Bein anschwillt.« Die Säge kreischt. Zwei Furchen. Mit einem Schraubenzieher bricht der Gipsfachmann die Bröckchen aus dem Spalt heraus.

Nun ist Willem sehr schwer geworden. Auf einem Schreibtischstuhl rollen wir ihn vom Parkplatz zur Haustür. Erik schiebt,
ich halte das Bein.

Kaum liegt Willem auf dem Sofa, klingelt das Telefon. Ich höre
ihn sprechen: »In zwei Wochen Gehgips und dann ein Brace.
Ich geh ganz normal zur Schule.«
Aber aufs Klo gehen ist ein Problem. Wir tragen unseren acht-
zehnjährigen Sohn zur Toilette und verkeilen uns in dem engen
Örtchen. Ein Stuhl, auf den er das Bein legen kann. Die Tür
läßt sich da nicht mehr schließen. Abhängigkeit.

Nachts schmiegen wir uns eng aneinander. Ein krankes Kind –
Empfindungen aus längst vergangenen Jahren. Wir haben Willem ein Matratzenlager im Wohnzimmer gemacht, mit einem
Kissenberg für sein Bein. Es muß hoch liegen. Sara bleibt bei
ihrem Bruder. Zum Pinkeln hat er eine Blumenvase.

Schmerzen. Kein Appetit. Hausaufgaben. Fernsehen. Um alles
bitten müssen.

Bevor ich zur Arbeit gehe, stelle ich ihm warmes Wasser, Hand-
tücher und Toilettenartikel auf den Fußboden. Ich fahre bei der
Schule vorbei, um gemachte Hausaufgaben abzugeben und neue
zu holen.

»Mein Bein wird ganz dünn, ich hab keine Muskeln mehr.«

»Hauptsache, es wird nicht weiß, rot oder schwarz, steht hier
in der Broschüre. Oder blau.«

»Mir gehen die Muskeln flöten, guck doch!«

Nach einer Woche ist der Gips lose. Wir fahren zur Kontrolle
in die Ambulanz.

»Was wollen Sie denn hier?« fragt die Schwester. Obwohl es
mitten im Winter ist, trägt sie keine Strümpfe.

»Müssen Sie zuerst zum Röntgen?«

»Ja, gut«, sage ich.

Ich karre die Krankentrage durch die Gänge. Warten. Mit den Bildern zurück, wieder warten. Wir lesen *Privé*, *Story* und *Weekend*. Wir werden aufgerufen und dürfen in einem engen Gang weiter warten. Nicht ein Arzt empfängt uns, sondern ein resoluter Gipsfachmann.

»Gehgips?« fragt Willem hoffnungsvoll.

Davon kann keine Rede sein. Der schwere Gips wird durchgesägt, die obere Hälfte wie ein Deckel von einer Schüssel gehoben. Willem darf sich die Farben des neuen Gipsverbands aussuchen, der Raum steht voller oranger, blauer und gelber Rollen. Er möchte Schwarz und Weiß, die Vereinsfarben.

»Sollte nicht mal ein Arzt einen Blick darauf werfen?« frage ich vorsichtig.

»Nächstes Mal«, sagen die Herren vom Gips.

Ich wasche Willem in der Spüle die Haare und gieße ihm mit einer Kasserolle Wasser über den Kopf. Jeden Abend kommt Dirk kurz vorbei. Sie rauchen eine zusammen, und ich verziehe mich nach oben. Im Gipsraum gab es überdimensionale Kondome zu kaufen, die man über den Gips zieht, um gefahrlos damit duschen zu können. Willem darf nicht stehen. Und die Dusche ist oben. Wenn ich morgens nach unten komme, schläft er auf dem Rücken, neben der vollgepinkelten Vase.

»Das Bein braucht ein wenig Nachhilfe«, sagt der orthopädische Assistenzarzt.

Wir haben schon anderthalb Stunden Wartezeit hinter uns; sind in der Röntgenabteilung gewesen, haben uns auf dem Gang heimlich die neuen Bilder angesehen (die Knochenenden stehen in einem leichten Winkel aufeinander), sind von der Schwester mit den nackten Beinen angeblafft worden und haben eigentlich mit einem Gehgips gerechnet.

Ein gedrungener Spanier mit fröhlichem Gesicht kommt herein. »Wir hätten jetzt Zeit, den Gehgips anzulegen.«

»Kommt nicht in Frage«, sagt der Assistenzarzt, »die Knochenstellung ist nicht in Ordnung.«

»Ach was. Das geht schon.« Der Gipsfachmann schlägt gegen das Röntgenfoto auf der Leuchtplatte.

»In Salamanca haben wir das so gemacht und in Davos auch. Das wird schon. Ordentlich belasten. Wächst zusammen. Alles bestens.« Er greift zur Trage, wir fahren Willem in den Gipsraum.

Der Assistenzarzt kommt hinterher. »Ich bin nicht damit einverstanden!«

Die Säge kreischt bereits. Während die Pfleger eine neue Gipsrüstung bauen, gehen der spanische Meister und der Assistenzarzt auf den Gang hinaus. Ich höre sie in erhobenem Ton miteinander reden. Was nun?

Mit verbissener Miene kommt der Gipsfachmann wieder herein. Er greift zur Säge und beginnt den neuen Gips herunterzuholen. »Verbohrt. Manche Leute sind einfach verbohrt.«

»Wieso muß er denn runter?« frage ich.

Keine Antwort.

Willem soll sich auf die Tischkante setzen, so daß sein Bein herunterhängt. Er zittert, er hat seine Muskulatur nicht in der Gewalt.

Ein Pfleger mit großen Augen hinter einer Brille legt Willem den Arm um die Schultern. »Du mußt dich entspannen, laß es einfach hängen.«

»Das geht nicht, ich kann es nicht stillhalten!«

Willems Stimme klingt eigenartig hoch. Er weint. Ich stehe auf und gehe auf den Gang hinaus. Die Tür lasse ich weit offen stehen. »Wer trägt hier die letzte Verantwortung für die Behandlung?«

Die Stationsschwester schaut unwillig von einem Stapel Röntgenbildern in braunem Papier auf. »Sie werden doch versorgt, oder?«

»Ja, jedesmal von jemand anders. Ich möchte gerne wissen, wer hier der Chef ist, wer zuständig ist.«

»Doktor Buikhuis, der ist der Chef.«

»Dann möchte ich jetzt Doktor Buikhuis sprechen.«

»Das geht nicht. Der ist beschäftigt. Sie haben keinen Termin.«

In dem schmalen kleinen Gang steht eine Reihe Stühle, auf denen Leute sitzen. Manche haben ein eingegipstes Bein vor sich ausgestreckt, andere schleppen ihren gepanzerten Ellenbogen in einer Stützschiene. Am Ende des Ganges sind vier Türen, durch die von Zeit zu Zeit Ärzte herauskommen und die wartenden Patienten hereinbitten.

»Dann warte ich, bis er einen Moment Zeit hat. Wir gehen nicht weg, ehe wir ihn gesprochen haben.«

Die Schwester, der Assistenzarzt und der Gipsfachmann ziehen sich zur Beratung zurück. Mit Willems dicker Krankenakte verschwinden sie in einem der Räume. Willem wird auf eine Trage gehoben.

»Gehen Sie mit ihm zum Röntgen, eine Aufnahme ohne Gips machen lassen. Und dann kommen Sie wieder hierher zurück«, sagt die Schwester.

Ich sitze neben der Trage auf dem kleinen Gang, die frischen Bilder auf dem Schoß.

»Mein Bein ist ganz schön dünn, nicht, Mam?«

»Das kommt daher, daß du die Muskeln nicht gebrauchst, das ist ganz normal. Wenn du wieder trainierst, werden sie wieder gefestigt. Sie sind schon noch da, aber im Ruhezustand.«

Entmutigt kneift er sich in den schlaffen Oberschenkel.

Plötzlich steht ein hochgewachsener Mann in weißem Kittel vor uns. Wir dürfen hinein. Er klemmt die Fotos vor die Leuchtplatte, und wir sehen sie uns an.

»Einen Bruch wie diesen können wir auf zweierlei Art kurieren. Man kann ihn mit Gips fixieren, wie es bis dato geschehen ist. Und wir können eine Platte dagegensetzen. Dann hast du das Ganze in einem Monat hinter dir.«

»Aber wir machen doch schon drei Wochen damit rum«, sagt Willem. »Auf der Unfallstation haben sie nichts von einer Platte gesagt. Ich will nicht operiert werden.«

»Tja, es gibt gewisse Risiken. Wenn die Platte herauseitert, bist du im Nu bei zwei Jahren. Entscheidest du dich für den Gips, kannst du erst in der nächsten Saison wieder Fußball spielen, das dauert einfach länger.«

»Aber läßt es sich beheben? Wird es wieder ganz heil?«

»So gerade noch. Da ist zwar eine kleine Abweichung, aber die ist noch im Rahmen.«

Gips. Bis zur Leiste.

»Fang mal so langsam an, es ein wenig zu belasten«, sagt der triumphierende Gipsfachmann, »bis zur Schmerzgrenze!«

In den Rollstuhl, mit dem Fahrstuhl nach unten, das Auto vorfahren. Willem hinein, Krücken mitnehmen, Rollstuhl zurück, zur Ausfahrt, Parkschein vergessen. Eine Reihe hupender Wagen hinter uns; ich schreie unbeherrscht in das Sprechgitterchen an der Schranke.

»Sie müssen zurücksetzen«, sagt die blecherne Stimme, »Ihren Parkschein entwerten und wieder hierher zurückkommen.«

Ich lege die Hände in den Schoß. Ein Mann steigt aus einem der Wagen hinter uns und kommt nachsehen.

»Probleme? Ach, ich kenne Sie aus dem Fernsehen! Kann ich Ihnen behilflich sein?«

Dankbar, dankbar drücke ich ihm den Parkschein in die Hand. Er rennt zu einem Automaten und entwertet ihn. Ruckend und holpernd fahren wir davon – versorgt, gerettet und entkommen.

Das Wohnzimmer ist voller krakeelender Jungen. Bierkisten stehen auf dem Fußboden. Ich fülle die Obstschale bis obenhin mit Chips. Arend prostet Willem zu. Die Jungen bilden einen Sprechchor.

»Wer sind wir?«

»Die Rap-Elf.«

»WAS machen wir?«

»GEWINNEN!«

»FÜR WEN?«

»Für WILLEM!«

Jubelgeschrei. Überall liegen Sporttaschen, verschwitzte Shirts und mit Erde verklumpte Fußballschuhe herum. Heute nachmittag haben sie das Rückspiel dem Geiste nach gewonnen. Dem Buchstaben nach war es ein vier zu vier. »Der Dicke war total bafff!«

»Wir haben sie platt gemacht!«

»Die Rap-Elf gibt sich nicht geschlagen!«

»Habt ihr denen noch erzählt, wie es mit Willem ausgegangen ist?« frage ich Joost.

»Ja, der Typ hat nach der Adresse gefragt, er würde 'ne Karte schreiben, hat er gesagt.«

Mit Filzstift schreiben die Mannschaftskameraden ihre Namen auf den Gips. Willem sitzt auf dem Ring gegens Wundsitzen und sagt nicht viel. Er hat in dieser Woche mit dem ersten Teil seiner Abiturprüfung begonnen, in einem leeren Klassenraum unten in der Schule, weil er die Treppe zur Aula nicht hinaufkonnte. Zu Hause hat er sich abends nach oben in sein Zimmer hinaufgehievt, das Gipsbein polternd im Schlepptau. Wie früher wummerte dann die Hard-Rock-Musik los. Nicht mal zu Ajax–Feyenoord wollte er nach unten kommen.

Die Weihnachtsferien verbringt er auf einem anderen Sofa, in dem Bauernhaus, das wir gemietet haben. Er macht Computerspiele und liest, was er noch von seiner Literaturliste abzuarbeiten hat. Wenn nicht gerade Glatteis ist, machen wir einen kurzen Spaziergang; die Krücken blinken in der tiefstehenden Sonne. Am Gipsfuß steckt eine schwarze Gesundheitssandale. Duschen ist wieder möglich, mit mühsam angebrachtem Riesenkondom.

Jedesmal, wenn wir zur Kontrolle im Krankenhaus sind, kaufen wir ein Kreuzworträtselheft. Gut zwei Monate nach dem Bruch wird der Gips durch ein fleischfarbenes, steinhartes Korsett ersetzt. Die Gipsraumfunktionäre legen es in warmem, geschmeidigem Zustand um die Wade, wo es binnen fünf Minuten steif wird. Das Knie ist frei!

Willem nimmt sich seiner erschlafften Muskeln an. Wir kaufen ein Standardwerk über muskelstärkende Übungen, und aus seinem Zimmer sind nun die rhythmischen Schiebelaute von gymnastischen Bewegungen zu hören. Wir kaufen Hanteln. Willems Brustkasten gewinnt an Umfang. Beim Fernsehen hebt er hundertmal das Bein an.

Laufen, vorsichtig die Sandale aufsetzen, das Gewicht mit den Krücken auffangen.

»Mit *einer* Krücke«, sagt der spanische Gipsfürst. »Es tut anfangs noch weh, aber das ist gut. Die Knochen aufeinanderdrükken, dann wachsen sie zusammen.«

Auf den Röntgenbildern sehen wir, wie sich allmählich ein weißes Gespinst um den Bruch herum bildet. Die Knochenenden haben sich gefunden und gehen eine Verbindung ein.

Eine Krücke in der Schule und eine zu Hause. Radfahren!

»Guck dir mal mein Bein an, Mam, ist es schon dicker? Nicht mehr total Pudding, hm?«

Jetzt darf Willem das Brace nachts ablegen. Zu Hause geht er hin und wieder kurz ohne Krücken über den weichen Boden. Zur letzten Kontrolle gehen wir unbewaffnet. Die Krücken haben wir zurückgebracht, und das Brace liegt zu Hause.

Im Verlauf dieser vier Monate haben wir fünf verschiedene Ärzte zu sehen bekommen. Heute empfängt uns der sechste, ein etwas älterer, kleiner Mann mit heiserer Stimme.

»Sind wir jetzt damit durch?« fragt Willem.

Der Arzt liest in der Krankenakte. Er nimmt ein Foto nach dem anderen aus der dicken Mappe.

»Sie liegen nicht in der richtigen Reihenfolge. Wie soll man denn daraus schlau werden? Ich möchte mich nur kurz orientieren. Es ist doch auch in Ihrem Sinne, daß ich mir die Befunde ansehe, nicht?«

Wir sind still. Wir warten. Willem nimmt sein Rätselheft zur Hand.

Bei der Untersuchung führt er stolz seine wiedererlangten Fertigkeiten vor: laufen, in die Hocke gehen, auf Zehenspitzen stehen.

»Sport ist noch nicht erlaubt«, sagt der kleine Arzt. »Dabei kommt es zu unvermittelten Bewegungen, und das ist gefährlich.«

Er klemmt das neueste Röntgenbild an die Leuchtplatte und legt ein Lineal mit Scharnier auf die Knochenenden.

»Da ist ein Knick. Der gefällt mir ganz und gar nicht. Ein Varuswinkel darf höchstens vier Grad betragen, und das hier sind zehn.«

»Darf er *wohl*!« sagt Willem. »Alle haben gesagt, daß das in Ordnung ist!«

Ich springe ihm bei: »Keiner Ihrer Kollegen hat je etwas davon gesagt. Wir sind bestimmt zehnmal zur Kontrolle hier gewesen.«

»Für mich ist es nicht in Ordnung. Ich werde das im Kollegium besprechen. Lassen Sie sich doch einen Termin in vier Monaten geben, dann sehen wir es uns noch einmal an.«

»Verdammt. Da kriegst du doch echt die Krise. Nee, mich sehn die hier nicht mehr. Der soll sich lieber um seine eigenen krummen Gräten kümmern, der Blödmann! Hier, guck, ich kann doch wieder alles mit meinem Bein, oder?«

Ja, er kann alles. Zur Feier seiner Genesung gehen wir in der Stadt essen. Danach trifft Willem sich mit seinen Freunden in der Kneipe. Zum ersten Mal mischt er sich wieder in die Fußballfachsimpeleien ein.

»Der Torwart hört auf. Der hat zuviel Schiß. Ich will wieder Torwart werden, wie früher. Nach den Ferien fang ich an zu trainieren!«

Das Telefon.

»Hier spricht die Sekretärin von Doktor Buikhuis. Könnten Sie morgen vorbeikommen? Der Herr Doktor möchte etwas mit Ihnen besprechen.«

Wär ich doch nicht zu Hause gewesen. Hätte ich doch kein Telefon. Könnte ich doch nein sagen.

Wir brauchen nicht zu warten, sondern werden sofort ins Sprechzimmer gebeten, wo die Geschichte des Bruchs vor den Lichtplatten hängt. Doktor Buikhuis hantiert mit dem geknickten Lineal.

»Wir haben das Ganze noch einmal durchgesprochen, so am Ende der Etappe, und Sie sehen, da ist ein Knick im Bein. Der

Bruch an sich ist gut geheilt, keine Frage. Aber wie verfahren wir jetzt weiter? Der Knochen drückt jetzt ein wenig schief auf das Fußgelenk, und dafür ist das Gelenk nicht geschaffen.«

Er sieht Willem an.

»Das wird dir Beschwerden machen. Wie Marco van Basten. Und du mußt noch sechzig Jahre mit diesem Knöchel auskommen!«

»Aber der Knick war doch von Anfang an da!« sagt Erik, der auch mitgekommen ist. »Wieso hat denn keiner was davon gesagt?«

»Sie selbst haben sich für die konservative Behandlung entschieden. Es war ein Grenzfall; meistens geht es gut. Wir machen Ihnen einen Vorschlag. Wir operieren. Den Bruch lassen wir, wie er ist, aber wir sägen ein keilförmiges Stück aus dem Knochen heraus, um die Abweichung zu kompensieren. Dann werden ober- und unterhalb des Keils zwei Stahlstifte durch das Bein geschlagen, die an der Außenseite miteinander verschraubt werden. Eine prima Sache, diese externe Fixierung. Man kann die Schrauben exakt so fest anziehen, wie man möchte. Nach vier Wochen kommen die Stifte raus, das machen wir bei Erwachsenen ohne Betäubung. Meistens sind sie dann übrigens schon lose. Dann noch einmal etwa vier Wochen, und du hast es geschafft!«

Doktor Buikhuis hat sich erhoben und geht, während er begeistert weiterredet, im Raum umher. Seine Augen blitzen, und sein Gesicht hat sich leicht gerötet. Auf Willems Bein deutet er an, wo er sägen möchte und wo die Stifte hineingetrieben werden sollen. Er setzt sich wieder und klappt seinen Terminkalender auf. Ich höre Erik und Willem schwer atmen, schlage die Beine übereinander und lehne mich gegen den Schreibtisch, den Kopf ein wenig schief gelegt.

»Sie haben das sehr klar und anschaulich erläutert.«

»Ja«, sagt der Arzt, »es ist ja so fabelhaft, was sich heutzutage alles machen läßt. Meistens schlagen wir bei so einer Fraktur gleich einen langen Stift vom Knie durch den Knochen. Phantastisch!«

»Das kommt alles ein wenig plötzlich. Willem steckt mitten im Abitur. Wir müssen uns erst einmal mit dem Gedanken vertraut machen.«

»Tja, einplanen müssen wir die Operation aber schon. Gleich nach dem Abitur dann?«

»Da es sich ja doch um einen größeren Eingriff handelt, wäre es mir schon lieb, wenn wir eine Weile darüber nachdenken und vielleicht auch noch einen anderen Arzt konsultieren könnten.«

»*Das* steht Ihnen frei. Können Sie. Aber ich würde nicht zu lange zögern, Sie sollten nicht noch ein Jahr damit warten, das schadet.«

»Können Sie etwas über die Wahrscheinlichkeit eines Schadens sagen? Einen Prozentsatz? Gibt es Literatur darüber?«

»Also, das ist ja hier nicht die Frage. Sie haben jetzt gehört, wie wir die Sache sehen, ein Vorschlag steht im Raum, die Familie wird darüber beraten. Was vereinbaren wir?«

»Sie hören von uns«, sage ich verdattert.

Er gibt mir die schwere Krankenakte mit, die ich bei der Anmeldung abgeben soll. Ehe ich das tue, ziehe ich die neuesten Röntgenbilder heraus und stecke sie mir unter den Mantel.

»Das hört sich doch ganz plausibel an«, sagen unsere Freunde. »Du solltest wirklich ernsthaft darüber nachdenken. Es ist ja eine Universitätsklinik, die verstehen schon was davon. Und sie sehen viel.«

»Vielleicht soll ja gerade einer promovieren«, entgegne ich. »Ich habe neulich von zehn aufeinanderfolgenden Operationen

an einem dreijährigen Kind gehört, dem sie den Knochen raus-
gesägt und verkehrt herum wieder eingesetzt haben. Da muß man
sich doch wirklich fragen, ob sie noch alle Tassen im Schrank
haben!«

Darüber nachdenken soll ich, dabei tue ich doch schon nichts
anderes mehr. Bis zum Erbrechen sehe ich ein freigelegtes Bein
vor mir, säuberlich glattrasiert. Mit Fleischerhaken werden die
Muskeln auseinandergezogen, so daß der bleiche Knochen wehr-
los zur Schau gestellt ist. Ein großer Mann in Grün mit Schwei-
ßerbrille setzt die Säge an. Diskretes Säuseln. Die OP-Schwe-
ster saugt die Splitter ab. In einer Ecke des Saals steht die Kanone
mit den Stahlstiften. Willem liegt bewußtlos da, eine Badekappe
über den langen Haaren, ohne Brille. Das Intubationsrohr formt
seinen Mund zu einem weißen O.

»Ich laß es jetzt gleich machen!« sagt er, während er zwischen
Kühlschrank und Tisch hin- und hersprintet. »Dann hab ich's
bis zum Sommer hinter mir.«

»Und dein Abitur?« Ich höre meine Stimme zittern.

»Wir müssen das Ganze sachlich betrachten«, sagt Erik. »Dieser Arzt findet, daß es sein muß. Ist es unhöflich, noch zu einem
anderen zu gehen, kann man das machen?«

Ich setze mich ans Telefon. Der Sohn einer Freundin ist vom
Orthopäden von Feyenoord behandelt worden. »Der hat unheimlich viel auf dem Kasten. Er hat bei Ed de Goey beide Beine um je zwanzig Zentimeter verlängert, und du siehst nichts
davon! Er schaut sich die Bilder gern mal an.«

Anrufen. Terminabsprache mit patziger Sekretärin, in drei Monaten. Kurz vor den Ferien, dann hat sich dieser Chirurg müde
gesägt und Willem kommt noch mal drum herum, denke ich.
Was will ich eigentlich? Ich will nicht, daß sie in gesundes Fleisch
schneiden. Ich will keine Schuldgefühle, wenn er in zehn Jahren

hinkt. Ich will nicht andauernd beunruhigt auf seinen Knöchel starren müssen. Ich will keine Stifte im Bein meines Sohnes.

Das Wetter schlägt um. Am Teich werden die Mispeln grün. Haubentaucher setzen einander über und unter Wasser nach. »Drei Runden um den Teich gerannt!« sagt Willem, als er schwitzend hereinkommt. »Und ich hab 'ne Zwei in Mathe! Im Sommer fahren wir mit der ganzen Mannschaft in die Pyrenäen, haben wir heut nacht beschlossen. Gut, was?«

»Du solltest deine Vorbehalte nicht auf ihn übertragen«, sagt meine Freundin. »Graust's ihm vor diesen Stahlstiften oder dir? Er ist achtzehn, er muß das selbst entscheiden. Aber er sollte schon darüber reden können mit dir.«

Was denn reden, denke ich. Meinst du nicht, es wäre besser, ins Krankenhaus zu gehen als in die Berge, soll ich das zu ihm sagen? Oder: Du willst die Operation auf den Herbst verschieben, wenn du gerade angefangen hast zu studieren? Jetzt läuft sich's ja vielleicht gut so, aber du hast eine Zeitbombe im Bein, die bei jedem Schritt weitertickt. Hast du keine Schmerzen im Fußgelenk, fühlst du nichts, fühlt es sich nicht anders an als in deinem gesunden Bein?

»Schön, Wim, die Pyrenäen«, sage ich feige.

»Du kannst Verbeuk anrufen«, sagt ein älterer, besonnener Kollege, als wir bei einer Sitzung nebeneinandersitzen. »Ich habe ihm gesagt, worum es geht, und er ist bereit, euch zu einer Zweitdiagnose zu empfangen, vorausgesetzt, daß Buikhuis davon weiß.«

Wenige Wochen später stehen wir in einem dunklen, mit Eichenholz getäfelten Praxisraum. Der Arzt trägt unter seinem gestärkten, offenen weißen Kittel einen dunkelgrauen, dreiteiligen Anzug. Die Hand, die er uns gibt, ist sehr gepflegt. Er hat Schuhe mit sechs Paar Schnürlöchern an. Auf seiner spitzen Nase ruht eine Brille mit dicken Gläsern in einer durchsichtigen, überraschend rosafarbenen Fassung.

»Erzählen Sie mal, was passiert ist.«

Ich erzähle. Der Mann fragt nichts, sondern hört nur zu und wirft einen Blick auf die Röntgenbilder, die ich mitgebracht habe. Dann soll Willem im Behandlungsraum die Schuhe ausziehen, und Verbeuk erhebt sich. Er entschwindet durch die Tür. Ich bleibe an seinem Schreibtisch sitzen.

Plötzlich sitzt der Arzt mir wieder gegenüber und sieht mich durch seine rosa umrandete Brille an.

»Der menschliche Bewegungsapparat ist hervorragend angelegt. Orthopädische Chirurgen sind passionierte Konstrukteure. Und als Chirurgen operieren sie. Das ist ihr Fach. Auch das meine. Ein Geiger muß Geige spielen, ein Gärtner muß beschneiden. Und wir müssen in einer Welt, in der nicht ein jeder orthopädischer Chirurg ist, die Rolle der orthopädischen Chirurgen erfüllen.«

Willem poltert im Nebenraum und kommt zu uns herein.

»Gehen wir, Mam?«

»Flexibel. Das Skelett ist flexibel und verhält sich unvorhersagbar. Manchmal ist es schwer, mit dem Wissen zu leben, daß wir so wenig vorhersagen können. Ich wünsche Ihnen beiden alles Gute. Nehmen Sie die hier mal wieder mit.«

Er drückt mir die Bilder in die Hand, wir stehen vor dem Haus in der Sonne, wir gehen Kuchen essen, ich bestelle mir mitten am Tag ein Glas Wein, wir fahren weg, wir fahren nach Paris.

Brabanter Wind, belgischer Wind, französischer Wind weht ins Auto herein. Gegen Abend riechen wir die Stadt. Austern, Brükken aus grauem Stein, Parks, der Fluß.

Das Stadion von Paris-St.-Germain. Wie durch ein Wunder

haben wir vier Karten für das Spiel gegen Barcelona. Was will man mehr. Am gegenüberliegenden Spielfeldrand, unter der Plastiküberdachung, sitzt Cruijff. Cruijff!

Das Spiel ist gräßlich. Gegenüber den agilen und schnellen Franzosen wirken die Spanier träge und schwerfällig. Cruijff regt sich auf, wir sehen, wie er nach dem dritten Tor dasteht und gestikuliert. Sein Gesicht mit den muskulösen Wangenfalten ist zu einer wütenden Grimasse verzogen.

Eine Auswechslung. Mit einer herrischen Armbewegung schickt Cruijff einen schmächtigen Jungen auf den Platz. Dessen blondes Haar wogt auf und ab, als er zu seiner Position läuft.

»Jordi«, sagt Willem, »er setzt seinen Sohn ein!«

Wie ein Goldfisch flutscht der Junge zwischen den bulligen Verteidigern hindurch auf den Torwart zu. Die Zuschauer pfeifen. Torwart und Angreifer rutschen, beide mit gestreckten Beinen, ineinander. Der Ball rollt ins rechte Toreck, die spanischen Spieler jubeln.

Der Torwart hat sich ausspuckend erhoben, aber der Junge sitzt hilflos am Boden, die Arme hinter sich gestreckt. Sein Vater stürzt zu ihm hinüber. Quer über den Platz kommen Männer mit einer Trage herbeigeeilt, Grasklumpen wirbeln umher. Fünfzigtausend Menschen schreien.

# — *Cook & Chill* —

Am ersten Dienstag jedes Monats läßt der Leiter der Abteilung Garten und Freigelände um kurz vor fünf die Fontäne anstellen, weil dann der Verwaltungsrat zu seiner Sitzung zusammenkommt. Ein plötzlich aufspritzender Wasserstrahl, ein festlicher Regen über dem Krankenhausrasen, überrascht die gerade nach Hause radelnden Schwestern und Pfleger – eine Verpulverung von Geldern, von der sie ausgeschlossen sind.

Ich habe dem betreffenden Abteilungsleiter schon einmal nahegelegt, diesen feudal anmutenden Firlefanz doch bleiben zu lassen. Das würde auch finanziell etwas ausmachen; jede noch so kleine Summe trägt dazu bei, daß die Bilanz am Ende des Jahres aufgeht. Der Teich, in dem die Fontäne angebracht ist, sollte ohnehin besser ganz zugeschüttet werden, finde ich, denn dort haben sich ein paar dreckige Enten angesiedelt, die den angrenzenden Rasen mit ihren Exkrementen verunreinigen. Mag ja sein, daß so eine Wasserkunst vor dem Hauptgebäude vornehm aussieht, aber ein Psychiatrisches Krankenhaus tut besser daran, sich keine Gefahrenquellen aufs Gelände zu holen.

In den fünfzehn Jahren, die ich hier arbeite, haben sich fünf Patienten in dem Teich ertränkt. Ja. Gemessen an den fünfzig, die sich vor den Zug geworfen haben, ist das zwar nicht viel, aber die Bahngleise verlaufen auf fremdem Grund und Boden, dafür sind wir nicht zuständig. Als ich den leitenden Arzt auf diese Problematik ansprach, letztes Jahr auf dem Neujahrsempfang, sagte er, er habe vielmehr den Eindruck, daß etliche Bewohner dem Teich ihre Genesung zu verdanken hätten. Wollte er mich auf den Arm nehmen? Kann der Anblick von Wasser gesund machen? Ich weiß es nicht, ich bin kein Arzt.

Ich blicke am liebsten auf das Eingangstor, das tagsüber immer offensteht. Ich bin froh, daß ich im Hauptgebäude arbeite, obwohl mein Zimmer ruhig etwas größer sein dürfte. Auch daß es zwei Türen hat, gefällt mir nicht, da meint jeder, er könne so einfach mit Kommentaren zum Finanziellen hereinspaziert kommen, mit denen mir in der Regel nicht gedient ist. Trotzdem bin ich lieber da, wo ich jetzt bin, als womöglich weiter hinten in der Klinik. Dort wird das Tempo langsamer und langsamer, die Leute mißverstehen sich oder verstehen überhaupt nichts mehr. Andererseits sind dort wenigstens die Türen zu.

Die Mitglieder vom Verwaltungsrat stellen ihre Wagen einfach irgendwo ab. Meiner steht schon seit heute früh um halb neun auf dem für ihn bestimmten Platz. Ich weiß nicht, ob dort am Wochenende der Wagen von jemand anders steht. »Leiter Fin. Verw.« steht auf dem Schildchen. Das bin allein ich. Ob ich um Punkt fünf Uhr im großen Sitzungssaal sein muß, weiß ich nicht. Das ist zwar der anberaumte Termin, doch an dem riesigen Tisch sitzt noch niemand. Sie stehen auf dem Balkon, die Verwaltungsratsmitglieder, das Jackett lose umgehängt, mit einer letzten Zigarre (wir haben uns darauf geeinigt, drinnen nicht zu rauchen); sie klopfen sich an der Kaffeemaschine gegenseitig auf die Schultern und haben ihre Papiere unordentlich auf den Tisch geworfen. Der Ärztliche Direktor kommt zu spät.

Einmal im Jahr muß ich in einer Sitzung mit Verwaltungsrat und Klinikleitung den Jahresabschluß vorlegen, erläutern und rechtfertigen. Heute.

»Komm rein, Fred«, ruft der Direktor, als er eintrifft und mich an der Tür stehen sieht. Ich habe nicht den Aktenkoffer mit sämtlichen Unterlagen mitgenommen, sondern nur ein Blatt mit Notizen und den in Plastik gebundenen Jahresabschluß selbst, den ich überall auf dem Tisch liegen sehe. Was man nicht bei sich hat, kann man auch nicht vorzeigen, daran sollten die Leute öfter mal denken. Den Jahresabschluß vor mir, werde ich gleich in der Mitte einer der Längsseiten des Tisches Platz nehmen. Aber zuerst die Begrüßung. Ich gebe allen Verwaltungsratsmitgliedern die Hand; wenn sie gerade im Gespräch sind, trete ich einen Schritt beiseite und warte einen Augenblick, leise hüstelnd; sobald ich die ganze Runde gemacht habe, im Uhrzeigersinn, setze ich mich auf meinen Platz.

»Gut, daß du da bist, te Velde«, sagt der Vorsitzende, »herzlich willkommen. Wir legen gleich los, ich eröffne die Sitzung.«

Sie fummeln mit ihren Unterlagen, dem Terminkalender, der Lesebrille herum. Die meisten hängen mit müden Gesichtern auf ihren Stühlen; sie arbeiten ja den ganzen Tag bei Gericht, in der Gemeindeverwaltung oder der Universität, und jung sind sie auch nicht mehr.

Ich sitze aufrecht. Ich habe nichts zu befürchten, bin aber doch ein wenig nervös, glaube ich. Durch die Balkontüren sehe ich die Fontäne. Es dämmert bereits. Ich werde später als sonst nach Hause kommen. Ob Lydia mit dem Essen wartet? Heute morgen habe ich einen Rollbraten im Kühlschrank liegen sehen, ich hoffe, daß sie den gemacht hat. »Wieder einmal pünktlich fertiggestellt. Interessant. Eine große Aufgabe hervorragend gemeistert.« Der Vorsitzende spricht. Er fordert mich auf, Erläuterungen zur Gewinn- und Verlustrechnung zu geben. Das habe ich vorbereitet, erzähle anhand meiner Notizen von den Aufwendungen und den Erträgen, den flüssigen Mitteln und den aktiven Rechnungsabgrenzungsposten. Danach dürfen die Herren Fragen stellen, das ist immer der unangenehmste Moment. Sie müssen ja die Aufsicht führen und haben der Satzung nach zu allem Zugang, dürfen sich alles ansehen und sich mit jedermann unterhalten. In der Praxis kommt es nicht dazu. Der Vorsitzende telefoniert hin und wieder mit dem Direktor, das ist alles. Die Kontrolle beschränkt sich auf die Kommentierung vorgefertigter Unterlagen wie dieser hier, von mir. Viel Ahnung haben sie davon nicht, sie schauen meistens nur auf die Unterschiede zwischen dem heutigen Stand und dem im vorigen Jahr und erschrecken über einen Hunderttausender mehr oder weniger. Unter kleinen Positionen wie Ausbildung oder Kinderbetreuung, ja, darunter können sie sich etwas vorstellen.

Jetzt, da die Kinder aus dem Haus sind, kommen wir mit so einem Rollbraten drei Tage aus.

Schamhaft blicken sie über die Seite mit den Verwaltungsratskosten hinweg. All die Essen und Kilometergelder summieren sich zu einem hübschen Betrag, daran denken sie nicht, wenn sie auf unsere Kosten schlemmen. Das Weihnachtspräsentpaket Klasse 1a bekommen sie auch, aber das steht verhüllt unter »sonstige Honorierungen«. Ich bekomme 1c.

Der Direktor geht mit Gläsern und Flaschen am Tisch herum. Ich mag es nicht, wenn es während meines Vortrags Unruhe und Lärm gibt. Jenever möchte ich bei der Arbeit auch nicht haben, das weiß er, daher kommt er mit einer Flasche Wasser an meinen Stuhl. Er ist der einzige, der etwas vom ingeniösen Aufbau meines Papiers versteht. Er legt mir kurz die Hand auf die Schulter. Der Finanzexperte im Verwaltungsrat ist voriges Jahr im Streit gegangen, als sich die anderen Mitglieder nach kurzer Diskussion von den christlichen Grundlagen der Klinik verabschiedet hatten. Ohne Gottes Wort wollte er nicht weitermachen, habe ich mir sagen lassen, daher ist er empört abgezogen. Ich war erleichtert, als ich das hörte. Frei. Die Fragen, die mir jetzt gestellt werden, kann jedes Kind parieren. Wie hoch die

»Rückstellungen für Verpflichtungen« sein dürfen, warum der Posten »Bewachung« so angestiegen ist, ob die Energiekosten nicht langfristig gesenkt werden können. Die Diskussion läuft sich tot, niemandem fällt mehr eine Frage ein.

»Eine letzte Anmerkung, Fred«, sagt der Vorsitzende. »Wenn ich mir den Posten ›Serviceleistungen‹ ansehe, stelle ich im Vergleich zum Vorjahr eine beträchtliche Zunahme fest. Kannst du uns dazu etwas sagen?« Er leert sein Jeneverglas und bittet den Direktor, es noch einmal zu füllen. Unterdessen denke ich nach. Hat er etwas spitzbekommen, oder handelt es sich um einen Zufallstreffer?

Der Direktor zwinkert mir zu und hebt hinter dem breiten Rücken des Vorsitzenden die Jeneverflasche. Na, das hab ich gern, ich soll die Kastanien für ihn aus dem qualmenden Feuer holen. Es ist nämlich seine Schuld und die Schuld dieser Lahmärsche hier am Tisch, die zu allem ja und amen gesagt haben, als die Neuerungen in der Küche vor gut einem Jahr zur Sprache kamen. Ich bin nie für Neuerungen, es sei denn, es geht um Abschaffungen. Daß in einem Krankenhaus zu festen Zeiten gegessen wird, scheint mir effizient für das Küchenpersonal zu sein. Daß alle das gleiche zu essen bekommen, ist übersichtlich für die Diätistin. Immer so gewesen, nichts dran auszusetzen, aber trotzdem ändern. Ummodeln. »Das Verpflegungsgeschehen bedarf einer grundlegenden Neugestaltung«, so redeten sie darüber. Im Klartext heißt das Küchenbetrieb nonstop, alles auf Wunsch, flexible Essenszeiten, dauerndes Gerenne mit Bestelltem auf der Station, Lieferung auf Termin an angeschlossene Einrichtungen, die somit ihre Küchen zumachen und uns die frei werdenden Gelder zur Verfügung stellen können. Ich habe den Kopf geschüttelt, aber es war ja nicht an mir, diese Politik zu kritisieren. Anders lag die Sache, als die ersten finanziellen Übersichten verfügbar waren, da habe ich schon das eine und andere gesagt. Sowohl die materiellen Kosten als auch die Personalkosten im Verpflegungsbereich waren exorbitant angestiegen, und keiner verstand, warum. Nachdem das neue Verpflegungskonzept mit großem Tamtam in der Presse vorgestellt worden war, war das Krankenhaus auf Negativschlagzeilen nicht erpicht. Vorsichtig fühlte der Direktor bei den Abteilungsleitern vor, die in höchsten Tönen den Zugewinn an Freiheit rühmten. Endlich könne zu normalen Zeiten gegessen werden, die Patienten blieben, da sie ihre Essenswünsche formulieren müßten, rege ins Geschehen mit einbezogen, Selbständigkeit und Verantwortlichkeit würden gefördert und so weiter. Das reinste Haus Sonnenschein.

Derweil stiegen die Kosten stetig an. Die Inspektion der Küche und die Analyse der personellen Besetzung führten zu keinem Ergebnis, außer zu Überstundenzahlungen. Es wurde mehr eingekauft, gewiß, aber das wurde ja auch verbraucht, und mit der neuen Vakuumtechnik ließ es sich problemlos aufbewahren. Der Kostenanstieg blieb vollkommen rätselhaft. Infolgedessen habe ich die Positionen, unter denen diese Kosten in der Jahresübersicht zu finden sind, eben auch in Rätsel gehüllt. Der Direktor weiß, daß sich ein Teil davon hinter »gebäudebedingte Aufwendungen«, ein weiterer hinter »allgemeine Verwaltungskosten« und ein Restbetrag hinter »sonstige Ausgaben« verbirgt. Das Projekt stützt sich auf das sogenannte Cook & Chill-Verfahren, das eine zeitliche und örtliche Entkopplung der Speisenherstellung vom Verzehr ermöglicht, und das brachte mich auf die Idee, auch Ausgaben und Buchungsposten voneinander zu lösen. Dazu bedurfte es natürlich eines Komplotts mit der Direktion, daß wir kein Gerede und vorläufig auch keine Einsichtnahme wollen.

Der Direktor erzählt vom Erfolg des Projekts. Er erteilt mir das Wort, damit ich erläutere, daß sich die anvisierte Essensausgabe an Altersheime und Nervenheilanstalten in unserem

Raum noch nicht in vollem Umfang hat realisieren lassen, daher das Ungleichgewicht, daß das aber schon noch wird, der Plan ist gesund, in einem halben Jahr wird sich die Kostensituation vermutlich, nein, gewiß schon ganz anders darstellen. Der Verwaltungsrat ist mit seinen Gedanken bereits wieder woanders, ich atme auf und erörtere zum Abschluß noch die Konsequenzen aus den neuen gesetzlichen Regelungen zum Umweltschutz. Dann entläßt man mich dankend. Im Halbdunkel höre ich die Fontäne plätschern, es ist feucht und neblig hier draußen. Während ich in mein Auto steige, blicke ich zu den beschlagenen Fenstern des Sitzungssaals hinüber. Die Wege zwischen den Pavillons sind verlassen. Wo bleibt nur das ganze Essen? Wer ißt?

Im Flur rieche ich schon den Rollbraten. Unter der Garderobe steht eine große Sporttasche, die ich nicht kenne. Vom Dachboden dringen nur allzu bekannte Laute: Bienes quälendes Geigenspiel. Ich öffne die Küchentür.

»Aha«, sage ich zu Lydia, »Rollbraten, mmh.«

Sie steht mit dem Rücken zu mir und stochert im Topf herum. Mit ihrem schmalen Rücken, muß ich sagen. Früher habe ich 42 oder sogar 44 in ihrer Kleidung stehen sehen, aber als ich kürzlich ein paar Sachen für sie in den Schrank hängte, fiel mir auf, daß kein Etikett mit mehr als 38 darin war. Wann hat sich das vollzogen, diese Abnahme? Und warum? Möchte sie das von sich aus, oder geht das in ihrem Alter einfach von selbst?

»Roemer ist zu Hause«, sagt sie, noch immer, ohne mich anzusehen. »Wir essen alle zusammen.«

»Es ist doch gar nicht Sonntag! Wieso ist er denn heute da?«

»Er war gerade in der Gegend. Hat sich irgendwo vorgestellt, wo er ein Praktikum machen will oder so.«

»Eine Famulatur, meinst du.« Roemer, unser Sohn, studiert Medizin. Da das ein schwieriges und zeitraubendes Studium ist, kommt er nur sonntags zum Essen nach Hause. Ich finde, Kinder müssen selbständig werden; Roemer ist fünfundzwanzig. In dem Alter war ich schon erwachsen und hatte meine erste Anstellung.

»Wie war dein Tag?« fragt Lydia. Privatleben und Arbeitssituation sollte man strikt getrennt halten, finde ich. Ich erzähle zu Hause selten von dem, was ich bei der Arbeit erlebe. Es gibt auch nicht viel zu erzählen, es ist jeden Tag das gleiche.

»Wir hatten Sitzung. Sie haben den Jahresabschluß abgesegnet.«

»Oh. Sollten wir da nicht Wein zum Essen trinken? Du freust dich doch bestimmt.«

Jetzt erröte ich doch unwillkürlich. Ob sie wohl auch noch so reden würde, wenn sie von der Sache mit der entkoppelten Speisenzubereitung und meiner Vertuschung der mysteriösen Kosten wüßte? Zum Glück sieht sie mich nicht an. Ich verlasse die Küche und bleibe unten an der Treppe stehen, um Biene zuzuhören. Mein Mädchen, mein einundzwanzigjähriger Augenstern, meine grimmige Geigerin. Seit ihrem sechsten Lebensjahr, als sie die Geige geschenkt bekam, hat sie sich in steigendem Maße abgesondert. Wie sie sich fühlt, erzählt sie uns über ihr Spiel. Sieben Stunden am Tag hören wir ihre Streichübungen, Tonleitern, Dreiklänge. Dann wieder kommt sie die Treppen heruntergestürmt, schlägt die Haustür hinter sich zu und radelt mit der Geige auf dem Rücken davon. Der Regen schlägt ihr in das spitze Gesicht. Sie müßte mal was mit ihren Augen machen, denke ich gelegentlich, die sehen so fade aus. Lydia müßte doch wissen, wie das geht. Lange, gedehnte Töne spielt sie jetzt, die fließend ineinander übergehen. Sie muß in der Mitte des Dachbodens stehen, sonst stößt sie mit dem Bogen an die Wände. Es ist lange her, daß ich bei ihr oben war.

Im Wohnzimmer sitzt mein Sohn, in *meinem* Sessel, mit *meiner* Zeitung. Im Gegensatz zu seiner Schwester hat er ein breites, offenes Gesicht und lebhafte Augen.

Er springt auf und stellt Teller auf den Tisch. Ich greife zur Zeitung. Gehetzt kommt Biene ins Zimmer. Ihr Haar ist stramm zu einem Pferdeschwanz nach hinten gezogen. Sie reibt ihre langen Finger.

»Wieso essen wir denn so spät? Wo ist Mama? Ich muß gleich weg.«

»Tag, Bien«, sagt Roemer, »hast du meine neue Tasche gesehen, gut, was? Weißt du, wenn du deine eigene Bude hast, brauchst du nie mehr aufs Essen zu warten!«

Sie sieht ihn verächtlich an. »Nichts wäre mir lieber. Wenn du 'ne Wohnung für mich findest, in der ich den ganzen Tag üben kann, bin ich sofort weg.«

Ich schlage die Zeitung in ganzer Breite auf. Sie hat natürlich recht, sie ist alt genug, um von zu Hause wegzugehen. Aber daß sie das auch möchte, tut weh. Es fehlt ihr hier an nichts. Er stachelt sie nur auf mit seinen ärztlichen Ratschlägen.

»Es ist nicht gesund, den ganzen Tag die Geige unters Kinn zu klemmen. Du mußt die Stelle da mal behandeln lassen, das Gewebe degeneriert, am Ende kriegst du Krebs. Kunstkrebs.«

Um die Zeitung herumspähend, sehe ich, daß er an Biene herantritt und mit zwei Fingern über die purpurrote Schwellung an ihrem Hals streicht. Sie schlägt seine Hand weg und zieht ihren Kragen hoch.

»Dann schnippelst du sicher mit Genuß dran rum. Du Held!«

Geklirr von Besteck und Gläsern. Sie sitzen bereits. Er erzählt vom Studium: die Innere fertig, jetzt kommt die Psychiatrie.

»Ich arbeite demnächst bei dir, Pap. Bin heute nachmittag im Krankenhaus gewesen. Der ausbildende Arzt dort fragte, ob ich mit dir verwandt sei. Er kennt dich.«

Ja, ich sorge für sein Gehalt und sein Budget. Zum Dank hintergeht er mich, indem er klammheimlich meinen Sohn hereinholt. Roemer war hinten auf dem Gelände, bei den geschlossenen Abteilungen, von denen man sich tunlichst fernhalten sollte. Er sucht das. Mein Krankenhaus. Wo bleibt sie denn bloß mit dem Essen, es ist so still in der Küche. Ich erhebe mich.

Sie sitzt verstört auf dem Küchenstuhl und blickt verdutzt auf, als ich hereinkomme.

»Roemer macht seine Psychiatrie-Famulatur bei mir im Krankenhaus, wußtest du das?«

»Nein. Schön.«

»Finde ich nicht. Das ist doch viel zu schwer für so einen Jungen. All diese Patienten, die vor den Zug springen und den ganzen Tag herumschreien – ich halte es für Unsinn, ein Kind mit so was zu konfrontieren.«

»Das gehört zu seinem Studium, Fred. Wenn er es nicht hier macht, dann irgendwo anders. Und so schlimm ist es doch nun auch wieder nicht, oder?«

Wieso sagt sie das? Sie hat ihn bestimmt ermuntert: Mach das doch bei Papa, dann kannst du öfter mal zum Essen nach Hause kommen.

»Ist das Essen noch nicht fertig? Wir sitzen am Tisch.«

Der Rollbraten ist ganz klein und fast schwarz geworden. Kartoffelpüree. Salat.

»Du mußt noch eine Soße zum Fleisch machen.« Sie sieht mich an, nickt, schabt mit einer Gabel über den Boden des Bräters. Hier muß man aber auch jedem erst alles sagen, sonst geschieht gar nichts. Als sie noch arbeiten ging, war sie nicht so abwesend.

Das heißt, abwesend war sie schon, aber im Sinne von: nicht zu Hause. Tagsüber bekam ich gar nichts davon mit, denn die Öffnungszeiten der Bibliothek decken sich mit den Bürozeiten.

Aber sie war jeden Donnerstagabend weg und organisierte in den Abendstunden auch häufig Lesungen und Diskussionsveranstaltungen. Wenn sie dann nach Hause kam, hatte sie von den Schriftstellern zu erzählen, die sie empfangen hatte, was die gesagt, angehabt, getrunken und gemacht hatten. Das ärgerte mich. Heute denke ich anders darüber. Ich wäre froh, wenn sie sich für ein Buch begeistern könnte oder Lust zur Begegnung mit einem Schriftsteller hätte.

Die Kinder verstummen abrupt, als wir Schüsseln und Töpfe hereintragen. Worüber habt ihr euch unterhalten, will ich fragen, doch als ich den Mund aufmache, erkundige ich mich nach Bienes Aktivitäten.

»Vorspielabend«, sagt sie, »nichts Besonderes, Etüden.«

Roemer schneidet den Braten auf. Er muß ziemlich viel Kraft anwenden. Ich lasse das Püree herumgehen. Wir essen. Biene schlingt eilig ein paar Bissen hinunter und zerknüllt dann ihre Serviette, um sie neben ihren Teller zu legen. Mein Sohn und ich machen kleine Vertiefungen in das Püree, in die wir die Soße füllen. Volle Männerteller. Lydia streicht mit den Fingern über ihr Messer. Sie trinkt ihr Glas aus. Biene hat sich schon halb erhoben, Gesicht zur Tür, als Lydia plötzlich das Wort ergreift. Der Rollbraten ist zäh und bitter. Ich schneide das Fleisch in kleine Stückchen und mische es in das Püree.

»Ich habe etwas beschlossen«, sagt Lydia. Biene setzt sich wieder hin, auf den äußeren Rand ihres Stuhls. Sie faßt sich mit der Hand an den Hals, betastet die schwielige Stelle, blickt auf ihren halbvollen Teller. Roemer hebt den Kopf und schaut seine Mutter an. Ich esse still weiter.

Dann essen alle weiter. Der Moment verweht. Biene trommelt mit den Fingern ihrer linken Hand auf ihren rechten Unterarm und tritt ungeduldig gegen ein Tischbein. Roemer wischt sich den Mund ab.

»Eigentlich müßte es solche Famulaturen in jeder Ausbildung geben. Du müßtest irgendeinem Topgeiger zur Hand gehen, da würdest du sehen, wie die Arbeit wirklich ist. Und in einem richtigen Orchester spielen. Ich sehe einfach, wie das Ganze läuft, nächste Woche, bei so 'ner Einweisung in die Psychiatrie zum Beispiel. Nach einer Weile probierst du es dann selbst, und so findest du heraus, ob es dir zusagt.«

»Du hast ja keinen blassen Schimmer«, schnaubt Biene. »Üben, das ist meine Arbeit. Wenn man richtig übt, kann man alles, dafür braucht man nicht wie ein Hund hinter seinem Herrchen herzulaufen. Und sich herumkommandieren lassen, so wie du.«

»Aber Krebs am Hals kriegst du davon. Und wer ist dann dankbar, daß es den Onkel Doktor gibt? Du solltest mal ein bißchen besser nachdenken, meine Liebe, aber das bringen sie dir ja auf dieser Schule nicht bei.«

»Nur weil du so ein Tausendsassa bist und alles besser weißt, brauchst du mir noch lange keine Lehren zu erteilen. Kümmer du dich mal drum, daß die dämlichen Professoren mit dir zufrieden sind. Und laß mich gefälligst in Frieden!«

»Ich dachte –« sagt Lydia.

Ob ich noch ein Stückchen Rollbraten nehme? Ich tue es einfach. Es gibt nichts Schlimmeres als übriggebliebenes Essen. Das Endstück. Ganz schwarz. Vielleicht kann ich das Ärgste wegschneiden. Sie redet.

»Über Gäste hab ich nachgedacht. Es war doch immer gemütlich bei Tisch. Und vielen Menschen fehlt das. Manchmal machen sie ja auch so was, daß man Geld für Essen in Afrika spenden kann. Oder die Weihnachtsspeisung von der Heilsarmee. Aber ich meine jemanden einladen, hierher. Zum Essen, einmal. Daß das gut wäre.«

Worauf will sie hinaus? Biene sitzt jetzt ganz still, Roemer schiebt seinen Stuhl zurück.

»Ich hab das in der *Krankenhauszeitung* gefunden, als ich dein Zimmer gemacht habe.«

Sie spricht mit mir. Ich säge mit meinem stumpfen Messer an den verkokelten Rändern des Rollbratens herum. Die *Krankenhauszeitung* lasse ich nie in meinem Arbeitszimmer auf dem Schreibtisch liegen, die werfe ich immer gleich in den Papierkorb. Was hat sie darin zu suchen? Und zu finden?

»Es ist für Patienten, die schon sehr lange in der Anstalt sind und keine Angehörigen haben. Man hat bei den Abteilungsärzten angefragt, wer dafür in Betracht käme. Für Gastessen. Die sollten dann eine Dame anrufen, die Nummer stand dabei.«

Ich vergesse zu kauen. Hat Lydia das Krankenhaus angerufen, ohne das mit mir zu besprechen?

»Es war natürlich andersrum, daß ich angerufen habe, weil ich Gastgeberin sein wollte, ich bin ja kein Abteilungsarzt. Als sie das begriffen hat, war ihr das auch recht.«

»Hast du deinen Namen genannt?« frage ich heiser. »Wußten sie, wer du bist? Daß du meine Frau bist?«

»Weiß ich nicht«, sagt sie. »Natürlich hat sie sich meinen Namen aufgeschrieben. Am Sonntag kommt der Gast. Zu einem Essen im Familienkreis, sagte sie. Es gibt eine Telefonnummer für den Fall, daß es nicht funktioniert, dann schicken sie das Taxi etwas früher. So, jetzt wißt ihr's.«

Außerordentlich unangenehm, zu unregelmäßigen Zeiten zu essen. Halb sieben halte ich für eine gute Zeit, aber dann jeden Tag, denn auf die Regelmäßigkeit kommt es an. Daß wir heute so spät dran sind, liegt zwar an mir, ist aber trotzdem ihre Schuld. Sie hätte ja mit den Kindern zur üblichen Zeit essen können. Ich bin nach dem ganzen Palaver auf so einer Sitzung weiß Gott nicht wild auf Tischgespräche.

»Kommt ein Mann oder eine Frau?« Biene hat sich erhoben und knöpft ihre Strickjacke zu.

»Vielleicht ja ein Kind in deinem Alter«, sagt Roemer. »Schizophrenie offenbart sich häufig in der Adoleszenz. Das Erwachsenwerden und die Loslösung vom Elternhaus sind Streßfaktoren, die eine enorme zusätzliche Belastung darstellen. Bei schwacher Belastbarkeit ist eine Dekompensation da naheliegend. Kleiner Scherz!«

Mit starrer Miene geht Biene auf den Flur hinaus. Sie reißt ihren Mantel vom Garderobenhaken und kommt wieder herein, um sich ihren Geigenkasten umzuschnallen.

»Lös dich doch selber los!« zischt sie. »Du bist so ätzend, daß du glatt in *Emergency Room* mitspielen könntest. Großmaul.«

Die Haustür schlägt zwar mit lautem Knall zu, aber ich fürchte dennoch, daß sie ihr Fahrrad mit zitternden Händen aufschließt. Das Radfahren durch die Abendluft muß sie so weit zur Ruhe kommen lassen, daß sie sich auf ihre Etüde konzentrieren kann. Sie *muß* gut spielen, das verlangt sie sich selbst ab. Sie ist so perfektionistisch, daß es mir manchmal Angst einjagt.

Lydia sitzt immer noch vor ihrem Teller. Das Essen hat sie nicht angerührt. Wieso räumt sie nicht ab? Die Reste vom Kartoffelpüree können wir aufbewahren, das kann man im Ofen überbacken, mit Paniermehl und Butter, so daß sich eine leckere Kruste darauf bildet. Morgen.

»Mam«, fragt Roemer, »ist das wirklich so eine gute Idee? Ich finde, du bürdest dir ganz schön was auf, zu kochen und dann auch noch so einen schwierigen Gast zu empfangen. Das *brauchst* du doch nicht!«

Ich stelle die Teller zusammen und trage sie in die Küche.

Wieso schicken sie diese dämliche Zeitung zu mir nach Hause, ich habe doch ein Postfach? Wieso nimmt meine Tochter alles ernst? Wieso muß mein Sohn unbedingt in meinem Krankenhaus arbeiten? Wenn er nun dahinterkommt? Vielleicht wird ja geklatscht auf der Station, er schnappt etwas auf, fängt an, sich

Gedanken zu machen, nach Papieren zu suchen, findet Beweismaterial. Ach, Unsinn, ich steigere mich da in etwas hinein. An der angelehnten Wohnzimmertür bleibe ich kurz stehen. Ich höre sie reden.

»Geht es dir auch gut?« Roemers dunkle Stimme. »Du siehst nicht so besonders aus, sehr müde. Schläfst du denn auch gut?«

»Ich dachte, das wäre eine Ablenkung. Und so jemand freut sich offenbar, wenn er das Gelände mal verlassen kann. Es geht ja um Leute, die schon seit Jahren dort wohnen, Dauerpatienten, oder wie nennt man das?«

»Chronisch«, sagt Roemer, »chronisch. Daß es nie mehr besser wird, daß sie nie mehr rauskommen. Also nicht akut. Aber heutzutage tut sich da einiges, für solche Leute. Man hilft ihnen, selbständig zu werden, so daß sie in der Stadt wohnen können. Das Pflegepersonal kommt dann jeweils zu ihnen ins Haus. Diese Idee mit dem Essen hat bestimmt auch etwas damit zu tun. Ich hoffe nur, daß du dich damit nicht überforderst. Kann ich eine Maschine Wäsche bei dir waschen, dann hole ich sie Sonntag wieder ab? Ich muß meine weißen Kittel sauber und gebügelt haben, bevor ich Montag anfange.«

»Mußt du denn dort einen weißen Kittel tragen? Wie komisch, für einen Psychiater.«

Ich höre, daß Roemer sich erhebt, und stoße die Tür auf. Mit seinem dunklen Haar sieht er in einem Arztkittel bestimmt blendend aus. Der Direktor trägt nie einen Kittel. Wenn ich Leute in Weiß herumlaufen sehe, handelt es sich immer um Küchenpersonal. Rohstoffverschlinger, Überstundenspezialisten, Entkoppler! Ich nehme die Schüssel Püree mit und fülle die Reste sorgfältig in einen Plastikbehälter um. Erst abkühlen lassen, dann in den Kühlschrank.

Um Punkt halb neun parke ich den Wagen zwischen den Linien meines Parkplatzes. Der Wagen vom Direktor steht schon da. Neben seinem Volvo, auf dem Platz für wichtige Gäste, steht ein Personenwagen mit einem Firmenlogo darauf: »Bierdrager und Bink, Abfallverwertung«.

Gestern abend habe ich wach gelegen, bis ich Biene nach Hause kommen hörte. Ich horchte, ob sie auch das Nachtschloß vorlegte. Sie blieb lange, sehr lange im Wohnzimmer sitzen. Vielleicht hat sie auf dem Sofa die Zeitung gelesen, vielleicht hat sie sich eine Nachtsendung im Fernsehen angesehen, vielleicht hat sie still dagesessen und gewartet, daß ich nach unten kommen und sie fragen würde, wie sie gespielt habe. Neben mir atmete Lydia ganz leicht, ich könnte nicht sagen, ob sie schlief. Ich wäre gern aufgestanden, wäre gern heimlich aus dem Bett geschlüpft, aber ich tat es nicht. Die Nacht ist zum Schlafen da. Ich wollte, es wäre anders und ich würde eher handeln als denken, aber so ist es nun mal nicht. Ich lag wach, bis ich Biene leise zum Dachboden hinaufgehen hörte. Ich hätte sie bringen müssen, wie früher bei den Aufführungen der Musikschule, ich hätte im Saal sitzen müssen, um ihre Etüde zu hören. Sie hätte mich darum bitten müssen. Ich hätte es vorschlagen müssen. Aber das haben wir beide nicht getan. Um einschlafen zu können, bildete ich mir ein, völlig gelähmt zu sein. An Bewegung war nicht zu denken.

Frau Kuilboer vom Rechnungswesen klopft zwar immer an, öffnet die Tür aber schon im selben Moment. Ich würde ihr das gerne mal sagen, möchte sie jedoch nicht gegen mich aufbringen, da ich ihre akkurate Arbeitsweise sehr schätze. Ich arbeite gern mit ihr zusammen, sie versteht, wie ich denke. Sie bringt mir eine Tasse Kaffee, wie jeden Morgen.

»Irgend etwas Besonderes heute, Ans?« Wir reden uns mit dem Vornamen an, wenn wir unter uns sind.

»Da muß irgendwas mit den Rechnungen von dem Abfallunternehmen sein. Ich habe die Unterlagen heute früh für die Direktion herausgesucht. Wir werden es ja dann hören. Sonst ist nichts weiter. Wie lief es gestern?«

Einen Moment lang denke ich, sie erkundigt sich nach dem Abendessen, und fühle, wie sich meine Lippen unwillkürlich spannen, als würde ich gleich stotternd von dem verbrannten Rollbraten erzählen. Aber sie spielt natürlich auf die Sitzung an. Ich streiche mir übers Gesicht und erstatte Bericht. Einen zensierten Bericht, denn es empfiehlt sich nicht, noch ungelöste Probleme unüberlegt einem Untergebenen aufzutischen, das ist, als wolle man sich seiner Verantwortung entziehen, und damit schmälert man die eigene Autorität. Oder weiß sie womöglich mehr, als sie sich anmerken läßt? Ich ziehe den Stapel Post zu mir heran, ich möchte anfangen. Ans Kuilboer geht in ihr Büro zurück. Ich verspüre die starke Neigung, sie zurückzurufen, um ihr zu sagen, daß Gefahr im Verzug ist, daß uns die Sache mit der entkoppelten Speisenzubereitung aus dem Ruder läuft, daß es langsam unmöglich wird, noch zu überblicken, was da passiert, um sie ins Vertrauen zu ziehen und um Hilfe zu bitten. Ich wäre verrückt, wenn ich es täte. Sie muß davon ausgehen können, daß ich den Überblick habe. Wo kämen wir denn sonst hin!

Um zehn Uhr ruft der Direktor an. Er bittet mich, kurz zu ihm zu kommen. Sein Zimmer liegt im Erdgeschoß, auf der Gartenseite. Ein geräumiges, helles Zimmer, in dem wenig steht. Der große Schreibtisch ist leer. In der Ecke am Fenster steht ein Hometrainer. Ein sportliches, sachliches Ambiente, könnte man sagen. Es stinkt nach altem Zigarrenrauch, aber ein Aschenbecher ist nicht zu sehen.

»Bierdrager war hier«, sagt der Direktor. »Ich habe mir noch einmal die küchenbezogenen Rechnungen angesehen, die du für mich herausgesucht hast. Wir müssen das klären, und zwar schnell.«

Ans, denke ich, Ans hat die Rechnungen abgelegt. Unter meiner Verantwortung freilich, wenn Fehler gemacht wurden, trifft mich die Schuld.

»Die Großküchenrechnungen gehören ja nicht gerade zum Durchsichtigsten«, fährt der Direktor fort. »Aber bei Bierdragers Rechnungen für das Abholen der Küchenabfälle steige sogar ich noch durch. ›Entsorgung von organischem Abfall‹ steht drauf, pro Monat in Litern angegeben. Er sammelt, was in der Kantine, der Großküche und den Stationsküchen weggeworfen wird, und wir bezahlen ihm dafür einen bestimmten Betrag pro Liter.«

Und dieser Bierdrager verkauft es an Schweinezüchter und Tierfutterbetriebe weiter, denke ich. Früher *bekam* man doch von solchen Leuten Geld für die Abfälle, wenn mich nicht alles täuscht.

Der Direktor beugt sich über den Schreibtisch zu mir herüber.

»Du wirst es nicht glauben, Fred! Diese Rechnungen sind in den letzten Monaten enorm angestiegen, auf das Acht- bis Zehnfache von früher. Ich habe Bierdrager herbestellt. Ich dachte: Er hat einen neuen Tarif oder einen ausgefuchsten neuen Geschäftsführer – irgend etwas kann da nicht stimmen.«

Bei uns stimmt etwas nicht, denke ich. Auf jeden Fall hätte ich diese erhöhten Rechnungen herauspicken müssen. Das wäre früher auch gewiß geschehen, dafür habe ich eine Nase, Veränderungen fallen mir auf, egal wo. Ich werde alt. Meine Aufmerksamkeit läßt nach. Ich bin in den letzten Monaten nicht so in Form. Ein Grund mehr, jetzt ganz wach zu sein. Zuhören!

»In seinem Betrieb hat sich nicht das mindeste verändert. Er holt nur ganz einfach viel, viel mehr bei uns ab. Dafür mußte er

**147**

sich sogar einen größeren Lastwagen anschaffen! Schwant dir schon was?«

Ja, mir schwant was. Das entkoppelte Kochen produziert mehr Abfall. Es wird mehr eingekauft beziehungsweise zubereitet, als aufgegessen wird.

»Seit wir die Speisenzubereitung entkoppelt haben, wird mehr Essen weggeworfen?« frage ich. »Wie ist das möglich? Die Anzahl der Patienten ist doch gleichgeblieben, oder?«

Vielleicht essen sie weniger. Er könnte sie wiegen lassen, von den Famulanten oder so. Aber es wird auch mehr eingekauft, das weiß ich von Kuilboer.

»Es wird also mehr gekocht, als notwendig ist«, schlußfolgere ich. »Verschwendung, das ist es.«

»Ich fürchte, ja«, sagt der Direktor. »Wie sich das im einzelnen gestaltet, weiß ich noch nicht, aber das werden wir schon herausfinden. Ich wollte dich nur schon mal in Kenntnis setzen. Du hast dich gestern übrigens ausgezeichnet geschlagen. Sie haben beim Essen dann noch den ganzen Abend Küchenwitze erzählt, die Stimmung war gut, und keiner macht sich Sorgen, genau wie wir es wollten. Das war's.«

Langsam gehe ich die Treppe hinauf, durch den Flur, am Sekretariat und den Toiletten vorbei in mein Zimmer zurück. Dort schließe ich die Türen und setze mich an meinen Schreibtisch, die Hände hinter dem Kopf verschränkt. Ich zwinge mich nachzudenken, bevor ich etwas tue. Ich sollte Biene anrufen und sie fragen, wie ihre Aufführung war. Aber wenn ich nun Lydia an den Apparat bekomme? Das sorgt nur für Unruhe, also besser nicht. Ich höre es dann schon heute abend. Jetzt bin ich hier. Ich habe Fehler gemacht, und die muß ich ausbügeln. Selbsttätig. Nicht erst abwarten, bis die Direktion ihre Nachforschungen abgeschlossen hat. Eigene Nachforschungen anstellen. Jetzt.

Resolut stehe ich auf und gehe zu Ans Kuilboer hinein.
»Sind die Rechnungen von Bierdrager nach den Sammelstellen spezifiziert?« frage ich, während ich vor ihrem Schreibtisch stehenbleibe. Sie unterbricht ihre Arbeit, erhebt sich und schließt die Tür zum Sekretariat.

»Den betreffenden Ordner habe ich heute früh ins Direktionsbüro gebracht, kann dir die Rechnungen also nicht zeigen, aber sie sind nach Datum ausgestellt, nicht nach Ort. Man kann daraus entnehmen, wieviel er pro Woche abholt, aber nicht, ob bei der Küche oder bei der Kantine. Gibt es Probleme? Mit solchen Lappalien wie der Abfallverwertung brauchst du dich doch nun wirklich nicht rumzuschlagen, oder ist das eine dienstliche Anordnung?«

Sie hat mich natürlich nach unten gehen hören, sie weiß immer alles. So ein Pech, daß dieser Bierdrager nicht eindeutiger fakturiert. Könnte ich nicht einfach in der Küche anrufen? Aber wenn da etwas nicht mit rechten Dingen zugeht, lügen sie einem am Telefon vielleicht müheloser etwas vor. Besser, ich gehe mal eben dort vorbei. Notfalls außen herum; der Küchenkomplex liegt auch an der Straße, wie das Hauptgebäude. Da brauche ich nicht über das Krankenhausgelände und laufe niemandem über den Weg. Der Direktor hat gar nichts von Roemer gesagt. Komisch.

»Nein, nichts Besonderes«, sage ich. »Routinekontrolle. Danke, Ans.«

Selbständigkeit ist von wesentlicher Bedeutung. Selbst nachdenken, selbst beobachten, selbst kontrollieren. Vor Ort.

Der Fußweg verläuft in etwa zehn Metern Entfernung parallel zur Straße, zwischen zwei Reihen imposanter alter Buchen. Der Regen hat ihre Stämme glatt und glänzend gemacht, wie nasses Gummi. Ich laufe über Millionen welker Buchenblätter am Krankenhauszaun entlang. Wie oft bin ich früher mit den Kindern durch so einen Wald spaziert, auf der Suche nach Kastanien, Bucheckern und Röhrlingen. Lydia und ich saßen dann auf einem umgefallenen Baumstaum und rauchten, damals rauchten wir noch, und Roemer und Biene spielten mit unserer Ausbeute Kaufmannsladen oder Restaurant. Einen Teller frische Eicheln bitte, Herr Ober. Möchten Sie auch etwas Moos dazu, meine Dame? Herr Ober, das schmeckt nicht. Aufessen müssen Sie das aber schon, meine Dame. Lydia schnitt die Röhrlinge mit ihrem Taschenmesser in der Mitte durch und warf die wurmstichigen weg. Wenn Biene Pipi mußte, hielt Lydia sie unter den Knien gefaßt hoch, und der Strahl plätscherte gegen die Buche. Roemer versteckte sich in den Rhododendren und bellte wie ein Fuchs. Ich trug eine Tüte mit Butterbroten, Keksen, Bananen und Apfelsaft. Es roch so nach Herbst, nach dem, was Herbst ist. Genau wie hier.

Ich ruiniere mir die Schuhe.

Die Bäume brechen das Geräusch vorbeirasender Autos zu Morsezeichen.

Ich werde es selbst in die Hand nehmen müssen. Wenn ich nichts tue, schafft sie den Absprung nie, sie kann es nicht mehr. Ich muß ihr helfen. Heute abend werde ich zu ihr gehen, die beiden Treppen hinauf. Bewirb dich um eine Konservatoriumsunterkunft, werde ich sagen. Es muß sein. Wenn du Glück hast, bekommst du in ein paar Monaten ein Zimmer, wo du Tag und Nacht spielen kannst, in einem Haus, wo junge Leute wohnen, wo du unbeschwert ein- und ausgehen kannst, wo alles normal ist, vielleicht sogar nett.

Ich werde ihr beim Umzug helfen. Die Musikbücher in einen Karton, die Kleider. Wir werden alles nach unten tragen, aus dem Haus.

Nachdem ich diesen Entschluß gefaßt habe, beschleunige ich

meine Schritte. Rauch und Dampf wölken aus den kleinen Metallrohren auf dem Dach des Küchengebäudes. Mit Wucht ziehe ich die Tür auf. In der Halle steht eine Wand aus Gerüchen, die mich zurückprallen läßt. Heißes Fett, gedünstete Zwiebeln, das Fad-Süßliche von Möhren, ein Hauch von Fisch; das Gemisch aus erstickenden Essensdünsten läßt mich beinahe würgen. Die Tür zum Büro steht offen, doch der Raum ist leer. Ich betrete die Schleuse zum Herdbereich. Die Küchengeräusche werden immer stärker, es zischt, klopft und knackt. Löffel gegen Metall, Messer auf hartem Holz. An der überdimensionalen Kochinsel steht der Küchenleiter. Er blickt über die Schulter eines weißgekleideten jungen Mannes auf ein Backblech mit einer Lage aus Knackwürstchen. Er sieht mich nicht. Ich huste, doch das geht in dem Krach unter. Ich trete näher und spüre die von den Herden abstrahlende Hitze. Der junge Mann trägt eine karierte Schürze. Er wischt sich die Hände daran ab und geht weg. Ich trete mit ausgestreckter Hand auf den Küchenleiter zu. Er blickt erstaunt, aber nicht unfreundlich.

»Na, schaust du dich mal um, te Velde? Du hättest die Schuhe wechseln müssen, mit Straßenschuhen darf man hier eigentlich nicht rein.«

Ich sehe nach unten. Er trägt weiße Clogs mit Gummisohlen. Auf meinen schwarzen Brogues kleben Buchenblätter. Ich entschuldige mich. Zur Sache. Wie ihm das Cook & Chill gefalle, wie viele zusätzliche Arbeitskräfte es erfordere und, wichtigster Punkt, wieviel mehr Essen bleibe übrig?

»Fällt besser aus als erwartet, te Velde, viel besser. Das war auch meine erste Sorge. Aber wir haben ja das Sealing, das war unsere Rettung!«

Ich weiß nicht, wovon er spricht, und er zeigt es mir. Die fertigen Gerichte werden gleich nach der Zubereitung in Plastikfolie verpackt, dann wird die Luft herausgesogen, und das Ganze wird verschweißt. Die mit Datum und Inhaltsangabe etikettierten Päckchen werden dann im Kühlraum auf der anderen Seite des Gebäudes gelagert.

»In den Überstunden schlägt sich das auch nieder. Die Köche können zu den normalen Zeiten arbeiten, und wir bewahren die Produkte auf, bis Bedarf danach besteht. Genial, man schmeckt keinen Unterschied zu frisch Zubereitetem. Und nichts verdirbt, weil die Luft raus ist. Man kann sozusagen alles im Bestzustand für die Ewigkeit bewahren. Nein, viel mehr Abfall als früher haben wir also nicht. Größere Vorräte, das schon, aber das wird sich schon noch einpendeln. Für mich ist dieses Projekt eine echte Herausforderung.«

Wie still es sein wird. Wie sehr ich mich nach verhaltenen Fragmenten aus der *Chaconne* sehnen werde. Wie ich nach den leeren Quinten lechzen werde, die allem vorangehen: das a, das a und das d, das d und das g, gefährliche Tiefe, und dann am Ende der Triumph des hohen e.

Ein Schauder läßt mich einen Schritt näher an den Herd herantreten. Ich starre auf das Stück Plastikfolie in den Händen des Küchenleiters.

Auf den Dachboden schleichen. Ihr die Plastikhülle überstreifen, vorsichtig, um sie nicht zu wecken. Das Ende an die Pumpe anschließen, und dann pumpen, schnell und schwitzend mit aller Macht die Luft der Gegenwart entfernen. Sollte sie aufwachen, kann sie sich schon nicht mehr bewegen, das zähe, durchsichtige Material klebt an ihren Beinen und ihrem Bauch, drückt ihr die Augenlider zu und umschließt ihren schmalen Mund. Es haftet an der spitzen Nase und bedeckt die Wunde an ihrem Hals. Versiegeln. Ewigkeit.

Werde ich ohnmächtig? Ich suche nach Halt, fasse mit beiden Händen nach dem glühenden Backblech. Erst als ich den schneidenden Schmerz von dem angenehmen Gefühl der Glattheit und der sonderbaren Empfindung, die eine ungewohnte Temperatur auslöst, unterscheiden kann, ziehe ich sie zurück. Es fühlt sich an, als hielte ich Eis in den Händen, aber ich rieche versengtes Fleisch.

Ein Mann schreit.

Eine Schwester kommt mit Tupfern und Binden ins Büro. Sie desinfiziert die Wunden und schmiert mit einem Glasspatel Salbe darauf. Der Küchenleiter steht erschrocken dabei.

»Stickige Luft da drinnen«, sagt er. »Wir brauchen ein neues Lüftungssystem, das alte reicht nicht mehr aus, wo wir jetzt den ganzen Tag kochen. Höchste Zeit, daß ich da was unternehme. Tut's sehr weh, te Velde? Ich würde an deiner Stelle gleich ein paar Schmerztabletten nehmen, Brandwunden sind gemein.«

Er bringt mich zur Tür und entschuldigt sich tausendmal. Kein Abfall. Ich weiß genug. In meinen Händen bohrt ein wohliger Schmerz.

Am Sonntag morgen erwache ich aus sehr tiefem Schlaf. Auf der Stelle beginne ich meine Gedanken zu ordnen. Es darf nicht mehr vorkommen, daß ich meine Wachsamkeit derartig absinken lasse: Die Vorhänge sind aufgezogen, ohne daß ich etwas davon mitbekommen habe. Das Fenster ist eine hellgraue Fläche, an der von Zeit zu Zeit ein Ast von der Esche entlangpeitscht. Ich fühle meine Handinnenseiten, es zieht in den Wunden. Auf dem Stuhl neben dem Bett steht eine Schachtel transparente Plastikhandschuhe, ein Geschenk der Direktion.

»Wenn du zur Toilette mußt«, hat der Direktor gesagt, »oder irgend etwas anderes machst, wobei deine Hände naß oder schmutzig werden. Eine Infektion muß ja nicht auch noch sein.« Plastik über Haut, ich unterdrücke einen Schauder. Es ist ein praktisches Geschenk, das ich gut gebrauchen kann – da gehört es sich, dankbar zu sein. Biene ist am Freitag noch kurz vor Toresschluß zum Studentenwerk geradelt. Danach habe ich sie nicht mehr gesehen, sie hat ein Probenwochenende mit dem Konservatoriumsorchester. Dafür war Roemer gestern zu Hause. Ich hörte ihn mit Lydia in der Küche beratschlagen. Lydia – ist sie schon aufgestanden? Das Bett ist leer, ihre Kleider sind weg. Ich saß mit der Zeitung in den blessierten Händen da und horchte auf das Gespräch zwischen Mutter und Sohn. Nicht über Roemers erste Woche in der Aufnahme sprachen sie, sondern über das Essen am Sonntag.

»Waldorfsalat mit Valium«, sagte Roemer, »Hähnchen in Haldol! Man kann nicht vorsichtig genug sein. Sollen wir zusammen einkaufen gehen?«

Lydia kicherte; sie wolle etwas machen, das sie schon vorbereiten könne, damit sie die Hände frei habe, um den Gast zu empfangen. Die Küchentür schlug zu. Durch das Fenster sah ich sie davongehen, Roemer mit den Einkaufstaschen und Lydia mit einem Zettel in der Hand. Sie winkten mir.

Erst als sie wirklich und definitiv weg waren, faltete ich die Zeitung zusammen und ging nach oben. Zwei Treppen. Ich kroch in das Bett meiner Tochter und lag dort, so lange ich es wagen konnte, mit geschlossenen Augen, die Arme über der Brust gekreuzt.

Mit gut verpackten Händen, an den Handgelenken mit Gummibändern versiegelt, kann ich mir sogar die Haare waschen. Der Sonntag ist ja meistens ein schrecklicher Tag, so ohne Zeitplan und feststehende Verrichtungen. Insofern könnte ich froh sein, daß ich den frühen Morgen bewußtlos verbracht habe, doch ich spüre, wie mir die Unruhe im Magen herumgeht. Biene. Der Psychiatriepatient. Lydia.

»Willst du dieses ganze Essen nicht absagen?« habe ich sie heute nacht gefragt. Der Wind rüttelte an den Fenstern. »Der Patient verläßt sich darauf, ich möchte ihn nicht enttäuschen.«
»Es ist doch keine Schande, wenn es dir zuviel wird, das kann jedem passieren. Ruf morgen früh diese Frau an, dann hast du das Ganze vom Hals.« Stille. Ich roch ihren säuerlichen Atem. »Nein, nein. Es macht mir keine Mühe. Roemer wird mir helfen.«

Sie sitzen zusammen am Küchentisch, schälen die Kartoffeln, putzen das Gemüse. Schüsseln, Messer, Schneidebretter. Auf einer Ecke der Arbeitsplatte sehe ich einen Stapel Teller, fünf Gläser, Besteck. Die Organisation ist in Ordnung, das freut mich. »Die Atmosphäre find ich gut«, sagt Roemer. »Der leitende Arzt ist richtig nett. Es geht viel ruhiger zu, als ich gedacht hätte, ich kann stundenlang mit einem Patienten reden, um die Anamnese aufzunehmen. Was würdest du davon halten, wenn ich Psychiater werde, Pa?«
Ich schenke mir Tee ein, stelle mich aber wieder in den Türrahmen.
»Wenn du das möchtest«, sage ich. »Aber warte doch erst mal ab, es kommen ja noch andere Famulaturen. Du wolltest doch Chirurg werden! Psychiatrie, ach, ich weiß nicht. Sagt mir nicht viel, ich kümmere mich da ja nur ums Geld, für mich ist das ein x-beliebiger Betrieb.«
Ohne zu kleckern, rührt Roemer in einem Wasserglas Öl und Essig zu einer Salatsoße. Er hat Chirurgenhände: groß, muskulös, gepflegt. Lydia schält eine Kartoffel. Sie läßt sie in den Topf fallen, der auf ihrem Schoß steht. Wasser spritzt auf.
»Das Fleisch«, sagt sie, »wann muß das Fleisch in den Ofen?«
»Das mach ich schon.« Roemer zieht den Bräter aus dem Kühl-

schrank. Darin liegt ein blaurotes Lamm, gebadet in Rotwein mit Knoblauchzehen. Ich kann nicht hinsehen. Wenn es nur schon Montag wäre.

In meinem Arbeitszimmer suche ich alle Unterlagen zum entkoppelten Kochen zusammen. Da ich immer alles aufhebe, kann ich die Angaben über die Situation vor dem Experiment mit hinzuziehen. Was hat sich verändert, wie spiegelt sich diese Veränderung in der Gesamtheit von Einnahmen und Ausgaben wider, wieso ist das Leck nicht zu lokalisieren? Es gelingt mir aber nicht, klar nachzudenken, und so schiebe ich die Papiere zusammen und stecke sie in meine Aktentasche. Morgen, im Büro.

In der Küche riecht es nach gebratenem Fleisch. Die Fenster sind beschlagen. Roemer lehnt mit einem Glas Wein in der Hand an der Arbeitsplatte, und Lydia sitzt am Tisch und zieht Bohnen ab, obwohl da ja heutzutage gar keine Fäden mehr dran sind. Ihr fällt eine Locke ins Gesicht, das macht sie jung. Worüber reden sie? Es dringt nicht zu mir durch. Eine Familie, denke ich, eine Familie in einer warmen Küche, in der jeder die Gegenstände seit Jahren kennt. Das Emaillesieb, die Salatschüssel aus dickem finnischem Glas, den orangeroten Suppentopf. Der Sohn reicht dem Vater ein Glas Wein, die Mutter läßt die Hand mit dem Küchenmesser in den Schoß sinken. Meine Augen sind weit geöffnet, wenn ich meine Familie weiter so anstarre, ohne zu blinzeln, trocknen mir noch die Hornhäute aus, und ich sehe den Sohn und die Mutter, bis ich gar nichts mehr sehe.

Die Küchentür fliegt auf, und ein kalter Windstoß treibt meine Tochter herein. Sie hat zerzauste Haare, und ihre Wangen sind gerötet. Sie lacht. Triumphierend wirft sie die Hände in den großen Fäustlingen in die Höhe, springt hoch und jubelt: »Ich hab eine Wohnung! Nächsten Monat schon. Der koreanische Geiger geht Knall auf Fall zurück, und jetzt darf ich in sein Zimmer, ich hab's gerade erfahren.« Sie erschrickt und schlägt die Hände vor den Mund.

O Biene, Tochter des Vaters und der Mutter. Du wolltest vorsichtig sein, schweigsam. Zuerst mit mir darüber reden oder, eher noch, Roemer ins Vertrauen ziehen. Dann auf einen geeigneten Moment für die nachfolgende Ankündigung warten. Zu spät. Ich sehe, wie sie sich krümmt und Lydia mit zitterndem Mund ansieht.

»Was macht ihr?« fragt sie kleinlaut. »Ach, für diesen Gast. Natürlich. Bin ich *doof*!«

Roemer will etwas sagen, kommt aber über ein hörbares Nach-Luft-Schnappen nicht hinaus. Auch er sieht zu der schmalen Frau am Tisch. Ich habe die Arme angehoben, als wollte ich ein Opfer aus einem brennenden Haus auffangen, und halte den Atem an.

»Wie wunderbar für dich, Kind«, sagt Lydia. »Wie schön, daß das geklappt hat. Herzlichen Glückwunsch!« Sie erhebt sich und gibt Biene einen Kuß. Keiner sagt etwas, ich höre das Lamm brutzeln und das Kartoffelwasser sieden. Familienszene: Mutter küßt Tochter, Vater und Sohn schauen zu. So bleiben. Nicht bewegen. Aufnahme!

Ein Auto hält vor dem Haus; es klingelt an der Tür.

Dann ein Sturm von Bewegungen, Schritten und aufschlagenden Türen. Ich stehe noch verdattert in der Küche, als eine kleine Frau in den Flur tritt. Lydia hat ihr die Hand gegeben und »Willkommen« zu ihr gesagt. Die Frau hat einen leichten Regenmantel an. Sie steht stocksteif auf der Fußmatte und blickt uns durch eine riesige Brille an, die ihre Augen größer wirken läßt. Die Haut ihres Gesichts ist gefurcht und gerunzelt, die grauen Locken machen einen frischgewaschenen Eindruck. Nichts geschieht.

»Kommen Sie, ich helfe Ihnen aus dem Mantel«, sagt Lydia endlich. »Dann stelle ich Sie meinem Mann und meinen Kindern vor. Ich habe Ihren Namen nicht richtig verstanden, könnten Sie ihn mir noch einmal sagen?« Unter der Begleitung von Lydias Worten legt die Frau ihren Mantel ab. Sie trägt ein dunkles Wollkleid mit langen Ärmeln. Geschmackvoll, scheint mir. Ihre Füße stecken in karierten Pantoffeln. Ich hebe den Blick rasch wieder an.

»Frau Onstenk. Sagen Sie einfach Annie.« Die Stimme ist unerwartet kräftig und tief. Ich gehe auf sie zu, um sie zu begrüßen. Ob sie Wein trinken darf, oder enthemmt das zu sehr, wird sich wohl auch schlecht mit ihren Medikamenten vereinbaren lassen, warum sagt Roemer nicht auch mal was, wie ist das zu handhaben? Ehe meine Unbeholfenheit hinderlich werden kann, hat Lydia sie schon mit ins Wohnzimmer genommen, und Roemer kommt mit einem Glas Wasser. Wir setzen uns alle. Man müßte Musik haben. Finge Biene doch nur an zu üben, sie hat sich nach oben geflüchtet. Soll ich sie um etwas Kleines von Bach bitten?

Roemer beginnt die Anamnese aufzunehmen. Ohne zu zögern, antwortet Frau Onstenk auf alle Fragen. Sie ist sechsundvierzig, was ich sehr jung finde, ich hatte sie älter geschätzt, als sie da so im Flur stand; sie ist nicht mehr verheiratet und hat keine Kinder; sie wohnt schon seit sechs Jahren in Am Waldrand – einer Station für chronische Fälle, wie ich weiß – und hat früher bei der Post gearbeitet. Nach jeder Antwort wartet sie mit verschränkten Armen ab, was als nächstes kommen wird.

»Oh, das weiß ich nicht mehr«, sagt sie, als Roemer fragt, wie sie in die Klinik gelangt ist. »Nächste Frage!«

»Was mögen Sie gern«, fragt Lydia, »was essen Sie am liebsten?«

Als Frau Onstenk gerade loslegen will, kommt Biene ins Zimmer. Sie hat sich umgezogen und trägt jetzt einen kurzen schwarzen Rock und eine schimmernde Bluse und Schuhe mit hohen Absätzen.

»Ich bin Biene. Sie essen bei uns. Ich decke jetzt den Tisch.«

Bei uns, sagt sie. Ich bin stolz auf sie.

»Eine Vorspeise gibt es nicht«, sagt Lydia, »aber dafür einen Nachtisch. Ich hoffe, Sie mögen Lammfleisch?«

Während die Kinder den Tisch decken, nimmt Frau Onstenk schon einmal daran Platz. Ich setze mich ihr gegenüber. Sie schaut auf die Pflaster auf meinen Händen.

»Sie sind auch vom Haus, ich habe Sie gesehen.«

Lydia trägt das Lamm herein. »Mein Mann arbeitet dort. Er ist aber kein Arzt, sondern er kümmert sich um die Verwaltung, von daher werden Sie ihn kennen.«

Jetzt sitzen wir alle um den Tisch herum. Roemer gibt jedem eine Scheibe Fleisch, und Biene schiebt Frau Onstenk die Schüsseln mit Bohnen und Kartoffeln hin. Zwei Löffel voll, drei, vier. Der Teller füllt sich bis zum Rand, Salat paßt nicht mehr darauf. Ich kann es nicht lassen, Frau Onstenk zuzusehen, wie sie das Essen vertilgt. Sie kleckert nicht, sie hält den Mund geschlossen, wenn sie kaut, sie benutzt Messer und Gabel. Hochkonzentriert ißt sie alles in großer Geschwindigkeit auf. Ich kann den Blick nicht abwenden. Lydia fragt Biene nach dem Zimmer; sie sprechen über Abmessungen, Vorhänge, Geschirr. Ich schaue auf die Runzelwangen, hinter denen das Fleisch zermahlen wird. Diese Frau hat lebhaftes Interesse am Essen.

»Wie ist das Essen auf der Station?« frage ich. »Sind Sie damit zufrieden?«

»Das ist gut«, sagt Frau Onstenk mit knarrender Stimme. »Früher haben wir mittags warm gegessen, da kam der Essenswagen manchmal schon um zwölf, und man mußte bereitsitzen. Aber jetzt essen wir abends. Suppe, Kroketten, die verschiedensten

Speisen und immer Nachtisch. Kuchen oder Pudding oder Trauben oder Pfannkuchen. Eine ganz schöne Arbeit ist das, weil man ja in die Listen eintragen muß, was man haben möchte. Das bringen sie einem dann.«

»Ist das schwer mit diesen Listen? Hilft man Ihnen dabei?«

»Wenn sie Zeit haben. Es ist ziemlich schwierig. Da steht nämlich alles durcheinander. Man muß wissen, was es ist und worauf man Lust hat.«

Ich habe mein Besteck hingelegt und beuge mich zu ihr hinüber.

»Dürfte ich so eine Liste wohl mal sehen?«

Frau Onstenk greift zu der Segeltuchtasche, die an ihrem Stuhl hängt, und zieht daraus einige DIN-A4-Blätter hervor. Sie studiert sie genauestens und wählt dann eines aus, das sie mir über die Schüssel mit dem Lammfleisch hinweg reicht.

»Möchten Sie noch etwas?« fragt Roemer. Frau Onstenk nimmt eine Portion Salat. Ich werfe einen flüchtigen Blick auf das Bestellformular. Es ist in fünf Kästchen unterteilt, die mit Auswahlmöglichkeiten vollgeschrieben sind. Vorspeisen, Hauptgerichte, Gemüse, Beilagen, Nachspeisen. Ich halte das Blatt so fest in der Hand, daß es in meinen Wunden zieht.

»Man *muß* etwas ankreuzen«, sagt Frau Onstenk. »Wenn man nichts ankreuzt, bekommt man *alles*. Das muß man lernen.«

»Und wie ist das dann?« Laß sie reden, unterbrich sie nicht, lenk sie nicht ab! Frau Onstenk ißt Salat. Ihre gefurchten Kiefer mahlen und mahlen. Sie schluckt.

»Knifflig«, sagt sie. »Frau Pasman, die ist zu dick. Der Doktor hatte gesagt: keine Kartoffeln. Sie dürfe nur das Gemüse essen. Aber als abends das Essen kam, war auf ihrem Tablett alles drauf.«

Ich nicke und lese aus dem Formular vor. »Kartoffelbeilagen: gekocht, gebraten, Püree, Pommes frites; statt Kartoffeln: Spaghetti, Makkaroni, weißer Reis, Naturreis.«

»Und Herr Moens will keine Vorspeise, weil die den Appetit nimmt, sagt er. Der bekommt jeden Tag Hühnersuppe, Tomatensuppe, Krautsalat, Wurstsalat, Krabbenkroketten und Frühlingsrolle.«

Sorgfältig falte ich das Formular zweimal zusammen und stecke es in meine Innentasche. Ich lehne mich auf meinem Stuhl zurück und seufze.

Frau Onstenk löffelt ihren Nachtisch hinunter, erhebt sich und setzt sich vor den Fernseher. Sie wartet auf irgend etwas. Ihre Füße in den karierten Pantoffeln stehen nebeneinander auf dem Boden. Wir erheben uns noch nicht vom Tisch, räumen noch nicht ab, setzen noch kein Wasser für Tee oder Kaffee auf. Wir sitzen zu viert still an dem Tisch, an dem wir schon zwanzig Jahre sitzen.

»Als sie dann dünn geworden war, ist sie weggegangen«, tönt es aus dem Sessel von Frau Onstenk. Ihre grauen Locken schauen über der Rückenlehne hervor. »Das ist nicht so schön, wenn manchmal plötzlich einer weggeht, die wohnen dann für sich, im Übergangshaus. Es gibt dann Torte zum Kaffee, und dann kommt der Bus. Das ist nicht schön.«

Frau Onstenk bricht in herzzerreißendes Schluchzen aus.

Alle schlafen schon, aber ich sitze noch an meinem Schreibtisch. Ich schreibe einen Bericht über das Fehlschlagen der Lenkungsprozesse im Projekt entkoppeltes Kochen. Den werde ich morgen dem Direktor vorlegen. Soll ich ihm auch gleich davon abraten, Patienten so ohne weiteres außerhalb essen zu lassen, oder gehe ich damit zu weit? Was ich davon halte, steht jedenfalls fest, nach heute abend.

Frau Onstenk war nicht zu trösten. Roemer machte den Fernseher an, doch auch während des Sportstudios rannen ihr die

Tränen unaufhörlich durch die tiefen Wangenrunzeln. Biene holte Wasser, ein Taschentuch, tätschelte ihre Hände. Es half alles nichts. Lydia, die wie versteinert am Tisch sitzen geblieben war, suchte schließlich die Nummer für den Notfall heraus und rief an. Binnen einer Viertelstunde war das Taxi da, um unseren weinenden Gast abzuholen. Ich bin ein Experte aus Erfahrung.

Unter den Bericht setze ich meine Unterschrift. Ich recke mich und gehe in die Küche. Die Spüle blitzt. Alles ist abgewaschen und aufgeräumt, nichts zeugt mehr von irgendwelcher Unruhe oder Verwirrung. Es ist nichts im argen, wir haben den Abend überstanden, das Rätsel ist gelöst, ich kann schlafen gehen.

Biene und Lydia schlafen noch, als ich aus dem Haus gehe. Roemer ist schon lange weg, er wurde um sieben zur Patientenübergabe erwartet. Es ist bewölkt und naßkalt. Regen. In meiner Tasche stecken die Papiere, die ich gestern nacht getippt habe, um sie dem Direktor zu übergeben. Die Auswahlliste von Frau Onstenk habe ich als Anlage beigefügt.

»Er ist heute vormittag nicht da«, sagt Ans Kuilboer. »Er ist im Ministerium. Ich könnte seine Sekretärin bitten, kurz Bescheid zu geben, wenn er wieder da ist, ja? Möchtest du Kaffee?«

Ich schüttele den Kopf und gehe in mein Zimmer zurück. Überall ist es kalt. Das liegt daran, daß sie im Hauptgebäude am Wochenende die Heizung abstellen. Wenn Biene ausgezogen ist, kann ich die Heizkörper im Dachgeschoß zudrehen. Auch bei den Telefongebühren sind Einsparungen zu erwarten. Die Lebensmittelkosten werden sinken. Obwohl, als Roemer wegging, hat Lydia noch lange Zeit für vier gekocht. Sie konnte sich nicht daran gewöhnen. Soll ich dem Direktor meinen Bericht schon mal auf den Schreibtisch legen? Nein. Wenn er nicht da ist, bekommt er ihn auch nicht. Ich mache jetzt die Post.

In der Kantine stinkt es nach Tomatensuppe und nassen Män-
teln. Aus der Raucherabteilung steigt ein übelkeitserregender
Qualm auf. Ich habe mir vom Pfleger in der Sanitätswache die
Hände verarzten lassen. Die Wunden sehen gut aus. Sie jucken,
das ist ein Zeichen dafür, daß sie heilen. Die Suppe esse ich an
Ort und Stelle auf, die belegten Brötchen nehme ich mit in mein
Zimmer. Die Tür zur Abteilung von Ans Kuilboer mache ich
zu, die Tür zum Gang lasse ich offen. Ich brauche Luft. Auf dem
Schreibtischrand liegt mein Bericht. Soll ich eine schöne Hülle
drum herummachen lassen? Ach nein, verlorene Liebesmüh. Er
hätte längst weg sein müssen.

Unvermittelt steht der Direktor im Zimmer. Er ist noch im
Mantel, und Regen tropft ihm aus den Haaren. Sein Gesicht ist
starr vor Kälte.

»Gut, daß du gleich gekommen bist«, sage ich. »Ich habe dir
einiges zu erzählen. Mir scheint, der Fall ist gelöst!« Ich erhebe
mich, nehme den Bericht und wedele damit vor seinem Gesicht
herum. »Permanent Augen und Ohren offenhalten, dann ergibt
sich zwangsläufig ein glücklicher Zufall. Ich werde dir alles genau aufzeigen.«

Er sieht mich verständnislos an.

»Setz dich mal eben, Fred.«

»Aber ich – hast du schlechte Nachrichten vom Minister?«

»Nein. Ja. Schlechte Nachrichten. Du weißt es noch nicht?«
Wie sehr meine Hände plötzlich weh tun. Ich lasse mich auf
meinen Schreibtischstuhl nieder. Der Direktor zieht sich einen
anderen Stuhl heran und setzt sich direkt vor mich. Ich lege den
Bericht auf meinen Schoß und halte ihn fest.

»Mit Lydia steht es nicht zum besten, Fred«, sagt der Direktor. »Wir mußten sie wieder einweisen.«

»Ach wo. Gerade gestern ging es ihr ganz fabelhaft. Sie hat
für eine Patientin gekocht. Du irrst dich.«

»Dank dieser Patientin waren wir rechtzeitig bei ihr. Sie hat wieder einen Selbstmordversuch unternommen. Mit Tabletten. Wie sie an die gekommen ist, wissen wir noch nicht. Hat der Hausarzt ihr etwas gegeben?«

»Aber gestern – diese Frau war aber doch weg? Heute morgen hat sie ganz normal geschlafen. Die Küche war so schön aufgeräumt. Was?«

»Frau Onstenk war heute nacht sehr aufgewühlt. Sie konnte sich gar nicht beruhigen, daß sie vergessen hatte, Lydia Blumen mitzubringen. Da hat dann ein Betreuer heute morgen mit ihr einen Blumenstrauß gekauft, und mit dem sind sie zu euch gefahren. Es machte niemand auf. Jack, der Betreuer, wollte schon wieder weggehen, aber Annie Onstenk ist plötzlich ums Haus herum zur Küchentür gerannt. Dort hat sie Lydia auf dem Fußboden liegen sehen und geschrien.«

Biene. Biene war aber doch zu Hause? Oder war sie schon weggeradelt, mit ihrer Geige?

»Es war niemand im Haus, wir mußten die Tür aufbrechen. Der Krankenwagen war schnell zur Stelle. Ihr ist der Magen ausgepumpt worden. Sie ist noch nicht bei Bewußtsein. Möchtest du ein Glas Wasser?«

Ihr Magen. Sie hat gestern nicht viel gegessen. Ich sehe Frau Onstenk vor mir, in ihren karierten Pantoffeln in unserem nassen Garten, mit einem Strauß Astern winkend. Lydia war so nett zu ihr, so beherrscht. So gesund.

»Geht es?« fragt der Direktor. »Komm doch gleich mal eben mit, dann kannst du sie sehen. Und da sind ein paar Formalitäten zu erledigen.«

Automatisch stehe ich auf und hole meinen Mantel. Den Bericht stecke ich zusammengerollt in meine Tasche. Der Direktor macht mir die Tür auf und läßt mich vorausgehen. Draußen weiß ich nicht, in welche Richtung wir müssen. Er faßt mich bei

der Schulter und steuert mich über den asphaltierten Weg tief
ins Gelände hinein.

»Da ist noch etwas Unschönes«, sagt er. »Dein Sohn. Der
scheint hier ja Famulant zu sein.«

»Er hat vorige Woche angefangen. Es gefällt ihm sehr gut.
Ruhig fand er es.«

»Ja, das ist nicht das Problem. Er arbeitet in der Aufnahme,
er war dabei, als Lydia eingeliefert wurde. So etwas darf natürlich nicht sein. Er hat einen ziemlichen Schrecken bekommen.«

»Roemer wird Arzt«, sage ich. »Chirurg. Und meine Tochter
Biene macht eine Ausbildung zur Geigerin. Sie zieht demnächst
aus. Die Kinder sind selbständig. Sie arbeiten hart, alle beide. Ein
gutes Gefühl für uns, das zu wissen. Häufig kommen die Kinder ja nicht so zurecht. Aber wir können nicht über unsere Kinder klagen. Nicht im geringsten. Im Gegenteil.«

»Hier ist es, Fred.« Der Direktor steckt einen Schlüssel ins
Schloß, die Tür öffnet sich. Ich weiche zurück. Hier war es. Hierher bin ich Tag für Tag gegangen, um eine halbe Stunde lang
einem Menschen gegenüberzusitzen, der schwieg. Und schweigend kamen wir überein, auch weiterhin zu schweigen. Ich habe
mir vorgenommen, nie wieder einen Fuß in dieses Gebäude zu
setzen. Ich werde hineingeschoben.

Es sieht verändert aus. Die Türen und Scheuerleisten sind
knallrot gestrichen, und der Gemeinschaftsraum ist kleiner geworden. Der Posten »Umbaumaßnahmen für bestehende Gebäude«: Jeder Patient sollte sein eigenes Zimmer bekommen.
Sicherheitsglas in den Fenstern und den Zwischenwänden, das
sind »gebäudespezifische Kosten«. Im hinteren Teil des Pavillons befindet sich der Krankensaal. Auf einem hohen Bett liegt
ein schnarchender Mann. Der Direktor fordert mich auf, mich
umzudrehen. Hier ist viel zuviel Licht; was für eine Energiever-
schwendung für ein Zimmer, in dem lediglich geschlafen wird.

Sie liegt in der Ecke. Auf ihrem Handrücken ist eine Infusion angelegt. Sie ist beinahe so weiß wie der Kissenbezug. Die Haut ihrer Lippen ist gesprungen. Gestern um diese Zeit hat sie Brechbohnen abgezogen. Eine Schwester kommt, um Blutdruck und Puls zu messen. Sie schreibt ihre Befunde auf ein Blatt in einer dunkelblauen Plastikhülle. Dann klopft sie Lydia links und rechts auf die Wange.

»Aufwachen, Frau te Velde! Ihr Mann ist hier!« Man hört ihrer Stimme an, daß sie nicht daran glaubt.

Der Direktor hat seinen Mantel ausgezogen und bringt mich in ein Zimmer oder Büro etwas weiter den Gang hinunter. Ich behalte meinen Mantel an. Ich fühle den zusammengerollten Bericht in meiner Tasche.

Am Fenster steht Roemer, die Hände in den Taschen, ohne weißen Kittel. Er dreht sich um. Er hat geweint.

Wenn jetzt noch Biene hier ein Konzert gäbe, wären wir wieder alle vier beisammen, denke ich. Konservatoriumsschüler müssen sich ja im Auftreten üben, und für die Patienten wäre es eine willkommene Abwechslung. Manche sagen, Musik habe eine heilende Wirkung.

»Warum hast du nie was gesagt«, herrscht Roemer mich an. »Warum muß ich das hier erfahren, verdammt? Eine Wiedereinweisung. Sie haben die alte Krankenakte hinzugezogen. Suizid-Rezidiv, sagten sie. Ich hab überhaupt nicht kapiert, wovon sie redeten. Meine eigene Mutter.«

»Du warst nicht da. Du warst gerade ausgezogen. Ich wollte dich nicht damit belasten. Es hat sich ja auch wieder gegeben.«

Roemer tritt gegen den Schreibtisch und geht an mir vorbei zur Tür. Sohnemann, Junge.

»Ja, ich hatte meine Bude, noch nicht mal einen Monat. Und was ist gestern passiert? Was ist mit dieser netten Ankündigung meiner Schwester? Du bist ja *so* blöd, *so* kurzsichtig, *so* egoistisch! Sieh doch zu, wo du bleibst. Ich gehe.«

Es dauert und dauert. Zitternd bewegt sich der große Zeiger über die Minutenstriche. Auf dem Gang ist Geschrei, aber ich habe die Tür zugemacht. Wenn einer nicht wach ist oder im Koma liegt, kann er keine Essensliste ausfüllen. Wird dann eine Auswahl aller verfügbaren Gerichte gebracht oder gar nichts? Ich müßte die Weiterbearbeitung der Essensbestellungen noch näher untersuchen. Wie wird das in den Computer eingegeben, mit einem Scanner oder von einer minderbemittelten Aushilfskraft? Ein Krankenhaus ist unendlich viel komplizierter, als den meisten Menschen klar ist. Automatisierte Auswertung, darauf tippe ich, sonst hätte man den Fehler doch entdeckt.

Der Direktor kommt zurück. Er trägt ein Tablett mit zwei Plastikbechern Tee. Zuckertütchen und Rührstäbchen sind unordentlich danebengeworfen worden.

»Eine sehr schwierige Situation für euch. Und eine höchst unglückliche Verkettung von Umständen, daß dein Sohn hier Dienst hatte. Wenn auch entschuldbar: Es eilte, sie mußte ins nächstgelegene Krankenhaus. Und hier kannte man sie. Sobald sie bei Bewußtsein ist, werden wir sie verlegen, das ist doch sicher auch in deinem Sinne, nicht? Ich habe Roemer für den Rest der Woche freigegeben. Ich hielte es übrigens für besser, wenn er seine Psychiatrie-Famulatur woanders macht. Ich werde mit ihm darüber sprechen.«

Langsam rühre ich den Zucker im Tee um. Ich bin ganz und gar nicht für solche Plastikbecher zu haben. Zu heiß, als daß man sie in der Hand halten könnte, und außerdem nehmen warme Getränke darin einen unangenehmen Beigeschmack an. Ich ziehe den Bericht aus meiner Tasche und reiche ihn dem Direktor.

»Wo wir uns gerade sprechen«, sage ich, »kann ich dir verraten, daß das Geheimnis um das entkoppelte Kochen gelöst ist. Ich bin einem gravierenden Fehler in der Informationsverarbeitung auf die Spur gekommen.«

»Fred, meinst du nicht, du solltest dir auch ein paar Tage freinehmen?«

»Ich muß die administrative Unterstützung im Verpflegungsbereich noch einmal genauer untersuchen, da steckt der Fehler. Binnen einer Woche kann ich dich dann näher darüber informieren. Es ist ein außerordentlich dummes System, ich möchte ja mal wissen, wer das eingeführt hat.«

»Du solltest nach Hause gehen, Fred, zu deiner Tochter. Kannst du fahren, oder soll ich dich rasch nach Hause bringen lassen?«

Ich stehe auf. »Du würdest mir einen Gefallen tun, wenn du diesen Bericht von mir annimmst. Lies das mal genau durch. Es ist nicht zu glauben. Das wirft ein äußerst unvorteilhaftes Licht auf die Qualitätsüberwachung der Serviceleistungen in unserem Krankenhaus. Verschwenderisch. Inkompetent. Skandalös. Erschreckend. Beängstigend. Traurig. Zum Verzweifeln.«

Der Direktor faßt mich behutsam bei der Hand, er möchte mir nicht weh tun. Den Bericht hat er mitgenommen. Wir gehen hinaus. Der Regen schlägt uns ins Gesicht.

# — *Der Mann, der Enttäuschungen liebte* —

Sie hatte eine gute Stunde Fahrt nach Hilversum eingeplant, sagte sie. Um neun Uhr sollte die Sendung beginnen, und schon um kurz nach acht befand sich meine Freundin auf dem Ring um die Stadt. Neben ihr auf dem freien Sitz lag eine Karte vom Gooi, ein Stadtplan mit Straßenverzeichnis und die Wegbeschreibung vom Sender, der sie eingeladen hatte. Wegen der tiefstehenden Sonne konnte sie die Straßenschilder nicht lesen, und schon bald wußte sie nicht mehr, wo sie war. Anfangs hatte sie noch in aller Ruhe am Straßenrand angehalten, die Sonnenbrille vom Boden aufgehoben und ihre Lesebrille aus der Handtasche genommen. Sie hatte versucht, durch eine Seitenstraße ein Stück zurückzufahren, doch orange Umleitungsschilder hatten sie zu einem verlassenen Einkaufszentrum geleitet, das sie auf ihrem Plan nicht lokalisieren konnte. Umdrehen ging nicht, überall war Einbahnverkehr.

Da war sie in Wut und ins Schwitzen geraten. Die Karte verheddderte sich im Bändchen ihrer Lesebrille. Sie zog daran und brach einen der Brillenbügel ab. Die Wegbeschreibung rutschte auf den Boden. Hinter ihr wurde ungeduldig gehupt. Fünfzig Jahre alt, hatte sie gedacht, und immer noch nicht den Weg finden können, obwohl sie doch zu Hause eingehend den Stadtplan studiert hatte und mit der rechten und der linken Hand durch die Luft gefahren war, um sich die Richtungen gut einzuprägen. Sie war auch schon öfter hiergewesen, und sie war

Schriftstellerin, sie konnte nachdenken. Aber nun hockte sie mit Tränen in den Augen da und schlug ohnmächtig auf das Lenkrad ein. Nie wieder. Von jetzt an würde jeder, der sie in seiner Sendung haben wollte, sie abholen und wieder nach Hause bringen müssen. Sie hatte dann bei einer Tankstelle nach dem Weg gefragt und war freundlich zur falschen Sendeanstalt dirigiert worden. Von dort hatte sie eine Viertelstunde lang um aufgerissene Kreuzungen herummanövrieren müssen, ehe sie beim richtigen Gebäude war.

Die Sonne ging unter. Sie nahm die Sonnenbrille ab, warf die Lesebrille aus dem Fenster und zog den Zündschlüssel heraus. Tief durchatmen und ruhig aussteigen, dachte sie. Die Kleidung glattstreichen und sich besinnen, worum es gleich wieder ging. Fußball. Das morgige Spiel. Sie fragte sich, ob es wohl eine Livesendung war. Sie hoffte nicht, denn eine ferne Turmuhr setzte gerade zu neun Schlägen an.

Der Parkplatz lag am Fuß eines riesigen Platzes, über den ein Mann auf sie zugerannt kam. Er packte meine Freundin beim Arm und schleifte sie in straffem Tempo zum Eingang, wobei er brummte, daß sie zu spät sei. Auch im Gebäude ließ er sie nicht los, während er sie, durch dunkle Gänge mit verwaisten Sitzgelegenheiten rennend und über dicke Kabelstränge springend, treppauf, treppab zog.

Im hell erleuchteten Studio saßen Leute an Schaltpulten. Es roch nach abgestandenem Kaffee. Über der Tür zum Aufnahmeraum brannte eine rote Lampe. Sie wurde hineingeschoben, der Mann zeigte auf einen freien Stuhl an dem hufeisenförmigen Tisch.

Sie hatte sich gesetzt und ihre Zigaretten vor sich auf den Tisch gelegt. Philip Morris. Zu ihrer Linken saß der korpulente Kolumnist grinsend hinter seinen Gauloises, zu ihrer Rechten zündete sich der ehemalige Fußballspieler eine Marlboro an. Rot,

Weiß, Blau. Der Gesprächsleiter warf ihr einen vorwurfsvollen Blick zu. Er gab gerade eine überschwengliche Einleitung, und schon jetzt war seine Brille beschlagen. Also doch live. Ein spontanes Gespräch über Fußball und Kunst. Sie zog unter dem Tisch ihre Schuhe aus.

Das Gespräch wollte nicht so recht in Gang kommen, erzählte meine Freundin, auch nicht, als stimmungsvolle Fußballmusik eingespielt wurde. Der Kolumnist hatte von Fußball keine Ahnung und kicherte höhnisch, als der Moderator etwas von Kunst sagte. Meine Freundin kann zwar schreiben, aber das, was sie über Fußball weiß, erstreckt sich weitgehend auf den familiären Hintergrund der Spieler. Als sie unterhaltsam vom Zusammenhang zwischen Fußballtalent und Familiengröße (van Vossen! Bogarde!) erzählte, unterbrach sie der Moderator. Das habe nichts mit Kunst zu tun. Sei Fußball denn nicht eine Form von Tanz? Der Moderator drückte auf einen Knopf, und die Stimme eines berühmten Ballettfürsten, der Schmeichelhaftes über das Gefühl gewisser Ajax-Spieler für Tempo und Rhythmik sagte, erfüllte den Raum. Der korpulente Kolumnist wieherte. Und zu ihrer Rechten nahm meine Freundin eine zunehmende Hitze wahr. Der ehemalige Fußballspieler gab gequälte Laute von sich und blies den Rauch seiner Zigarette hörbar zwischen den Zähnen hindurch aus. Dabei starrte er unverwandt auf seine geballten Fäuste, die vor ihm auf der Tischplatte lagen. Die Haare hingen ihm wirr über die Augen.

Sie überlegte, was sie Konstruktives zu Fußball als Bewegungskunst sagen könnte. Gab es wohl eine Choreographie für Fußballspiele, so daß man ein besonders gelungenes Spiel in Gänze wieder einstudieren konnte? Fußballer betätigten sich ja genau wie Tänzer nach ihrem fünfunddreißigsten Lebensjahr so gut wie alle als Lehrer. Und gab es Übereinstimmungen oder eher Unterschiede in bezug auf die geschlechtliche Identität?

Sie brauchte sich ihres Gesprächsstoffs aber gar nicht zu bedienen, denn sobald das Band mit dem Ballettkommentar zu Ende war, explodierte der ehemalige Fußballspieler. Totaler Quatsch, das Ganze, schnaubte er. Wieso hätten sie ihn bloß hinter seinem Kamin hervorgezogen, um sich so einen Käse anzuhören? In dieses blöde Loch eingesperrt! Er wolle weg, er mache nicht mehr mit, nie wieder, er habe die Schnauze voll davon, restlos. Zum Kotzen sei das, hatte er gesagt, zum Kot-zen. Bei der Erinnerung daran wurde meine Freundin ein bißchen rot. Er hatte eine sympathische Stimme, fand sie.

In dem kleinen Raum war eine intensive, erstickende Stille eingetreten. Dem Moderator hatte es die Sprache verschlagen. Der Kolumnist lehnte, auf den hinteren Stuhlbeinen wippend, an der Wand und gluckste vor sich hin. Die Sekunden tickten weiter. In wie vielen Autos, Küchen und Wohnwagen mochten jetzt wohl verdutzte Zuhörer an den Knöpfen ihrer Radios drehen, um diesen Sender nie wieder einzuschalten? Hinter dem Fenster zum Technikraum sah sie die fassungslosen Mienen des Aufnahmeteams. Sie hatte rasend schnell überlegt: daß er recht hatte, der ehemalige Fußballspieler, daß sie gern mit ihm nach draußen gerannt wäre, um nach Herzenslust weiterzuschimpfen; daß sie die Situation vielleicht dadurch zu retten versuchen sollte, daß sie vorgab, sie hätten gerade die neue *Sudden-death*-Regel demonstriert; daß sie hier mit drei schweigenden Männern gefangensaß, die aus drei verschiedenen Gründen nichts mehr sagen würden. In einem Live-Talk.

Dann hatte sie sich dem Fußballer zugewandt und ihn gefragt, ob ihm das Fußballspielen, nachdem er seine Laufbahn wegen einer schweren Verletzung urplötzlich hatte abbrechen müssen, eigentlich gefehlt habe. Daraufhin hatte er den ärgerlich gesenkten Kopf gehoben und sie angesehen, wobei er den Mund mit den unregelmäßigen Zähnen schief zog. Nicht einen Moment, hatte er gesagt. Nie. Absolut nicht. Dann hatte er beinahe verlegen gelächelt und flüsternd hinzugefügt, daß ihm Enttäuschungen eigentlich lieb seien.

Meine Freundin ist meine Nachbarin. Wir unterhielten uns auf dem Parkplatz hinter unseren Häusern. Es war ein lauer Abend. Wir setzten uns auf die Stoßstangen unserer nebeneinanderstehenden Autos und rauchten.

Das sei nicht die gängige Anmache gewesen, sagte sie, als ich am Ende ihrer Erzählung kritisch die Augenbrauen hochzog. Leidende Männer seien nicht ihr Fall. Genausowenig wie Männer, die verloren, weil sie nicht wußten, was sie mit einem Sieg anfangen sollten. Nein, er habe etwas anderes damit gemeint, etwas Tieferes, etwas Bedeutsames. Das lasse sie nicht los.

Ich schwieg. Sie erzählte, wie es dann ausgegangen war, wie sie alle ein wenig steif und peinlich berührt im Foyer gestanden und sich voneinander verabschiedet hatten. Sie hatte dem Moderator und dem Kolumnisten die Hand geschüttelt, dem Fußballer aber einen Kuß gegeben. Warum? Körpersprache, glaubte sie. Der korpulente Kolumnist bot seinen Bauch dar, und seine ausgestreckte Hand war das einzige gewesen, woran man herankam. Der ehemalige Fußballer dagegen streckte das verlebte Gesicht vor und versteckte den gekrümmten Leib dahinter. Da war ihr gar nichts anderes übriggeblieben, als dieses Gesicht zu küssen.

Ich schnaubte.

Einige Monate später sah ich, als ich spätabends nach Hause kam, bei meiner Freundin das bläuliche Licht des Fernsehers im Fenster flackern. Sie öffnete die Tür und schenkte mir gleich einen Whisky ein. Auf dem Fußboden neben dem Sofa stand eine geleerte Weinflasche. Feyenoord gegen Rapid Wien, sagte sie. Sie habe sich den ganzen Tag auf das Spiel gefreut, habe morgens, bevor sie weggegangen sei, eine Flasche dafür kaltgestellt, und dann sei nach nur zwei Minuten alles vorbei gewesen. Drei zu null, sagte sie, glaube ich. Ein nicht mehr aufzuholender Rückstand. Alles war danebengegangen, und auf dem Platz hatte es Bindfäden geregnet. Sie hatte erwogen, diese Enttäuschung in etwas Produktives umzumünzen: ein freier Abend, sie konnte ein Buch lesen oder schreiben. Doch sie war wie gelähmt mit der Flasche vor dem Bildschirm sitzen geblieben. Alle Spieler mit einsilbigen Namen sollten raus, sagte sie. Heus, Bosz, Maas, Vos, weg damit. In der Abwehr sollte eine Silbenkette gebildet werden, durch die kein Ball mehr hindurchkäme: Schui-te-man, Bo-a-teng, Zwij-nen-berg. Das Wunder der Enttäuschung sei ihr noch nicht entdeckt worden.

Ich hatte dann viel um die Ohren und sah sie eine Zeitlang nicht. In der Zeitung las ich hin und wieder Berichte über die Fußballeuropameisterschaften. Mir schien, daß die Leistungen der niederländischen Nationalelf reichlich Stoff für die Enttäuschungsuntersuchung hergaben, mit der meine Freundin befaßt war. Enttäuschung hängt mit Verlust zusammen, dachte ich. Jeder Verlust ist ein Gewinn, aber wie? Dir klatscht deine bleischwere Zehntausend-Gulden-Kamera in die Schlucht, und du läufst erleichtert und behende den Berg hinauf. Nichtsahnend stürmst du ins Schlafzimmer, wo dein Freund mit einer Fremden im Bett liegt. Du sprengst das Haus mit deinem gesamten Hab und Gut in die Luft und fängst befreit ein neues Leben an. Sollte man die Enttäuschung als eine Herausforderung betrachten und unverdrossen seine Ziele weiterverfolgen? Oder war sie vielmehr ein Freibrief für Veränderung, konnte Feyenoord sich zu einem erfolgreichen Fischgeschäft mausern? So einfach konnte

Jahr auf den Beinen gehalten. Der Fußballer hatte sie erschrokken angestarrt.

»Das kann ich niemals gesagt haben«, sagte er. »Ich hasse Enttäuschungen!«

Und dann hatten sie sich geraume Zeit schweigend angesehen.

## — *Finale* —

Die französischen Frauen fangen schon um elf Uhr morgens an, den Fisch zu putzen. Aus den Luken über der Reihe der Spülbecken dünstet es noch nach Duschschaum und Parfüm. Sie greifen zu ihren Messern, ihren Scheren, ihren Schuppenschabern und fallen über die Fische her. Ihre kompakten geblümten Hintern bilden eine undurchdringliche Mauer. Ich komme da nicht zum Zuge. Salat waschen. Aber wie? Ein Sieb müßte ich haben. Die Frau von unseren hinteren Nachbarn wirft einen Blick über ihre Schulter und sieht durch mich hindurch. Sie sticht die Spitze ihrer Schere in den Fisch und schneidet ihn auf. Blut und Innereien ergießen sich in das weiße Waschbecken und bewegen sich mit dem Wasser zum Abfluß. Ob ich schwanger bin? Es stinkt hier.

Fisch braten könne ich nicht, sagt er. Er hat recht. Alle französischen Campingplätze haben einen Bereich für Dauergäste. Da stehen Wohnwagen wie Häuser. Auf dem Grundstück zwischen Treppe und Hecke sind Waschmaschinen, Kühlschränke und Herde installiert. Wir müssen jetzt auch mittags warm essen, es genauso machen wie sie. Sagt er. Danach Mittagsruhe im Zelt, wenn es am heißesten ist.

Der hintere Nachbar hat schon das Feuer geschürt, um den Fisch darauf in Empfang zu nehmen. Er trägt Shorts aus glattem, graublauem Stoff. In der Leistengegend werfen sie Falten.

Mit dem triefenden Salat in der Hand stehe ich vor dem Zelt.

Ich knie mich unter das Vordach, bekomme den Gaskocher auf Anhieb an und lege die Steaks in die kleine Bratpfanne. Das Feuer heult wie ein Orkan, es übertönt alles, was man sonst noch hören könnte. Es frißt am Gesicht.

Plötzlich steht er mit dem Baguette hinter mir. Nackte Füße, behaarte Unterschenkel. Ich bitte ihn, die Teller bereitzustellen, und wende, über der Pfanne schwitzend, die Steaks.

Dann sitzen wir zu beiden Seiten des Campingtischs. Unser Zelt steht auf einem Graswall, und wir blicken auf den Wohnkomplex der hinteren Nachbarn hinunter, die beide mit der Zubereitung ihres Fischs beschäftigt sind. Der Salat ist naß, aber er sagt nichts darüber. Er erzählt, daß er beim Bäcker einen sympathischen Mann kennengelernt hat. Der mit seiner Familie in einem Bungalowzelt hier ist und einen Geländewagen hat und Fernsehen. Franzosen. Sie ist in unserem Alter, er etwas älter, sie haben kleine Kinder.

Woher weißt du das alles, bist du bei ihrem Zelt gewesen? frage ich. Er hat sich Werkzeug geborgt, Wagenheber oder Gabelschlüssel, das bekomme ich nicht so richtig mit, damit er endlich das Auto reparieren kann, aber ich lehne mich in meinem Campingstuhl zurück und lasse den Blick zu den Bergen in der Ferne schweifen. Schnee, kühle Luft, Eiseskälte. Ob ich nichts mehr essen möchte? Er nimmt sich die übriggebliebene Hälfte von meinem Steak. Ich höre, wie seine Zähne das Fleisch zerquetschen. Er hat sein Shirt ausgezogen und reibt sich über die Brust, über die kindlich-rosaroten Brustwarzen zwischen den Haaren.

Ich stehe auf und stapele das schmutzige Geschirr in die Spülschüssel. Er sagt etwas, ich schaue auf – soll ich mal für dich abwaschen, sagt er. Für mich. Er will für mich zum Waschplatz gehen, für mich die fettigen Messer unter den Wasserhahn halten, sie mit viel zuviel und zu scharf riechendem Spülmittel bespritzen, sie wieder säuberlich in die abgetrocknete Plastikschüssel legen, für mich, für mich.

Ich zucke die Achseln und versuche die Gläser senkrecht in die Schüssel zu stellen, neben die Teller und auf das Besteck. Ich dachte, ich hätte für uns gekocht. Er denkt, ich koche für ihn. Mit schwerem Kopf und zu großen Schritten gehe ich zum Waschplatz. Das Geschirr klappert in der Schüssel, die ich an mich drücke. Fettflecken auf meinem Kleid. Ich ziehe die Nase hoch und blinzle ein paarmal. Für ihn also. Für ihn ist das gedacht, für ihn geschieht das alles hier. Das Essen, mein roter Bikini, das Rumgemache nachts im Zelt. Für ihn, nicht für uns.

Bei den Spülbecken ist es still. Wir waren sicher zu schnell fertig mit dem Essen. Hier sind Wasserhähne, die man durch Knopfdruck betätigt und bei denen der Wasserstrahl im Nu wieder versiegt. Nur die Spüle am Ende hat einen normalen Hahn, bei dem das Wasser weiterläuft. Ich leere die Schüssel aus und fülle sie mit lauwarmem Wasser. Ich beuge mich vor und tauche das Gesicht hinein. Vor meinen Augen schimmert es rötlich. Durch Nase und Mund sauge ich Wasser ein. So könnte man ertrinken. Dann richte ich mich mit triefendem Kopf auf und greife zum Spültuch. Den Lappen an meine Wangen gedrückt, setze ich mich auf die Stufen, die zum Waschplatz führen, und stütze die Arme auf die Knie. Ich lege die rechte Wange auf den Arm und blicke zum Schwimmbad hinüber, das weiter links liegt. Aufspritzendes Wasser, krakeelende Kinder, auf dem Boden ausgestreckte Mütter mit entblößtem Oberkörper. Auf der überdachten Caféterrasse am Beckenrand sitzen Männer im Halbkreis um einen auf die Theke gestellten Fernsehapparat. Er strahlt grünliches Licht aus; von meiner Position aus kann ich nur etwas sich Bewegendes sehen, kein Bild. Von Zeit zu Zeit springen die Männer gleichzeitig von ihren Stühlen auf und setzen zu einem Schrei an, der in einem Seufzen erstirbt, wenn sie sich wieder hinsetzen. Um den Rasen, auf dem die Frauen liegen, ist ein grobmaschiger Drahtzaun gezogen. Zwei kleine Kinder haben die Finger in die Drahtfensterchen gehakt und spähen durch das Geflecht.

Ich könnte ihn doch fragen! Warum sagst du das denn jetzt, daß du für mich abwaschen willst? Dann wird er mir einen schiefen, leicht ermüdeten Blick zuwerfen. So halt, wird er sagen. So wie Sommer, Sonne, trallala. So halt. Ich presse das Geschirrtuch an die Augen. Schritte. Er kommt mich holen. Ich sehe nicht hin.

Blinde hören viel besser als Leute, die sehen können. Sie hören ein Kind einen Kreis zeichnen, erkennen am Schmatzen, was einer gerade ißt, und können Gewicht, Geschlecht und Schuhart von Passanten unterscheiden. Er ist es nicht.

In dem kleinen Gebäude hinter mir wird mit Türen geschlagen. Irgendwer läßt Wasser plätschern. Stimmen von zwei Frauen, die sich laut miteinander unterhalten, in kurzen Sätzen.

Urlaub ist gleich waschen. Geschirr, Kleidung, Körper. Alles wird mit Seife eingeschmiert und unter einen Wasserstrahl gehalten. Dabei muß man schreien wie bei einem Gespräch während eines Orkans.

– Wär ich doch nur tot.

– Den Fettfleck kriege ich nicht raus.

– Heute abend hänge ich mich auf.

– Ich wollte Nierchen machen.

Und so weiter und so fort. Alles in den Wind.

Es komme ihm so vor, als sei er schon mal hier gewesen, sagte er am ersten Abend, als wir zufrieden vor dem straff gespannten Zelt auf unseren Stühlen saßen. Diese Aussicht. Als wenn er zu Hause wäre. Er ließ den Blick über das Grün wandern, sah die essenden Menschen, die an den Zeltleinen hängenden Badeanzüge, die spielenden Kinder. Hier bleiben wir, sagte er.

Wir spazierten in den Ort hinein, um dort auf einer Restaurantterrasse an einem schnell strömenden Fluß zu essen. Ein stiller junger Mann mit fahler Haut servierte uns einen Gang nach dem anderen – für 'n Appel und 'n Ei, sagte er. Ich trank und trank. Um uns herum saßen Ehepaare mit Bergschuhen an den Füßen. Drinnen schob eine französische Familie Tische aneinander, um in fröhlicher Runde zusammenzusitzen.

Später ging ich mit der Taschenlampe zu den Waschräumen, um mir die Zähne zu putzen. Er pinkelte ins Gebüsch und lag schon im Zelt, als ich zurückkam.

Wenn du mit einem Mann zusammen bist, bist du immer zu dritt, denn kaum drehst du ihm mal den Rücken, befaßt er sich schon mit seinem Geschlecht. Auch von dir erwartet er Interesse am verborgenen Dritten. Du sollst Energie darauf verwenden, so wie er es ja auch tut. Solange du noch auf einer Terrasse beim Essen sitzt, kannst du dir einbilden, ihr wärt ganz einfach zu zweit. In einer warmen Sommernacht im Zelt geht das nicht mehr. Da kommt der Dritte unter der Decke hochgekrochen und will mitmachen. Für dich.

Die beiden Kinder, die am Schwimmbadzaun gestanden haben, kommen über das Gras gelaufen. Das Mädchen, im gestreiften Baumwollkleidchen, trägt Plastiklatschen. Es hält seinen kleinen Bruder an der Hand. Dessen dicke, ein wenig nach innen geknickte Beinchen münden in mollige Füße, die in schlabbrige Turnschuhe gezwängt sind. Sein großer Kopf mit dem ernsten Gesicht ruht auf einem dünnen Hälschen. Stumm, ohne den Blick nach rechts oder links zu wenden, streben sie einem irgendwo weiter hinten stehenden Zelt zu.

Ich hebe den Kopf und sehe ihnen nach. So gehen keine normalen Kinder. Eingeschüchterte Kinder, ängstliche Kinder, geprügelte Kinder – die gehen so brav und still und schnurgerade. Das habe ich in der Tagesstätte beobachten können. Normale Kinder dagegen rennen mal ein Stückchen, stelle ich mir vor, fallen hin, rufen etwas, lachen, necken sich. Aber was weiß ich schon von normalen Kindern? Ich habe keine. Ich kümmere mich um die verbogenen und geschädigten Kinder anderer.

Ich komme mit dem sauberen Geschirr zum Zelt. Er sitzt in der prallen Sonne und liest die Sportzeitung, in Badehose. Sollten wir nicht irgend etwas tun, einen Spaziergang machen, einen Dorfplatz ansehen, etwas einkaufen? Etwas unternehmen, wofür man sich anziehen muß?
Du hast einen Fleck auf dem Kleid, sagt er. Du bist müde. Zieh dich doch aus, komm, leg dich in die Sonne, herrlich, laß die Töpfe und Pfannen doch stehen. Sagt er. Es ist ein Olivenölfleck, ein klebriger, dunkler Fleck auf der graugrünen Baumwolle. Er hat recht, ich sehe unmöglich aus.
Im Zelt suche ich Waschpulver, ein Handtuch, Shampoo, ein anderes Kleid und einen Kamm zusammen. Ein ganzes Sammelsurium, es liegt im Kreis um mich herum, während ich auf dem Boden knie. Ich rieche den Zeltgeruch: Campingparfüm, durchsetzt mit verschwitztem Bettzeug, einer Spur Gummi und einem Hauch von gemähtem Gras. Es grummelt in meinem Bauch. Das ist der Campingstreß. Ich sollte auch selbst nicht so grummeln. Alles unter der Dusche abspülen. Den Fleck in einem Eimerchen einweichen. Mich nicht aufregen. Ruhig bleiben.

Im verlassenen Waschraum suche ich nach einer Duschkabine, die kein schmutziges Wasser über die Schwelle spuckt. Ich ziehe mich aus und stopfe alle meine Utensilien in die Plastiktragetasche, die ich an den Türhaken hänge. Ehe ich in das quadratische Duschbecken steige, ziehe ich an der Metallkette und lasse das Wasser niederprasseln. Mit dem Fuß prüfe ich, ob es allmählich wärmer wird. Dann stelle ich mich mit gesenktem Kopf unter den Strahl. Ich lasse mir das Wasser in die Ohren laufen. Ich wasche mir die Haare, reibe meinen Körper mit Seife ein und ziehe dann wieder mit beiden Händen an der Kette. Es braust und prickelt auf meiner Haut. So stehenbleiben, im Gleichgewicht.

Durch die Wasserblasen in meinen Ohren hindurch höre ich ein vages Rumsen. Irgendwer reißt Türen auf und schlägt sie wieder zu. Eine dunkle Stimme flucht gedämpft. Ein Mann in der Frauenabteilung, ein Putzmann vielleicht? Dann die Stimme eines Kindes, das sich kaum zu mucksen wagt. Vor Schreck vergesse ich den Zug an der Kette. In der plötzlichen Stille höre ich den Mann drohend flüstern, höre, wie Gliedmaßen mit Wucht gegen Holz stoßen, ein Wasserhahn losspritzt, es in der Wasserleitung klopft und das Mädchen nein, nein, nein schreit.

Ich gehe in die Hocke und ziehe über meinem Kopf die Dusche wieder an. Ich krieche unter den Wasservorhang wie unter eine Daunendecke, und für eine kleine Weile höre ich nichts mehr. Mir läuft Seife in die Augen, und sie beginnen zu tränen. Das Mädchen weint auch, es rüttelt an der Tür. Die Männerstimme beschwichtigt, schmeichelt, gurrt. Ich muß das dem Aufseher melden, dem Campingplatzbetreiber, der Polizei. Oder jetzt losschreien, daß Schluß zu sein hat, daß ich komme, hör auf, laß das, ich schlag dich tot!

Doch ich rühre mich nicht. Wenn ich mich nicht an der Duschkette festhalten würde, fiele ich in Ohnmacht. Wenn ich nicht mit nacktem Po auf den Kacheln säße, fiele ich um. Dem unverständlichen Aufseher, der jeden Tag auf einem aufgemotzten Solex rumkurvt und nach widerrechtlich abgeladenem Müll und falsch aufgestellten Zelten späht; dem Campingplatzbetreiber, der den feisten, behaarten Leib nur im Watschelgang hinter seinem mit Ansichtskarten vollgepinnten Schreibpult fortbewegen kann und immer die Hände hebt, um das Chaos der Formalitäten abzuwehren und die ungeduldigen Gäste an seine Frau zu verweisen; dem Polizeichef in dem kleinen Palast am Ortsausgang, der sein kantiges Kinn in die Höhe recken und nicht verstehen wird, was ich sage?

Literweise lasse ich mir das Wasser über den gesenkten Kopf laufen. Bis das Kind nur noch leise wimmert, und der Mann zärtliche, lobende kleine Sätze murmelt. Bis Türen zufallen, Plastik raschelt, Schritte verhallen.

Da trockne ich mich langsam ab und ziehe mich an.

Wir statten seinen neuen Freunden einen Besuch ab. Er hat eine knielange Hose und ein kurzärmeliges Oberhemd angezogen. Mit dem Gabelschlüssel in der Hand steht er da und wartet auf mich. Das alte französische Ehepaar hat sich in Lehnstühlen niedergelassen. Seite an Seite schauen Mann und Frau zu, wie wir uns auf den Besuch vorbereiten. Ihr Grill blitzt schon wieder, das Spültuch hängt an der Wäscheleine.

Er legt mir die Hand auf den Rücken und gibt mir einen Kuß auf das nasse Haar. Dann gehen wir quer über das gelbliche Gras ans äußerste Ende des Geländes, wo halb unter den Bäumen ein riesiges Bungalowzelt steht.

Ich bin nicht so gut im Besuchen. Er schon, er schüttelt Hände, nimmt dankend etwas zu trinken an und bewundert die Aussicht. Er läßt sich vom Gastgeber auf die Schultern schlagen und zum Wagen führen, der auf seinen übergroßen Kriegsreifen neben dem Zelt plaziert ist. Ich bekomme auch einen herzhaften Händedruck und ein Glas Wein. Über seine fette Schulter gewandt, ruft der Gastgeber seine Frau, die am Zelt steht und mit

Seifenwasser die Plastikfensterchen säubert. Sie bewegt sich mit Trippelschrittchen auf hochhackigen Pantoletten, ohne umzuknicken. Seufzend bringt sie ihr Putzzeug ins Zelt. Dann kommt sie wieder heraus und legt eine perfekt gebügelte weiße Tischdecke über den Resopaltisch. Darauf arrangiert sie mit Käsecreme gefüllte Windbeutel, Brötchen mit Pastete und kunstvoll gefaltete Servietten. Ohne zu lächeln, weist sie mir einen Stuhl zu.

Die Männer setzen sich direkt vor den großen Fernseher, der im Zelteingang steht. Sozialleben, neue Leute kennenlernen, gut für uns. Aber es geht ums Halbfinale, für ihn.

Nach jedem Schluck, den ich getrunken habe, füllt die Gastgeberin mein Glas nach. Ich lasse mich auf dem Stuhl zurücksinken und trinke. Vielleicht mache ich ein Weilchen die Augen zu, ich höre das Brummen der Männer gegen die Fußballgeräusche im Hintergrund. Als ich aus dem Halbschlaf aufschrecke, sehe ich die Kinder, das umhergeisternde Gespann, vor dem Apparat auf dem Boden sitzen, Limonadebecher in der Hand. Auf dem Bildschirm rennt ein muskulöser Farbiger in orangefarbenem Shirt wie wahnsinnig auf das Tor zu. Er wird zu Fall gebracht und schlägt hart auf. Nein, nein, nein! schreit das Mädchen. Der Vater blafft die Kleine an, sie erschrickt, und er legt ihr seine große Hand auf die Schulter. Sie rückt von ihm weg und legt den Kopf auf ihre Knie.

Diese Stimme. So ist das also. Von der Seite her mustere ich die Gastgeberin. Ihr Gesicht drückt nichts aus. Teilnahmslos mustert sie den Mann, wie er da auf dem billigen Campingstuhl sitzt, in Trainingshose, mit offenem Hemd, behaartem Bauch und aufgequollenem Gesicht. So ist's gut, sagt er, das wird sich die Kaffeebohne hinter die Löffel schreiben.

Weil ich so viel getrunken habe, weiß ich einfach, was meine Gastgeberin denkt. Sie braucht gar nichts zu sagen. Ach, du Fettwanst du, du wärst doch froh, wenn du auch nur ein Fitzelchen von der Leidenschaft, der Eleganz und der Kraft dieser Kaffeebohne hättest. Du Sack. Laß ja die Pfoten weg! Das denkt sie. Ich möchte nicht mehr hier sein, glaube ich, aber der Wein hat mich bleischwer gemacht. Meine Zunge ist gelähmt, doch ich sehe alles. Der Schiedsrichter hat sich für den Farbigen in die Bresche geworfen und zeigt dem gegnerischen Spieler die rote Karte. Wie Haubentaucher reiben sie die Brustpartien aneinander. Ein breitschultriger Typ mit bleichem, eiförmigem Gesicht darf einen Strafstoß ausführen und ballert das Leder mitten ins Tor. Unser Gastgeber schnaubt verächtlich, aber die anderen klatschen und jubeln. Ich trinke darauf.

Er wäre ein lieber Vater, wenn wir Kinder hätten. Sieh nur, wie nett er mit den Kindern des Gastgebers spielt. Er steht zwischen zwei Pfählen der Terrainabsteckung im Tor; der kleine Junge mit den X-Beinen darf ein ums andere Mal auf ihn schießen. Er bezieht auch das Mädchen in das Spiel ein, schießt ihm den Ball vorsichtig zu, wenn es zugucken kommt. Ich trinke mein Glas aus und lasse es wieder füllen. Ich höre ihn reden, er bringt ihnen die Namen der Spieler bei: van Gastel, van Gobbel, de Goey. Zum ersten Mal an diesem Nachmittag sehe ich die Gastgeberin direkt an und proste ihr zu. Die Kinder können sich gar nicht mehr halten vor Lachen und krähen: Kassele-Kobbele-Kui!
Später setzt er sich wieder zum Gastgeber, da muß getrunken werden. Der Mann mit dem Bauch winkt seiner Frau und zeigt auf die Gläser. Zelten ist nichts für ihn, er macht das den Kindern zuliebe, jedes Jahr, damit sie in der sauberen Bergluft am Schwimmbecken sitzen können. Er selbst sehnt sich schon wieder nach der Stadt. Er ruft den Kindern zu, daß sie vorsichtig sein sollen mit dem Ball; man müsse streng zu den Kleinen sein,

sagt er, damit sie lernten, was sich gehöre, und niemandem lästig fielen.

Kichernd flüstern die Kinder miteinander, Kasse-Kobbe-Kui, Kasse-Kobbe-Kui. Die Sonne versinkt verblüffend rasch hinter den Bergen. Jetzt, da das Licht seine Schärfe verliert, fühle ich, wie sich die Haut um meine Augen herum entspannt. Ich betrachte die Landschaft mit kritischem Blick. Die Berge stehen da wie Wandschirme um abscheuliche Geheimnisse: verfallene Weiler, wo schmierige alte Männer in baufälligen Schuppen und Kellern unaussprechliche Dinge tun. Die frisch bezogenen Gipfel verhüllen alles, wie die Wände einer Duschkabine. Eine heimtückische Landschaft, hochmütig und hinterhältig.

Ich muß ihr sagen, daß der Mann das Mädchen belästigt, denn ich habe es gehört, und ich habe ihre Stimmen wiedererkannt. Sie muß das wissen. Die Luft steht zwischen uns wie eine Wand. Ich kann nicht sprechen.


Die Nacht ist gekommen und wieder vorübergegangen. Ich habe auf dem Rücken im Zelt gelegen und geschwitzt; den nackten Mann neben mir wollte ich nicht sehen, ich weigerte mich, die Augen zu öffnen. Er ist weg, als ich im vollen Tageslicht wach werde. Wenn ich jetzt einen turmhohen Bauch hätte, einen Bauch, der wie ein Berg unter der Decke aufragte und alles Unangenehme abschirmte. Keiner könnte dem Kind in diesem Bauch ein Haar krümmen, kein Laut würde in das schützende Dunkel vordringen. Ich würde die Hände an die Seiten legen, würde das Kind aus angemessener Distanz liebkosen, seine Füßchen kneten. Und dann die Zeit anhalten.

Auf den Knien krieche ich aus dem Zelt; ein halbvoller Eimer Wasser kippt um. Der Boden ist so trocken, daß das Wasser nicht einsickern kann, es strömt wie ein pralles Bächlein auf den Schlafsack zu. Ich lasse es geschehen. Weil ich ganz dringend muß, bin ich gezwungen, zu den Waschräumen zu gehen. Dort ist ein solcher Lärm, daß meine gespitzten Ohren nichts Anstößiges auffangen können.

Frisch gewaschen und gekämmt, empfängt er mich mit Kaffee und Brot, als ich zurückkomme. Er redet, schwatzt, schwafelt. Weil die Niederlande so lasch und ohne eigenes Zutun gewonnen haben, wird das große Finale morgen zur Auseinandersetzung zwischen uns und den Franzosen. Er erzählt, daß der Campingplatzbetreiber einen riesigen Fernsehschirm gemietet hat, damit sich die gesamte Campergemeinde das Spiel gemeinsam auf der Betontanzfläche ansehen kann. Daß die Frau des Campingplatzbetreibers von ihrem kleinen Büro aus telefonisch lange Listen von Bestellungen aufgibt, daß Freiwillige beim Anbringen von Fähnchen und Schmuck helfen, daß ein Posaunenkorps kommen soll und es natürlich ein Feuerwerk geben wird.

Daß ich ins Schwimmbad soll, um meine Brüste zu bräunen.

Ich trotte dorthin und lege mich auf einem Handtuch ins Gras. Mein T-Shirt behalte ich an. Alles tut mir weh, mein ganzer Leib ist aufgedunsen. Ich liege auf dem Bauch, das Kinn auf den gefalteten Händen. Ein paar Meter von mir entfernt sitzt unsere Gastgeberin von gestern in einem niedrigen Strandstuhl. Sie trägt Bikinihöschen und Sonnenbrille. Sie wendet mir das Gesicht zu, gibt aber kein Zeichen des Erkennens.

Am Rand des Schwimmbeckens stehen die Kinder, vollkommen angezogen, Hand in Hand. Sie schauen auf die gegenüberliegende Seite hinüber, zur Bar, die mit Girlanden voller bunter Glühbirnchen geschmückt wird, zwischen denen Bilder von Fußballern aufgehängt werden. Als die Frau sie ruft, kommen sie zu ihr an den Strandstuhl. Das Mädchen blickt auf seine Füße. Die Frau zeigt zum Wasser, die Kinder schütteln den Kopf. Dann gehen sie wieder, zusammen, schweigend.

Ich lege die Wange auf meine Hände und mache die Augen zu. Niemals würde ich so kleine Kinder allein über einen Campingplatz geistern lassen. Außer natürlich, wenn ich wüßte, daß ihnen im Zelt eine noch größere Gefahr droht. Sie weiß es nicht, diese Frau. Mütter wissen es nie, denen ist längst alles egal. Ob sie überhaupt ihre Mutter ist? Vielleicht ist sie ja die neue Frau, die sich nicht zwischen ihn und die Kinder stellen möchte. Oder ist er der Freund, der so nett mit ihrem Töchterchen umgeht? Ich muß es erzählen, ich muß diesen makellosen Brüsten gegenüber Platz nehmen und haargenau erzählen, was ich gehört habe. Dann kann sie ihre Sachen packen und die Kinder mitnehmen.

Wenn ich sie wäre, würde ich abhauen, ohne etwas zu sagen. Wenn er, wenn wir ein Kind hätten, und er würde, er … Ich müßte schon abhauen, um zu verhindern, daß ich ihn erschlage. Aber ich habe ja gar kein Kind. Ich könnte ihre Kinder entführen. Doch da müßte ich zuerst besser Französisch lernen. Ich habe einen Mann, das könnte das Mädchen verschrecken. Besser, ich sage nichts, tue nichts, denke nichts. Ich bin nicht sie, ich bin ich. Ich strenge mich Tag und Nacht an, einem anderen zu Willen zu sein, und komme gar nicht auf die Idee abzuhauen, mag die Angst auch noch so groß sein. Man bleibt eben, wo man ist. Wenn ich ein Kind hätte, würde ich es wagen.

Schatten über meinem Gesicht, eine Hand auf meinem Rükken. Ich sehe einen nackten Oberschenkel, eine violette Badehose. Ein lachendes Gesicht, einen offenen Mund mit feuchten Zähnen. Ich richte mich auf.

Sie gehen in die Stadt, er und der Gastgeber, sie wollen für den Campingplatzbetreiber Feuerwerkskörper einkaufen. Alle rechnen mit einem Sieg der Franzosen, aber er wird versuchen, möglichst viele orange Raketen zu besorgen. Wie lange sie wegbleiben werden, weiß er nicht, ich soll einfach machen, wozu ich Lust habe, und ich soll mich nicht so warm anziehen, mein T-Shirt ausziehen, na los, komm! Er versucht mir das klebende T-Shirt vom Leib zu ziehen, am Zaun sehe ich den anderen stehen, wie er durch seine Sonnenbrille späht, auf die Enthüllung wartet. Mit beiden Händen ziehe ich das Shirt herunter. Dann verschränke ich die Arme vor der Brust. Er zuckt die Achseln und blickt auf die gebräunte Vorderseite unserer Gastgeberin. Er bleibt bei ihrem Stuhl stehen. Ich höre ihn fragen, wo die Kinder seien, ob sie nicht baden sollten, daß er nachmittags kurz vorbeikommen werde, um Fußball mit ihnen zu spielen, bis später dann, auf Wiedersehen. Ich sehe nicht mehr hin.

Ich sitze am Zelt und lese, die Füße auf seinem Stuhl, unter dem Vordach. Später, es ist schon Nachmittag, sehe ich bei der Rezeption einen Mann in violetter Badehose. Er hat ein Kind an der Hand, den kleinen Jungen. Mir stockt das Herz. Wie kann denn das sein, er ist doch in der Stadt? Aber so eine idiotische Badehose gibt es kein zweites Mal, das kann ich mir nicht vorstellen. Keuchend renne ich zum Eingang. Sie sind weg.

Gegen fünf gehe ich in den Ort und schaue mir in der kleinen Buchhandlung einen Bildband an. Durch das Schaufenster sehe ich den Marktplatz mit einer großen Caféterrasse unter den Platanen. An einem der weißen Kunststofftische sitzt er und trinkt Pernod, und auf dem Stuhl neben ihm kniet das Mädchen und schenkt ihm Wasser nach. Streifenkleid, violette Hose. Keiner mehr zu sehen, als ich nach draußen komme.

Ich habe zwar keinen Durst, aber vielleicht sollte ich auch etwas trinken. Austrocknung macht irre. Ich kaufe mir eine Flasche Mineralwasser und trinke sie aus. Ich werde französische Sachen einkaufen, kochen, mich bemühen. Gerade ihm müßte ich alles erzählen. Du hast dich getäuscht, wird er sagen, das kommt daher, daß du nicht von deiner Arbeit abschalten kannst, so eine Belastung ist das für dich, diese vielen bemitleidenswerten Kinder. Ja, du hast recht, sage ich dann. Nachts werde ich schwanger werden, für uns, ein Kind für uns. Alles wird rundum gut sein.

Ich wache spät auf, und alles ist grau. Eine schwere Wolke hängt über dem Tal, und ich habe Bauchschmerzen. Matt saugt der Wind an den welken Blättern unter der Hecke. Ein Unwettertag, ein Untag. Ich ziehe den Reißverschluß am Zelt wieder zu und krieche in den stinkenden Schlafsack zurück.

Waschen und anziehen, sagt er. Wir gehen zum Festplatz, wir trinken schon mal auf den Sieg. Im Spiegel über dem Waschbecken ist mein Gesicht eine schwammige Maske ohne Konturen. Ich wasche mich mit eiskaltem Wasser, aber zu einer besseren Panzerung verhilft mir das nicht. Ich komme mir vor wie ein Fleck mit unscharfen Rändern. Ich blinzle, so heftig ich kann, und ziehe unbeherrscht mit der Bürste an meinem Haar. Wenn ich ein Messer hätte, würde ich es mir an die Haut setzen.

Die Tanzfläche ist mit einem Baldachin aus Segeltuch überspannt. Darunter stehen Tische auf Böcken. Die Frau des Campingplatzbetreibers hat Gläser und Schüsseln mit Knabberzeug hingestellt. Die schwarzen Locken kleben ihr im Gesicht, sie dampft vor Anspannung. Lachend kommt sie mit einem Tablett voller braunbeschmierter Baguettescheibchen an. Aus den Lautsprechern schallt die Stimme ihres Mannes, er fordert alle Gäste auf herzukommen, es wird gefeiert, es kostet nichts, und ein jeder ist willkommen.

Ein magerer Mann mit fettigem Haar steht auf einer Leiter und schraubt an dem Fernsehschirm herum. Der ist so groß wie eine Kinoleinwand. Jungen tragen rustikale Holzbänke herbei, die sie im Fischgrätenmuster hinstellen. Unverständliche Kommandos, Knacken, Rascheln.

Er ergreift meine Hand. Haut und Knochen lösen sich zu fleischiger Wärme auf. Wir bummeln über das Festgelände, grüßen unsere hinteren Nachbarn und sehen uns die verschiedenen Gästegruppen an. Von den Dauercampern sind schon viele da. Die Männer sitzen in Strickjacke und mit Baskenmütze auf dem Kopf an den Tischen und trinken Rotwein, und die Frauen stehen in Kreisen auf der Tanzfläche zusammen und unterhalten sich. Der große Bildschirm zeigt Schnee. Der bewölkte Himmel taucht alles in ein grauviolettes Licht. Ich setze die Füße auf, kann aber den Boden nicht richtig fühlen. Ich versuche Kraft hineinzulegen, aufzustampfen. Was gehst du denn so merkwürdig, sagt er, bleib doch mal ruhig, ich hol dir was zu trinken. Das Zugvolk, die Leute, die ein paar Tage oder Wochen bleiben und dann weiterreisen, setzt sich aus zwei Arten zusammen: Ausländer und Franzosen. Letztere bewegen sich selbstbewußt über das Gelände, als wäre das Finale bereits gewonnen. Sie reden laut, ich höre Ausrufe und Lachsalven. Die Holländer geben sich heute schüchtern und versuchen nicht aufzufallen. Alle laufen durcheinander wie bei einem schlecht einstudierten Tanz. Sie weichen auseinander, um den Campingplatzbetreiber durchzulassen. Er schiebt eine Schubkarre, auf der ein bis obenhin gefülltes Faß steht. Unser Nationalgetränk in den Bergen, ruft er, Glückswein, auf Kosten des Hauses. Von seiner Frau assistiert, stellt er das Faß neben den Gläsertisch auf einen Hocker. Mit einem Schöpflöffel rührt er kräftig darin herum. Die Leute drängen sich vor ihm zusammen, als er mit dem Ausschenken beginnt. Das Getränk ist dunkelviolett und riecht entfernt nach Spiritus. Es schwimmen harte Stücke darin herum: Apfel, unreife Melone? Ich sehe zu, daß ich mein Glas schnell leer getrunken habe.

Die Bildverbindung ist hergestellt. Fußballer und Trainer bewegen lautlos die Lippen. Aus den Lautsprechern tönt Akkordeonmusik. Alle Geräusche erreichen mich wie durch eine Watteschicht gefiltert. Die Frau des Betreibers hat einen durchsichtigen Kanister auf den Tisch gehievt und schenkt daraus Limonade für die Kinder aus. Ich sehe den Jungen und das Mädchen vor ihr stehen und ihr mit ernsten Gesichtchen Plastikbecher entgegenstrecken. Etwas weiter weg stehen ihre Eltern in einem Kreis von Franzosen und trinken violetten Saft. Die Akkordeonmusik bricht ab und wird von einer aufgeregten Journalistenstimme abgelöst. Die Kamera schwenkt über hunderttausend Gesichter; auf dem giftgrünen Stadionrasen läuft die Zweierreihe der Spieler auf. Applaus. Auf ihre Becher achtend, verlassen die Kinder die überdachte Tanzfläche. Sie lauschen der Nationalhymne und sehen sich andächtig die Gesichter der Fußballer an, die nacheinander gezeigt werden. Meine Hand wird losgelassen und hängt wie eine Schaumflocke im Raum. Ich sehe ihn bei den Kindern stehen, er beugt sich zu ihnen hinunter und zeigt ihnen die Holländer: van Gastel, van Gobbel, de Goey. Die Kinder nicken. Jetzt lacht doch mal! Oder ich? Der Vater kommt auf mich zu und bietet mir ein Glas von dem violetten Getränk an; er hat sein Söhnchen an der Hand. Wo ist das Mädchen? Und wo ist er? Ich schüttele den Kopf und haste durch die Menge. Ich suche mit den Augen die Bänke ab, sehe mich am Schanktisch um und überquere mehrmals die Tanzfläche. Nichts. Weg. Ich bin allein.

Aller Augen sind auf den Bildschirm gerichtet, keiner achtet auf mich. Ärgerlich wird der Arm zurückgezogen, wenn ich jemanden anremple. Ich stolpere über ausgestreckte Beine, erschrecke über das plötzliche Geschrei bei einer Regelwidrigkeit und bin von stampfenden, jubelnden Leibern umringt, als ein Tor fällt.

Der Lärm ist kaum auszuhalten, die Lichter und Farben stechen mir in die Augen, der violette Festtrunk hämmert in meinen Schläfen. Ein begeistert herumhüpfender Franzose tritt mir auf den Fuß, ich muß hier weg, ich fühle die schwitzige Wärme, die die Leute abstrahlen, ich will Wasser, Wasser und Ruhe.

Erst bei den Waschräumen verlangsame ich meine Schritte. Die Außenlampe ist kaputt, aber durch die Luken fällt der Schein der Neonröhren auf den Weg. Die Spülbecken schimmern bleich im Dämmerlicht; ein vergessenes Spültuch, eine Bürste, eine Gabel liegen herum. Mit der Schulter stoße ich die Tür auf und schleppe mich hinein. Auf dem Fußboden liegen leere Shampooflaschen und zusammengeknülltes rosarotes Toilettenpapier. Ich habe keine Lust, in den Spiegel zu schauen, und gehe gleich in eine WC-Kabine. Ich versuche totenstill aufrecht an der Tür zu stehen. Langsam atmen jetzt, das Holz im Rücken fühlen, die Arme nach unten hängen lassen, still.

Ein Wasserhahn tropft. Gescharr. Schmatzende Laute, ein Schnaufen, ein erstickter Ausruf. Ich lasse die Spülung rauschen und schlage mit der Tür, bleibe aber stocksteif an der Innenseite stehen. Ich muß es wissen. Es ist still. Geräusche kommen lediglich von draußen: der Fußballkommentator, das Schreien der Zuschauer, ein Knall von einem vorzeitigen Feuerwerkskörper.

Mir ist schwindlig, ich öffne meine Hose und setze mich auf die Klobrille, den Kopf in den Händen. Da höre ich es wieder: Kichern, eine rauhe Stimme, Gastel-Gobbel-Goey? Eine Dusche geht an, ein überraschter Ausruf eines Kindes, ein Mann lacht. Das Wasser prasselt ohrenbetäubend laut in dem leeren Raum.

Sieh mal, ich sitze hier spätabends auf einem Campingplatz in Frankreich auf dem Klo. Ich bin mit meinem Freund hier, wir haben Urlaub. Tagsüber gehen wir in den Bergen wandern, abends trinken wir was mit Leuten, die wir kennenlernen. Entspannen, ausruhen, nichts Besonderes. Er mag Kinder, er sieht ihnen gerne beim Spielen zu und spielt selbst gerne mit. Ich bin da etwas steifer, ich kann nicht so unbefangen mit anderen Menschen umgehen. Er braucht sich nicht dauernd um mich zu kümmern, das ist doch lästig für ihn. Ich habe ja nie zu irgend etwas Lust. Ich hatte es früher nicht so besonders gut, aber darüber rede ich nie, denn jetzt habe ich alles: einen Job, einen Freund, ein Zelt und, wer weiß, ein Kind in meinem Bauch. Ich lasse ihn machen, er hat doch auch Urlaub, er muß doch tun können, was er möchte. Aber was möchte er? Er möchte schwitzend auf mir liegen, er möchte nackt in der Sonne sitzen, er möchte bei den Kindern im Schwimmbad sein.

Mit einem Mal sehe ich klar. Wenn er mit mir schläft, denkt er an das Mädchen. Auf jedem neuen Campingplatz kundschaftet er aus, in welchen Zelten Familien mit kleinen Kindern sind. Ich denke, daß er mit der Mutter flirtet, aber er denkt an die kleine Tochter. Scheinbar bringt er ihr bei, mit dem Fuß einen Ball wegzuschießen, aber in Wirklichkeit geht es darum, wie ihre Beine unter dem Röckchen verschwinden. Das ist es. Wenn er ein Kind möchte, ist es nicht für uns. Sondern für ihn.

Alles Blut ist mir aus dem Kopf gewichen, und meine Kehle ist ganz ausgedörrt. Ich würde gern schreien, aber ich bringe keinen Laut mehr heraus. Ich weiß, daß ich abhauen muß, aber ich bin wie gelähmt.

Flecken in meiner Hose. Daher diese Bauchschmerzen. Also wieder nichts. Nachdenken, einen Plan schmieden. Ich muß zum Zelt, was Sauberes anziehen, einen Pullover holen, den Paß, Geld. Und dann weg.

Die Luft ist klamm und hängt in grauen Schwaden über der warmen Menschenmenge. Der Fernsehschirm zeigt in Nahaufnahme das Gesicht eines zu Tode geängstigten Mannes, der mit wildem Blick in die Ferne starrt. Seine Oberlippe ist hochgezogen, die Zähne blitzen zwischen den Schnurrbarthaaren hervor wie bei einem Kaninchen. Dann öffnet er den Mund, schreit und zeigt mit behandschuhter Hand verzweifelt irgendwohin.

Hinter den Leuten vorbei schleiche ich mich zum Zelt. Ich sehe die Zeltleinen aufleuchten und achte darauf, daß ich nicht darüber stolpere. Tastend finde ich eine saubere Hose, Binde, meine Turnschuhe, die Brieftasche. Ich werde jetzt nicht lange nachdenken, ich habe es eilig. Draußen jubeln sie, doch der verängstigte Torwart wird wohl weinen. Wo soll ich schlafen, wie komme ich nach Hause? Nicht denken. Du mußt zum Ausgang, du mußt durch die Schranke, du mußt der schmalen schwarzen Straße durch das Tal folgen, nach Norden.

Mein Atem geht rasch und leicht. Ich beuge die Knie, recke die Arme über den Kopf, als wollte ich die Muskeln für einen Sprintwettkampf lockern. Meine Haut zieht sich zusammen. Gänsehaut.

An der Tanzfläche traue ich mich nicht mehr vorbei. Ich gehe zum Platz der hinteren Nachbarn hinunter und husche geschmeidig am Herd entlang und um den Wohnwagen herum zu dem Fliesenweg, der in den Weg zur Schranke einmündet.

Ich muß an den Waschräumen vorbei. Zum Glück ist die Lampe kaputt. Ich gehe im Gras, um keinen Laut zu machen. Da taucht etwas im Dunkel des Eingangs auf, ein großer Leib, ein monströser Buckliger. Ich halte den Atem an und gehe weiter, auf Zehenspitzen. Meine Hand umklammert in der Hosentasche die Geldscheine und die Kreditkarte. Noch eine Laterne, dann das Büro und der Ausgang. Der Rolladen des Büros ist heruntergelassen, und niemand steht in der Telefonzelle.

Der Bucklige nähert sich dem Licht. Sein Buckel ist kein Buk-kel, sondern ein Kinderkopf. Der große, runde Kopf des kleinen Jungen, der schräg auf der Schulter des Vaters liegt. Ich bleibe stehen, rühre mich nicht. Das Kind schaut mich an und lacht. Kasse-Kobbe-Kui, flüstert es. Die große Hand des Vaters streicht ihm übers Haar.

An der Schranke vorbei renne ich auf die Straße, an den Müll-eimern mit ihrem leicht fischigen Geruch entlang, weiter und weiter weg von dem frenetischen Jubelgeschrei und dem Lärm, der von der Tanzfläche her durch das Tal dröhnt. Ich zähle meine Schritte und passe meine Atmung an, bis ich einen Rhythmus finde, den ich lange durchhalten kann. Kein Mond am Himmel, keine Sterne.

Raketen und große Funkenregen leuchten mir den Weg.

# — *Ein Hafen* —

»Am besten erzählen Sie mir erst mal, was passiert ist.«

Roemer te Velde, sagte ich, als sie mir an der Tür die Hand gab.
Sie ging mir voran nach oben, in ein Zimmer, das so ist, wie ich
es mir vorgestellt hatte, mit einem großen Therapeutensessel
und einem etwas kleineren genau gegenüber, für den Patienten.
Für mich also. Darüber hinaus habe ich eigentlich nichts gesehen, ich habe vor allem sie angesehen.
   Sie schreibt sich nichts auf, sie hört nur sehr genau zu. Schlaf-
und Konzentrationsstörungen, darüber kann ich gut reden.
Plötzliche Wutanfälle, ein sporadischer Tränenausbruch, der
nicht erleichtert. Angst, daß ich meine Ausbildung gefährde.
Apathie, ist mir doch alles egal. Und das alles seit ... ja, seit jenem Wochenende, seit geschehen ist, wonach sie jetzt fragt, weil
ich so schrecklich herumdruckse, so furchtbar um den heißen
Brei herumrede.

»Wir wollten ein Wochenende segeln gehen, mein ausbildender
Arzt und ich. Ich bin Assistenzarzt bei Dick Buikhuis, orthopädischer Chirurg. Er hat ein Boot in Durgerdam.«
   Er holte mich in aller Frühe ab. Hupte in seinem Volvo-Kombi,
und ich stürmte mit einer Tasche voller Regensachen die Treppe
runter. Es war strahlendes Wetter, klarer Himmel, steife Brise.
Er sah schlecht aus, fand ich, es war eigentlich absurd, so früh

aufzubrechen, wenn man so müde war. Aber ich tat alles, was er sagte. Ich stand um sieben Uhr parat. Daß ich nicht segeln kann, hatte ich ihm schon gesagt, das machte nichts. Ich schämte mich, als er meine Schuhe bemängelte. Bootsschuhe müsse man haben, so wie er. Er ging davon aus, daß ich mir welche beim Hafenmeister würde ausleihen können.

»Ich weiß nicht, ob Sie schon mal gesegelt sind. Es ist ein ziemlicher Akt, ehe man überhaupt losfährt: alles aus dem Auto herausschleppen, Decksplanen abnehmen und verstauen, Leinen durch Rollen ziehen. Stundenlange Arbeit. Danach sind wir zu einer Art Lagerschuppen gegangen, zum Hafenverwalter.«

Ein eigenartiger Mann in violetten Shorts. Sein Hemd hing offen, obwohl es nicht sonderlich warm war. Er spielte Tischfußball mit ein paar kleinen Jungen, die sich aus dem Staub machten, als wir hereinkamen. Dick gab dem Mann die Hand, zeigte beiläufig auf mich und bat um einen Kaffee. Der Mann war gerade aus dem Urlaub zurück und begann sich lang und breit darüber auszulassen. Jammernd. Die Niederlande hätten die Weltmeisterschaft verloren, und ihm sei die Frau davongelaufen, in einem Atemzug. Er hing über der Theke und stierte Dick an.

»Dick hörte ihm zu. Er ist immer äußerst zuvorkommend. Ich hielt mich abseits und machte mir Gedanken über das, was noch zu passieren hatte. Ich fand den Mann unangenehm. Komisch.«

Dieses Gejammer. Und Dick als der verständnisvolle Arzt. Der Wassertank mußte noch gefüllt werden, der Treibstoffvorrat kontrolliert, wir hatten Wichtigeres zu tun, als hier herumzusitzen und zu quasseln. Das ging von unserer Zeit ab. Ich bekam Schuhe mit Gummisohlen geliehen. Aber das brauche ich doch wohl nicht alles zu erzählen, oder? Sie unterhielten sich über Frauen. Dick ist verheiratet, er hat zwei Töchter.

»Als wir wieder zum Boot zurückkamen, war Enno eingetrof-

fen, Enno Kallander, ein alter Studienfreund von Dick, aus Leiden. Er stand mit zwei bleischweren Tragetaschen auf dem Anlegesteg, in tadelloser Freizeitkleidung. Mit einem Tuch im Kragen seines Poloshirts und so. Ein kleines Männlein. Er ist ein berühmter Kunsthistoriker.«
'ne alte Tunte, dachte ich gleich.

»Sie waren enttäuscht?«
Daß ich allein, allein mit Dick, meint sie. Daß das mein eigentliches Anliegen war. Ich werde rot.
»Ich weiß nicht. Nein, dafür war das Boot viel zu groß. Um nur zu zweit damit zu fahren, meine ich. Darüber hatte ich gar nicht nachgedacht.«
Ich lüge schon jetzt. Ich *war* enttäuscht. Ich weiß noch, daß ich zur Kajüte hinunterkletterte, um die Lebensmittel zu verstauen; ich stieß mir den Kopf an der Luke, daß mir die Tränen kamen. Dick und Kallander saßen im Cockpit und unterhielten sich, wobei sie sich gegenseitig auf die Knie schlugen. In der Kajüte waren zwei Schlafplätze, im Vorschiff ebenfalls. Ja, ich war enttäuscht. Ich hatte mich auf irgend etwas gefreut, das jetzt nicht stattfinden würde, auch wenn ich nicht wußte, was.
Die Gestalt Kallanders verdunkelte den Kajüteneingang. Es war zum Bersten voll, als wir beide im Gang standen. Er scheuchte mich nach oben zurück, weil er die Lebensmittel selbst einräumen und Kaffee kochen wollte. Dick fummelte am Motor herum und schickte mich auf den Anlegesteg hinauf, um die Leinen loszumachen.
»Endlich fuhren wir los. Mit der letzten Leine in der Hand mußte ich aufs hintere Decksende springen.«
Ich zögerte und sprang. Der Hafenmeister winkte uns nach, schon wieder von Kindern umringt. Ich mußte an seine abhanden gekommene Frau denken. Wie lange hatte er wohl auf sie

gewartet, allein im Zelt? Geht man dann zur Polizei, fährt man nach Hause, wie ist das? Und wieso habe ich das nicht gefragt?

»Als wir aufs offene Wasser kamen, reichte Enno uns Becher mit Kaffee. Dick saß an der Pinne. Wir glitten über kleine Wellen, die Segel standen unterdessen gut, der Wind war günstig und gleichmäßig. Enno setzte sich zu uns ins Cockpit. Es entspann sich ein Gespräch über Verluste, das weiß ich noch so genau, weil ich ganz baff darüber war. Dick erzählte von einer geplanten, komplizierten Operation, der Korrektur eines schlecht verheilten Beinbruchs, ich konnte mich noch an den Fall erinnern. Er sagte, daß er fassungslos gewesen sei, als der Patient einfach darauf verzichtete, mit freundlichen Grüßen, in einem kurzen Brief. Ich hätte nie gedacht, daß Dick das so viel ausgemacht hatte.

Enno reagierte sehr mitfühlend und setzte seinerseits zu einer langen Erzählung über ein verschollenes Gemälde an. Die einzige Person, die es je gesehen hatte, konnte den Schauplatz nicht mehr finden. Er ärgere sich schwarz, sei aber machtlos.

Ich sagte nicht viel, ich guckte nur. Sie sahen alt aus, die beiden Männer. Ergrauend, müde, die Rücken leicht gekrümmt, während sie so von ihren vereitelten Heldentaten sprachen. Der Hafen von Durgerdam verschwand im Dunst. Es sei diesig, meinte Dick.«

»Sprach Sie das an, diese Geschichten über Verluste?«

Ich sehe sofort die Küche vor mir, zu Hause, als wir noch alle zu Hause wohnten. Mein Vater in der Tür, auf dem Weg in sein Zimmer, Biene und ich streitend am Tisch. Meine Mutter am Herd. Ihr Rücken.

»Daß etwas Vorhandenes, etwas, das man ganz selbstverständlich als gegeben voraussetzt, plötzlich nicht mehr da ist. Und daß man selbst einfach weiterlebt. Daß alles weitergeht. Daß man leben kann, obwohl etwas fehlt. So was. Das finde ich seltsam.«

Ich muß gedacht haben, daß das was für Kinder sei, Enttäuschung, Wut darüber, daß Dinge abhanden kommen, Vorhaben nicht verwirklicht werden, eine Unternehmung fehlschlägt. Erwachsene sind nicht so machtlos, die können durchsetzen, was sie sich vorgenommen haben. Wenn bei denen etwas anders läuft als geplant, dann geschieht das mit Absicht. Das dachte ich. Wenn eine rührige Mutter eine Operation absagt, hat Dick es darauf angelegt, so sah ich das. Daß er enttäuscht und beleidigt darüber war, überraschte mich total.

Lange bevor wir an der Schleuse waren, ließ Dick uns das Großsegel streichen, ohne Erklärung. Mit einem Befehl. Das Segel fiel in Falten auf mich herab, ich fing es mit ausgebreiteten Armen auf und verschnürte die Bändsel mit kindlichen Schleifchen. Wir hatten gerade noch so viel Fahrt drauf, daß wir uns durch die offenen Schleusentore schieben konnten.

Warten. Mit anderen Skippern klönen. Die Boote aneinander festmachen, Fender dazwischen. Die losen Leinen über die Poller am Kai werfen.

»In der Schleuse aßen wir. Es dauerte nämlich ganz schön lange. Enno hatte Sandwiches mit allerlei exotischem Belag gemacht: mit eingelegten Pilzen, gerösteten Auberginen und italienischer Wurst. Dick ging von Bord, um mit dem Schleusenwärter zu reden. Ich blieb mit Enno zurück.«

»Ja?«

Wieso: ja? Fragt sie nun etwas, oder soll das eher eine Bestätigung sein? Vielleicht unterstreicht sie damit, was ich sage. Ich blieb mit Enno zurück. Ja.

»Was er über seine Arbeit erzählte, fand ich schon interessant. Eine Restaurierung ist fast so etwas wie ein chirurgischer Eingriff: Man muß einen Operationsplan aufstellen, eine Einschätzung treffen, was der Patient, das Gemälde, verkraften kann, man arbeitet mit Materialien, die sich gegenseitig abstoßen oder vielmehr eine Verbindung miteinander eingehen – es gibt viele Parallelen. Wenn man ihn so reden hört, ist das reinstes Heldentum, genau wie bei uns. Nur stehen bei ihm immense Summen auf dem Spiel.«

Das klingt ja fast, als wollte ich für ihn eintreten.

»Er kannte Dick schon ewig, noch aus ihrer Studienzeit. Ob ich auch so ein passionierter Arzt sei, fragte er. Was er über Dick sagte, ›Dickie‹ nannte er ihn, klang sehr nett, wie schön es sei, daß er nun diese Lehrtätigkeit habe, und daß er, also Kallander, eine Professur durchaus für möglich halte. Unterdessen aßen wir weiter von den Schnittchen. Er fand, daß Dick zu hart arbeite, und fragte, wie ich das sähe. Das ist normal, sagte ich, das gehört dazu.«

Erst wenn man vor Müdigkeit zu schweben beginnt, fühlt man sich wie ein richtiger Arzt.

Als Dick wieder an Bord kam, sah ich schon, daß er erschöpft war. Trotz der Sonne war seine Haut beinahe grau, und er seufzte viel. Aber er war froh, als die Schleusentore aufgingen, und stieß uns mit dem Bootshaken ab. Über den Stock gekrümmt, den er an der Schleusenwand abstieß, ging er langsam vom Bug zum hinteren Decksende, keuchend. Er stemmte das gesamte Gewicht des Bootes mit den Händen. Segeln ist das Schönste, sagte er. Wenn man den Motor anwirft, verdirbt man alles.

»Auf dem IJsselmeer ist der Wellengang tückisch. Man merkt nicht viel davon, es gibt keine hohen Wellen oder so. Und trotzdem macht sich nach kurzer Zeit der Magen bemerkbar. ›Du bist ganz grün im Gesicht‹, sagte Dick, ›du mußt viel essen und dich beschäftigen.‹ Er schickte mich nach vorn, um das Fockfall durchzusetzen. Ich hielt mich am Mast fest und blickte über das Wasser, während ich langsam und tief einatmete. Die Übelkeit legte sich. Ich sah die beiden Männer zusammensitzen, Dick an der Pinne, Enno, der zu ihm aufsah.«

Mir ging plötzlich durch den Sinn, daß ich über Bord springen könnte und daß Dick mir dann hinterherspringen und mich retten würde. Lächerlich. Sein Arm um meinen Hals. Idiotisch.

»Der Himmel hatte sich bezogen, wir glitten mehr oder weniger zwischen Wasser und Wolken dahin. Nirgendwo sah man Land. Ich lief vorsichtig zum Cockpit zurück. Enno verzog sich nach drinnen, ihm war kalt. Dick nicht, der hatte sich die Pulloverärmel hochgekrempelt, so daß man seine breiten, blondbehaarten Unterarme sehen konnte, auf denen sich die Adern wie Flüsse verzweigten. Wir unterhielten uns über die Abteilung, er fragte, ob ich dort für mein Gefühl auch genügend Entfaltungsmöglichkeiten hätte. Das war eine so väterliche Frage, daß es mir die Sprache verschlug. Es macht mich immer ganz beklommen, wenn jemand so nett zu mir ist. Und weil ich nichts darauf antworten konnte, dachte ich, daß er mich für dumm halten mußte. Für einen Versager. Eine Enttäuschung.«

Sie sitzt immer nur da, die Beine übereinandergeschlagen, die Arme auf den Sessellehnen. Schöne Schuhe hat sie an. Jetzt müßte sie doch fragen, ob ich mir hier auch wie ein Versager vorkomme, oder? Sie sieht mich nur an. Mir brennen die Augen. Nicht weinen jetzt, reiß dich zusammen, es ist doch gar nichts. Einfach weitererzählen.

»Der Wind kam leicht von hinten. Dick hatte die Schot vom

Groß festgesetzt und auch die Pinne. Keiner brauchte etwas zu tun. Wir hatten ziemlich viel Fahrt drauf.«

Daß man sich in Gegenwart seines Ausbilders wie ein Trottel fühlt, soll ja häufiger vorkommen. Auch, daß man dann allerlei Heldentaten erfindet, um seine Bewunderung zu ernten. Aber ich dachte: Hilfe, rette mich. Das ist lächerlich.

»Was dann geschah, weiß ich nicht mehr so richtig. Ich fühlte mich mies und war nicht ganz bei der Sache. Es war ziemlich still auf dem Wasser. Enno rumorte in der Kajüte herum. Dick machte mich auf ein kleines Boot aufmerksam, rechts von uns, mit zwei oder drei Leuten. Ich griff zum Fernglas und versuchte sie ins Visier zu bekommen, um etwas zu tun zu haben und mir etwas vor die Augen halten zu können.«

Sie nickt und setzt sich anders hin.


»Ich sah einen breitschultrigen jungen Typ, der den Arm um ein spindeldürres blondes Mädchen gelegt hatte. Ein anderes Mädchen, dunkelhaarig und robust, hielt die Pinne. Ich sah, daß sich ihre Münder bewegten, sie lachten und tranken Bier aus der Flasche. Mich überkam eine große Sehnsucht, bei ihnen im Boot zu sitzen, es sah so schön aus, so zusammengehörig.

Dick machte Pinne und Schot wieder los, um manövrieren zu können. Es wehte ganz ordentlich, und das kleine Boot kam schnell näher. Meine Aufgabe war es, die Schot anzuziehen, damit das Segel straff blieb. Dick änderte leicht den Kurs, um dem anderen Boot mehr Raum zu geben. Er zog die Pinne mit beiden Händen zu sich heran. Sein Rücken berührte den meinen, und ich fühlte ihn schwerer und schwerer werden. Ich rutschte beiseite. Da fiel er auf den Boden. Ich erschrak, ließ das Tau durch die Finger rutschen und stieß, glaube ich, einen Schrei aus. Das Segel begann zu schlagen, und der Baum schwenkte knarrend über unsere Köpfe hinweg. Oder hatte Dick den Baum an den

Kopf bekommen? Die Schot hing im Wasser. Was sollte ich tun?«

Ich reibe mir über das Gesicht. Ich kann nicht mal klar erzählen, was passiert ist. Was *nicht* passiert ist. Wie ich mehrere Sekunden lang hin und her überlegte, ob ich nun zuerst das Boot auf Kurs bringen oder mich zuerst um Dick kümmern sollte. Wie ich, Arzt, erschrak, als ich ihn mir ansah. Wie ich ihn mit weit aufgerissenen Augen in seinen Pullover krallen ließ, ohne etwas zu tun. Wie er mit wundersamer Langsamkeit ganz auf den Boden sackte, auf meine Füße. Da erst wachte ich mehr oder weniger auf.

»Ich ließ das Segel, wie es war, und zerrte an Dick, bis er der Länge nach auf dem Boden des Cockpits lag. Enno streckte den Kopf aus der Luke. Ich rief, er solle sich um die Segel kümmern. Er stieg über Dick hinweg und lief nach vorn. Ich nahm Dicks Hand, konnte aber keinen Puls fühlen, auch nicht am Hals. Da schob ich den Pullover hoch, ertastete den unteren Rand vom Brustbein und begann zu drücken. Ich saß rittlings auf seinem Körper, und meine Knie stießen gegen die Sitzbänke, aber ich fühlte keinen Schmerz. Ich mußte ihn beatmen, überlegte ich. Noch dreimal drücken, dann mußte ich blasen. Sein Kopf lag am Niedergang zur Kajüte. Ich kniff ihm die Nase zu und legte die Lippen um seinen Mund. Dann blies ich.«

Wie ich über ihm lag. Brust auf Brust. Mund auf Mund.

»Anschließend pumpte ich wieder, mit gestreckten Armen. Ich dachte an den Rhythmus und zählte. Plötzlich gab es einen gewaltigen Schlag, der das ganze Schiff erschütterte und mich beinahe umwarf. Ich hörte splitterndes Holz, Schreie, das Geräusch ins Wasser plumpsender schwerer Gegenstände. Die Stags peitschten gegen den Mast. Ich zählte weiter und blies, wie ich zu blasen hatte, mit geschlossenen Augen. Ich wollte an nichts anderes denken. Meine Hose wurde naß, Dick hatte seinen Urin laufen lassen. Während das Boot wie wahnsinnig schaukelte, rammte ich unaufhörlich gegen seinen Brustkasten.

Ein triefnasses junges Mädchen kam längsseits über das Gangbord geklettert, es war die, die in dem kleinen Boot an der Pinne gesessen hatte. Blasen, sagte ich und zeigte zum Kajüteneingang, wo sie sich hinknien und Dick beatmen sollte, ohne mir im Weg zu sein. Fünfmal drücken, dann kurz meinen Rücken strecken, während sie ihre Arbeit machte. Das kleine Segel lag auf dem Wasser, das Bötchen war schon halb gesunken. Darum herum trieb alles mögliche Zeug: Plastiktüten, eine gelbe Regenjacke und unsere Rettungsboje. Ich beugte mich wieder über den Brustkasten.«

Aus den Augenwinkeln sah ich, daß der junge Typ in seinen durchweichten Klamotten über die Sitzbank zur Pinne kroch. Er langte nach den Tauen und versuchte das Schiff wieder unter Kontrolle zu bekommen. Ohne ein Wort zu sagen. Laute kamen nur von dem mageren Mädchen, das am Mast stand und schrie, während ihm das Wasser aus den Shorts rann. Seine Beine waren so dünn, daß man die Form des Skeletts sehen konnte. Ich erschrak. Meine Aufmerksamkeit blieb an diesem ausgemergelten Körper hängen. Dann widmete ich mich wieder dem Sterbenden zwischen meinen Beinen. Mit aller Macht versuchte ich, nicht an meine Helferin zu denken. Immer wenn ich von den kräftigen Drückbewegungen ausruhte, beugte sie sich über Dicks Kopf, und ich sah ihre Brüste in dem nassen Pullover und wartete auf den Moment, da sie mit den Lippen seinen Mund umschließen würde. Mit der einen Hand hielt sie ihm die Nase zu, mit der anderen drückte sie leicht auf sein Kinn, damit sein Mund ganz offen war. Offen. Es spielte sich zwanzig Zentimeter von meinem Gesicht entfernt ab, ich konnte gar nicht anders als hinsehen, erregt und deshalb verwirrt. Dann lag ich selbst wie-

der über ihm, als wollte ich mich durch seine Brust hindurch-
drücken. Es war, als berührten wir uns über Dicks Körper, als
würden wir einander packen und beißen. Da geschah etwas, was
gar nicht sein konnte, was nicht geschehen durfte.

»Sie sind so still?«

»Dieses junge Mädchen war sehr gut. Sie konnte das und hatte
keine Angst. Wir haben lange weitergemacht, ich wollte nicht
aufhören. Ich konnte nicht aufhören. Immer wieder kontrollier-
te ich den Puls, doch der blieb weg. Es verging bestimmt eine
halbe Stunde, bevor wir einander ansahen und zunickten. Er war
tot.

Dann richtete ich mich auf, unendlich steif. Die Rechtecke vom
Holzboden des Decks zeichneten sich auf meinen Knien ab. Mir
zitterten die Arme, und unterhalb der Daumen, wie heißt das
da noch, Handballen, ja, da war alles taub. Ich zog mich auf die
Sitzbank hoch. Sie setzte sich auf die Stufen des Niedergangs und
legte den Kopf auf die Schwelle. Die nassen schwarzen Haare
fielen ihr über den Arm. Es war vorbei.«

Ich empfand eine Art Mitleid für das nasse Mädchen, das mir
so gut geholfen hatte. Ich hätte ihr gern übers Haar gestrichen,
war aber zu gelähmt für irgendeine Bewegung.

»Ich dachte immer nur: Er ist tot, ich muß etwas tun. Ich war
jetzt der einzige Arzt an Bord.«

»Und was Sie taten, half nicht.«

»Nein. Ja. Ich vermißte Kallander; der saß, wie sich herausstell-
te, mit der Mageren in der Kajüte. Meine Helferin ging ebenfalls nach drinnen. Ich rief, sie solle die Sachen anziehen, die ich
zum Wechseln mitgenommen hatte, aus meiner Tasche, die auf

einer der Kojen stehe. Nach einer Weile kam sie wieder herauf, stieg vorsichtig an Dicks Kopf vorbei und setzte sich neben mich. Für unsere Füße war eigentlich kein Platz mehr, die mußten wir halt so ein bißchen an den Leichnam heranschieben. Sie hatte meine Socken an.

›Ich bin Hanna‹, sagte sie. ›Die da drinnen heißt Noor. Sie ist ziemlich durcheinander, aber der Mann hat sie beruhigt.‹ Kopf und Schultern von der Mageren tauchten auf und verschwanden wieder. Sie trug einen Seidenpyjama. Wortlos schaute sie zu dem Jungen hinüber, der schweigend unser Boot steuerte. Später kam Enno herauf.

Als er Dick daliegen sah, murmelte er so etwas wie: Nein, nein, so geht das doch nicht. Ich reichte ihm die Hand, um ihm ins Cockpit zu helfen, aber ich tat das so schüchtern, daß es aussah, als wollte ich ihm mein Beileid zum Tod seines Freundes ausdrücken. Ehrlich gesagt, genierte ich mich auch, ich schämte mich zu Tode. Enno verhielt sich wie ein wahrer Freund. Er legte die Hände an Dicks Gesicht und versuchte ihm die Lider zuzudrücken. Das gelang aber nicht so richtig, sie gingen immer wieder einen Spaltbreit auf, so daß man einen Streifen vom Weiß des Auges hervorschimmern sah. Unterdessen kullerten Enno die Tränen über die Wangen. Erschüttert setzte er sich uns gegenüber. ›Wir müssen ihn zudecken‹, sagte er, ›das ist das mindeste.‹ Dann setzte er seine Brille ab und rieb sich das Gesicht.

›Die Fock‹, sagte der Junge an der Pinne mit überraschend tiefer Stimme, ›ihr könnt ruhig die Fock runternehmen.‹ Hanna lief schon nach vorn, und ich folgte ihr. Wir schlugen das Segel von Stag und Schoten ab und trugen es ins Cockpit.«

Ich sah, wie sich ihr Hintern in meinen Jeans bewegte, unter meinem Pullover. Meine Knie taten furchtbar weh, ich hätte ohne weiteres zusammenbrechen und ins Wasser kippen können.

»Wir deckten Dick mit dem Segel zu. Zu viert saßen wir um ihn herum, wobei wir heimlich die Füße unter den Leichnam schoben, weil einfach kein Platz war. Enno hatte Nora ins Vorschiff gebracht, damit sie schlafen konnte. ›Das schien mir das beste‹, sagte er. Seine Stimme klang noch ein wenig zittrig. Der Junge an der Pinne, offenbar ihr Freund, dankte ihm. Sie sei noch nicht so widerstandsfähig, sie komme gerade erst aus dem Krankenhaus, erzählte er. Sie waren bei seinen Eltern in Lelystad gewesen, wo er aufgewachsen war; mit Hanna, ihrer Freundin, hatten sie dort ein kleines Boot gemietet, um noch ein Stündchen zu segeln, das würde sie auf andere Gedanken bringen, hatte er gedacht. Das war voll und ganz gelungen, fand ich: Schiffbruch, ein Herzinfarkt, ein Toter an Bord. Da denkt man nicht ans Essen.

Der Junge schlotterte am ganzen Leib, und ich machte mir bewußt, daß er noch immer in völlig durchnäßten Sachen im Wind saß. Hanna übernahm die Pinne, und ich ging mit Jelle – so hieß er, Jelle Beuling, er stellte sich in der Kajüte anständig vor, gab mir sogar die Hand – nach unten. Enno schien nach seiner großzügigen Gabe an die Magere nicht gewillt, noch mehr Kleidung abzutreten, und ich hatte nichts mehr. Ich fand aber einen Overall, Gummistiefel und eine Regenjacke. Von Dick.

Die Konfrontation mit dem Tod sei zuviel für Nora; ihr Vater sei nämlich an einer geheimnisvollen Krankheit gestorben, als sie noch sehr klein war. Das versetze sie in Panik, sagte Jelle, während er splitternackt zwischen den Kojen stand. In den neuen Sachen tappte er dann ins Vorschiff. Ich hob den nassen Plunder vom Boden auf und stopfte alles in die Plastiktragetaschen, die Enno aufbewahrt hatte. Zwischen Kajüte und Vorschiff war nur ein Vorhang. Ich hörte Jelle flüstern und das Mädchen leise weinen.

Na ja. Nach einer Weile saßen wir wieder alle zusammen an Deck. Bis auf Nora eben. Der Wind hatte sich gelegt, und es wurde immer nebliger. Enno hatte sich gefaßt und ging runter, um uns auf seinem kardanischen Kocher – wie man so was nennt – etwas Warmes zu trinken zu machen. Es war, als dächten wir alle gleichzeitig: Was nun?

›Wir müssen das so schnell wie möglich seiner Frau mitteilen‹, sagte Enno durch die Luke. Jelle dachte an den Vermieter des gesunkenen Bootes, und Hanna wollte die Polizei informieren. Keiner hatte ein Telefon bei sich. Ich schlug die Fock zurück und fühlte in halb verrenkter Haltung in Dicks Taschen, da ich wußte, daß er eines hatte. Die Haut sah gelblich aus, und der Körper hatte sich merklich abgekühlt. Ich bemühte mich, nicht in das Gesicht zu schauen, und legte das Segel zurück, sobald ich gefunden hatte, was ich suchte.

Es ging nicht. Man mußte einen Code eingeben, den wir nicht kannten.

›Wie heißt so 'n Ding‹, sagte Jelle, ›mit dem man senden kann? Ein Seefunkgerät. Das muß es auf so einem Schiff doch geben!‹

In der Kajüte roch es nach Kakao. Enno und ich fanden das Gerät hinter einer Schiebetür in der Seitenwand. Keiner wußte, wie man damit umging. Während Enno im Topf rührte, kniete ich auf der Koje und drehte an den Knöpfen. Ich bat Enno, das Gas auszumachen, und hörte ein Rauschen und Zischen aus immenser Weite. Es war sinnlos; ich wußte nicht, wie man den Apparat zum Senden brachte, und ich hatte keine Ahnung, welche Frequenz von der Wasserpolizei oder wem auch immer abgehört wurde. Aufs Geratewohl betätigte ich Tasten und Knöpfe, bis plötzlich eine affektierte Männerstimme aus dem Ding schallte: ›... weil Schönheit etwas mit Ökonomie zu tun hat. Die Bewegungen des Tänzers sind sowohl von erhabener körperlicher Schönheit als auch in höchstem Maße ökonomisch, genau wie die Bewegungen des Fußballers. Ich persönlich würde gern eine Choreographie mit Fußballspielern machen, das wäre eine wunderbare Herausforderung mit phantastischen Möglichkeiten, auch mit Blick auf die Zuschauer.‹

›Aufhören!‹ rief eine andere Stimme. ›Und wegen so 'nem Unfug hab ich mich von meinem offenen Kamin weglocken lassen? Was soll der Quatsch? Auf-hö-ren! Ich gehe!‹

Ich schaltete das Gerät aus. In der Kajüte tranken sie still ihren Kakao. Enno hatte einen ordentlich Schuß Cognac in die Becher gegossen.«

»Sie beschreiben so genau, was alles passierte, aber was haben Sie eigentlich dabei empfunden?«

»Nicht sehr viel. Ich dachte vor allem darüber nach, wie es nun weitergehen sollte, wie wir an Land kommen sollten und wo und was uns dann an Telefonaten und Formalitäten bevorstand. Praktische Dinge, daran dachte ich. Ich glaube nicht, daß ich traurig war oder so. Eher betäubt.«

Und verliebt, aber das traue ich mich nicht zu sagen. Meine Gedanken waren bei dem nackten, in meinen Kleidern allmählich wärmer werdenden Leib Hannas. Bei ihrem Mund, kurz bevor sie ihren Atem in Dick hineinblies. Bei ihrer Hand an seinem Kinn und seinem Hals. Ich sann auf Mittel und Wege, wie ich sie später wiedertreffen könnte, ich sah sie unbekleidet in meiner Küche hantieren, in meinem Bett liegen. Das dachte ich, während ich bei meinem toten Ausbilder saß. Ich wünschte mir all die anderen Leute weg. Abhauen sollten sie, diese hysterische Nora mit ihrem Freund. Und Enno hätte schon überhaupt nicht dasein sollen, von Anfang an nicht.

»Eine Seebestattung. Daß wir ihn in die Fock rollen und hochheben könnten. Zu viert würde uns das schon gelingen. Und dann über Bord kippen lassen.«

Das rutscht mir so heraus. Nun hängt das Bild von einem

weißen Ballen, der in Wasser und Nebel verschwindet, zwischen uns. Ich habe es laut gesagt.

»In so einer Situation denken Menschen alles mögliche«, sagt sie ruhig. »Banale, eigenartige, beschämende Dinge. So ist das nun mal. Sie werden sich auch ganz einfach geärgert haben, daß Ihr Wochenende verdorben war.«

Als hätte ich nicht schon genug um die Ohren gehabt, ja. Als hätten sie mir ungefragt auch noch kahl werdende Kunsthistoriker, Herzinsuffizienzen und magersüchtige Schiffbrüchige aufbürden können. Ich hatte Anrecht auf ein paar Tage Freiheit und Ruhe und bekam statt dessen Unmögliches aufgehalst, das mir totale Minderwertigkeitsgefühle bescherte. Nichts hatte ich richtig gemacht. Ich hatte Enno brüskiert, Dick sterben lassen, das Seefunkgerät nicht in Gang bekommen. Um an Land zu gelangen, war ich auf einen Jungen in den Kleidern eines Toten angewiesen, denn segeln konnte ich auch nicht. Sie hat eine Schachtel mit Taschentüchern dastehen. Nase schneuzen. Augen reiben. Tief durchatmen.

»Bei der Reanimation hatte ich den Kompaß kaputtgetreten. Wir wußten nicht, wo wir waren. Jelle hatte anfangs vor, nach Lelystad zurückzufahren, ließ sich dann aber lieber vom Wind leiten. Westwind hatten wir gehabt und hatten wir vielleicht immer noch. Man sah die Hand vor Augen nicht, wir irrten mehr oder weniger umher. Ich hatte Angst, daß es dunkel werden würde. Keiner sagte was, das machte es noch unheimlicher. Und daß ich eigentlich keinen dieser Menschen wirklich kannte. Ich wußte nicht, was sie dachten, ich wußte rein gar nichts, und das kann ich nur schwer ertragen. Nichts als Weiß. Überall Wolken. Ich driftete immer mehr ab.

Wie wir an Land gekommen sind, weiß ich kaum noch. Jelle

faselte was von Urk, glaube ich, aber das tauchte nicht an unserem Horizont auf. Erst als es dunkel wurde, sahen wir irgendwo ein kleines Licht, auf das wir zusteuern konnten. Daran hatte ich Blödmann überhaupt nicht gedacht. Schließlich gelangten wir in eine Art Kanal, ziemlich breit, mit verlassenem Land zu beiden Seiten. Natürlich bekam keiner von uns den Motor an, und wir waren ganz auf den Abendwind angewiesen. Schnell ging es also nicht.

Enno wurde ganz kribbelig und fing an zu staken, sobald wir in diesem Kanal waren. Von Zeit zu Zeit hörte ich Nora im Vorschiff rufen: ›Tot, er ist *tot*!‹ Ich fuhr auf einem Schiff mit lauter Irren. Ich hab mich dann mit dem Rücken zur Kajüte gesetzt, die Füße auf der Bank, hab nach achtern über das Wasser geschaut und mich um nichts mehr geschert.«

»Was wissen Sie noch von der Ankunft?«

»Daß Kallander plötzlich losschrie. Ich war vielleicht kurz eingenickt, denn er schreckte mich damit auf. Daß er eine Kirche sehe, auf einer Anhöhe, zweischiffig, spätgotisch, außerordentlich bemerkenswert und interessant. Er ist und bleibt eben ein Mann vom Fach.

Wir waren in Vollenhove. Polizisten kamen an Bord. Sie leuchteten mit einer Taschenlampe über das Boot und beugten sich über den Vordersteven, um ihn zu inspizieren. Ein penetranter Geruch nach geräuchertem Aal hing in der Luft; ich entsinne mich noch gut, daß ich Hunger hatte. Und daß Dick auf eine Trage gelegt und in einem Leichenwagen abtransportiert wurde. Enno und ich wurden auf dem Polizeirevier befragt. Verhört, muß ich wohl sagen. Ich lehnte es ab, meinen Vater anzurufen, und wollte auch nicht, daß sie es taten.

Wir schliefen in der Nacht in einem Hotel. Von meinem Zimmer aus konnte man den Hafen sehen und die Aalräucherei, in deren Nähe das Schiff lag. In der Nacht habe ich schon gut geschlafen.«

Sie sagt nichts. Die Stunde wird wohl beinahe rum sein. Ich habe noch gar nichts gesagt, nicht richtig, und gleich stehe ich wieder draußen.

»Was geschah mit den anderen?«

Jetzt. Das ist die letzte Chance. Bist du lieber taub oder blind, fragte ich Biene, als wir klein waren, rettest du deinen Vater oder deine Mutter, wenn das Haus brennt? Sie schüttelte ihr Köpfchen, bis die Tränen umherflogen.

Wenn ich jetzt etwas sage, läßt sie mich einweisen, und wenn ich nichts sage, darf ich zu einer sinnlosen Therapie wiederkommen.

Noch immer befinde ich mich in diesem wolkigen Zustand. Ich schaue mir an, was ich denke, als wär's ein Film. Tagsüber messe ich Knochen aus und drehe an Gelenken. Ich schreibe auf, was mir Patienten erzählen, und notiere, welche Medikamente ich verordne. Aber abends. Aber nachts.

Ich sehe die Frau an.

»Vielleicht gibt es ja gar keine anderen«, sage ich. »Vielleicht habe ich nur gedacht, daß die anderen da wären. Dick ist tot, wir sind mit der ganzen Abteilung bei seiner Beerdigung gewesen. Wir sind wirklich gesegelt, denn die Bootsschuhe stehen hinten in meinem Kleiderschrank. Kallander habe ich auf dem Friedhof gesehen; er ging mir aus dem Weg, er existiert also. Ich habe Ihnen nicht erzählt, daß meine Mutter in eine psychiatrische Klinik eingewiesen wurde.«

Ich plappere und plappere. Alles nur, um zu verhindern, daß sie sagt: Ach, so ist das, ja was denkst du dir eigentlich, geh mal schön in die Ambulanz und laß dir 'ne Tablette geben und fall mir nicht mit deinen Halluzinationen zur Last. Um hinauszuzögern, daß sie sagt: Natürlich bist du verrückt, wer so ungerührt auf so einen schrecklichen Verlust reagiert, dem kann ich nicht helfen, mit dem will ich nichts zu tun haben.

Ich würde jetzt eigentlich sehr gern gehen. Unten meinen Mantel von der Garderobe schnappen und mit energischen Schritten davonmarschieren. Mir ist hier sehr warm.

»Sie denken, daß Sie Hilfstruppen erfunden haben, weil Sie dem Ganzen so allein gegenüberstanden?«

Ich denke an den Hafenmeister in seiner violetten Hose. Ein verzweifelter, einsamer, unangenehmer Mann, umringt von einer fröhlichen Schar kleiner Helfer. Hilfe, ja, Hilfstruppen. Ein starker, beherzter und doch einfühlsamer junger Mann, der das Boot in einen Hafen segelt. Eine sympathische und scharfe junge Frau, die Dick retten soll. Eine total übergeschnappte, knochige Hexe, die das Jammern übernimmt, als das nicht gelingt. Ich habe Hilfe erhalten, weil ich Hilfe brauchte. Zum ersten Mal in dieser Stunde bemerke ich, daß mein Sessel eine bequeme Rückenlehne hat. Ich strecke die Beine aus und seufze.

»Wenn das so ist, werden wir dem schon auf den Grund kommen.« Sie nimmt einen großen Terminkalender von ihrem Schreibtisch.

»Wollen wir dann nächste Woche weitermachen?«

# ANNA ENQUIST bei LUCHTERHAND

## Das Meisterstück

Roman. Aus dem Niederländischen von Hanni Ehlers
320 Seiten. Gebunden

Eine große Ausstellung soll das Werk des Malers Johan Steenkamer krönen; seine Mutter Alma hat deshalb den engsten Familienkreis zu einem Essen geladen. Doch die Familien- und Liebesverhältnisse sind verwickelt bei den Steenkamers, und je näher die Ausstellungseröffnung rückt, desto offensichtlicher werden die Zu- und Abneigungen.

»Anna Enquist kann in wenigen Sätzen kräftige Lebensbilder entwerfen ... Es ist die einfache Eindringlichkeit, durch die dieser Roman besticht.« *Süddeutsche Zeitung*
»Das Meisterstück ist ein Meisterstück.« *Berliner Zeitung*

## Die Erbschaft des Herrn des Leon

Roman. Aus dem Niederländischen von Hanni Ehlers
216 Seiten. Gebunden

Irgend etwas, spürt die Pianistin Wanda Wiericke, sitzt nicht an der richtgen Stelle in ihrem Leben. Als habe ihr geliebter Klavierlehrer Herr de Leon damals, als die deutschen Soldaten ihn abführten, ein Geheimnis mitgenommen oder vorher in seinem Musizieren versteckt oder einfach nur etwas zu zeigen oder zu sagen vergessen – aber was?

*Luchterhand*

# MARCEL MÖRING
## *Modellfliegen*

Novelle. Aus dem Niederländischen von Helga van Beuningen
128 Seiten. Gebunden

Marcel Möring macht sich in dieser modernen Novelle auf die
Suche nach der verlorenen Kindheit. Liebevoll-melancholisch
läßt er ein vergangenes Paradies wiederauferstehen, zeigt seine
Demontage und seine Rettung in die Gegenwart: »... ein be-
gnadeter Erzähler« *(Frankfurter Allgemeine Zeitung)* erweist sich
als Meister der kleinen Form.

»... ein Buch, das durch seine Geschichte, Sprache und
Stimmung beim Wiederlesen nur noch an Kraft gewinnt.
Ein größeres Kompliment ist kaum denkbar.« *Haarlems
Dagblad*
»Letztendlich sind es die Melancholie und die wunder-
same Märchenhaftigkeit ..., die *Modellfliegen* zu einem klei-
nen Meisterwerk machen.« *De Telegraaf*
»Eine prächtige Novelle mit dem Tiefgang eines Romans,
der Farbigkeit eines Märchens und der Tragik des Lebens
selbst.« *Dagblad de Limburger*

*Luchterhand*

## HANNS-JOSEF ORTHEIL
### *Lo und Lu*

Roman eines Vaters
352 Seiten. Gebunden

Nach seinem preisgekrönten Roman *Die Nacht des Don Juan* ist Ortheil zurückgekehrt in die Gegenwart – in seine Gegenwart als Vater. Er erzählt Geschichten aus dem Leben seiner Kinder, überraschende, unvorhersehbare Geschichten, die voller Witz, Leichtigkeit und am Ende auch voller schöner Lebensklugheit stecken. Ein Roman von jener Heiterkeit und ansteckenden guten Laune, die man meist vergebens sucht.

## JOSHUA SOBOL
### *Schweigen*

Roman. Aus dem Hebräischen von Markus Lemke
352 Seiten. Gebunden

Mit dem Roman *Schweigen* betritt der weltbekannte israelische Dramatiker, dessen Stück *Ghetto* von deutschen Kritikern 1985 zum besten ausländischen Theaterstück der Saison gekürt wurde, nach langer Schaffenspause die literarische Szene. Weise, humorvoll und kritisch porträtiert er das zwanzigste Jahrhundert in Israel.

### *Luchterhand*